KB081204

3

글 박제후
일러스트 ICE

NOVEL

# CONTENTS

## 서열 1위 메타트론

"앞을 가로막고 있는 게 있으면 몇 번이고 베어버린다.

베고 베어 마침내 왕의 심장까지 가르겠다.

나의 적과 나의 검의 만남은 그야말로 참된 것이니,

그 무엇도 방해하지 못하리."

# 프롤로그

메타트론과 나는 죽이 잘 맞았다.

아마 처음 만났을 때, 그녀가 나에 대해 긍정적인 평가를 내리는 건 얼마 걸리지 않았을 거다. 돌이켜봐도 화신이 된 과정은 매끄러웠다. 우리는 쉽게 서로에게 달라붙었고 곧 적을 지워버렸다.

그녀와 나는 닮은 점이 많았다. 우리는 사고뭉치였으며, 적과 아군 모두의 골칫덩어리였다. 적뿐 아니라 아군과도 싸우게 됐지만 그게 꼭 나쁜 일은 아니었다. 천사와 몬스터, 그리고 인간의 사이는 흑백논리로 나눌 수 없는 기묘함이 있었다. 마치 소용돌이처럼 맑고 탁함이 뒤섞인 것이다. 하니 거기에 휩쓸리지 않으려면 자기만의 규칙을 갖고 싸워나가야 한다. 그리고 그 규칙 밖의 자는 부숴야 할 적일뿐이었다.

다만 나른 게 있다면.

몬스터를 상대할 때는 검을 휘두른 뒤에 웃지만.
천사나 인간을 상대할 때는 웃은 뒤에 검을 휘둘렀다.

메타트론이나 나는 후자와 같이 칼을 숨긴 채 만나야 하는 적을 상대할 때도 거리낌이 없었다.

우리는 우리만의 도덕률을 갖고 있었으니까.

"유제아. 그대는 야망이 있느냐?"

"물론이지."

"그렇다면 죽지 말거라. 때 이른 죽음이야 말로 야망에 발을 담근 자들의 꿈을 간단하게 끝내버리곤 하니까."

"…그거 산달폰의 얘기야?"

"그렇다. 본녀의 여동생도 야심만만한 아이였지. 하지만 죽음으로써 그 모든 게 사라져버렸다. 죽음은 많은 걸 앗아가느니라. 심지어 한 사람의 꿈에 대한 판단까지도 미결로 남겨버리지. 산달폰의 꿈이 옳았는지 틀렸는지 본녀는 아직까지 알 수가 없다. 그러니 죽지 말거라. 유제아. 때때로 승리보다도 살아남는 게 중요하다."

그렇다. 그녀와 나의 도덕률에 가장 앞에 놓여 있는 건, 생존이었다. 그 생존을 위해서라면 적뿐 아니라 아군과도 싸울 수 있었다. 살아남아야 뭐든 하는 법이었다. 특히 요즘 같이 흉흉한 세상에서는 더욱 더.

"일단은 눈앞의 상황을 정리하자꾸나."

메타트론의 제안에 나는 상념을 그만두었다.

주변은 피바다, 한바탕 광기가 몰아치고 간 뒤였다.

오늘 우리는 한강 철교를 점령했다.

한강철교는 노량진 신성지를 갖고 있는 우리에겐 용산역까지 직행할 수 있는 가장 중요한 루트다. 강북으로 진출하기 위해서는 이 한강철교란 입구를 뚫어야 했다. 몬스터 역시 이런 점을 알고는 안간힘을 쓰며 우리를 막으려고 했다.

하지만 지난 웨이브의 대실패 이후 강북의 몬스터들은 상당히 위축된 상태였다. 메타트론이 분신체로 돕는 데다가 연합헌터단이 일시에 들이치자 몬스터들은 우르르 무너지고 말았다.

이미 많은 몬스터들이 죽었고 붙잡힌 나머지는 처형을 기다리는 중이다. 부상당한 몬스터들은 한강철교의 난간에 줄줄이 서 있었다. 그들을 붙들고 있는 헌터들이 모두 날 쳐다본다. 주저할 것 없었다.

"모두 강물에 밀어 넣어!"

명을 내리자마자 흉흉한 무기들이 몬스터들의 등을 꿰뚫는다.

끼에에에엑!

크아아아!

사방에서 비통한 울음이 터져 나왔으나 동정심을 느끼는 이는 없었다. 이들이 우리와 우리 가족에게 얼마나 잔인한 짓을 해댔는지 사무치게 알고 있기에. 지금도 아버지의 일은 날 괴롭힌다. 꿈에서도 하얀 거인을 계속 보고 있다. 복수를 완수할 때까지 나는 악몽에서 벗어날 수 없을 거다.

우르르르.

심장이 뚫린 몬스터들이 수없이 한강철교 아래로 떨어져 내리고 있었다. 곧 한강물이 요동친다. 죽은 몬스터들을 먹어치우기 위해 트럭보다도 큰 수상 몬스터들이 배고픈 아귀처럼 몰려들었기 때문이었다.

그 모습을 지켜보던 나는 몬스터의 시체로 만들어진 언덕으로 향했다. 그 시체의 언덕은 피와 온갖 체액으로 미끌거렸지만, 몬스터의 뿔과 각진 외피를 디디며 올라갔다. 그리고 그 언덕 꼭대기에는 한강철교의 방어를 담당했던 고위 몬스터가 무릎 꿇려 있었다. 나는 놈의 머리칼을 붙잡고 승리를 외쳤다. 그러자 아래쪽에선 피범벅이 된 헌터들이 열렬히 호응한다.

"와아아아아아!"

나는 메타트론에게 빌린 검을 들어 올린 뒤 단번에 우두머리 몬스터를 참수했다.

퍽!

살이 갈라지고 뼈가 절단되는 둔탁한 소리가 났다. 그러자 우두머리의 커다란 머리가 자기 부하들의 시체산 아래로 굴러떨어졌다.

데굴데굴.

헌터들은 우두머리의 머리를 줍기 위해 피 웅덩이로 우르르 몰려들었다.

"내 거야!"

"아냐! 내가 이놈에게 칼침 놓은 거 못 봤냐!"

시장바닥 같은 아우성이 터져 나온다. 그러다 누군가 커다란 머리를 잽싸게 쥐어들고는 달려 나갔다. 그는 마치 올림픽 성화를 봉송하는 자 같았다. 주변의 헌터들이 앞 다투어 따라간다. 나는 그 광경을 물끄러미 바라보고 있었다. 승리란 참 좋은 거지. 저런 호들갑을 떨어도 유쾌하단 소리를 들을 테니까.

그런 생각에 잠겨 있던 그때, 옆에 누군가 살며시 내려앉는다.

"승리를 축하한다. 유제아."

담담한 축하에 나 역시 담담하게 대답했다. 저 아래 헌터들처럼 법석을 떨기에는 우리가 원하는 건 더욱 크니까.

"이건 시작일 뿐이야. 한강물은 계속 피로 물들 거라고."

## 서열 2위 미카엘라

당신의 모든 걸 사謝합니다.
당신의 뜻이라면 사辭하지 않아요.
당신이 없다면 제 세상은 사가화死街化할 겁니다.
당신을 떠올리면 재주 없는 소녀도 사객詞客이 되요.
당신의 방문이 아니라면 사객謝客하고 싶어요.
당신은 절대 제게 사거辭去하지 말아줘요.
당신의 목소리가 제 심장에 사건紗巾을 두르고, 제
마음에 사계류四季榴를 심어요.


"소녀는 사랑의 천사예요."

# 1. 그들은 승리 속에서도 패배해 왔다

요즘 나는 미카엘라와 매일 단 둘이서 만나고 있다.

누군가 본다면 남녀 간의 달콤한 밀회를 떠올릴지도 모르겠다. 특히 태양의 대천사와 메타트론의 화신의 관계라면 더더욱. 요즘 미카엘라와 나 사이는, 그녀가 내게 태양의 펜던트를 선물한 이후 잘나가는 가십거리였다.

화려하고 아름다운 대천사가 인간과 사랑에 빠진다는 설정은 대중을 타오르게 하는 무언가가 있었다. 지금껏 어떤 대천사도 인간과 연인이 된 경우가 없었기에 더더욱 그랬다. 하지만 그들이 무슨 소설을 쓰던 나와 미카엘라의 만남은 남녀 관계가 아니었다.

정확히 말하면 주종관계였다.

그리고 사제관계였다.

주종관계야 지난 싸움과 관련이 있다지만 사제관계가 추가된 이유는 다음과 같다.

**-미카엘라는 유제아에게 모든 정치적인 기술과 노하우를 전수해 줄 것.**

즉, 미카엘라는 내게 정치란 음험한 기술의 스승이 된 것이다. 그래서 요즘 매일 미카엘라의 성소로 출근하며 과외를 받고 있었다.

그렇다면 왜 갑자기 정치냐?

이것은 지난날에 대한 반성에서 기인한다.

메타트론과 나는 비슷한 부분이 있는데, 무언가 일을 저지르고 보거나, 막힌다 싶으면 힘으로 강행돌파하려는 경향이었다. 본체와 화신이 하는 짓이 똑같다. 누군가 말려줄 사람도 존재하지 않았다. 그렇기에 지난 노량진 웨이브 사태 때 좌충우돌, 그야말로 난장판을 일으켰다. 결국 모든 게 잘 끝나긴 했지만 한결 차분해진 뒤에 내 머릿속에는 한 가지 의문이 피어올랐다.

이대로도 좋은가?

본래 나는 극히 신중한 사람이었다. 돌다리도 두들겨 보고 건넌다는 말로도 부족했다. 단단한 돌다리로도 부족해 보수공사를 한 뒤에야 건널 정도였다. 그리고 그 덕에 파리 목숨이라는 하이에나로 10년이나 살아남았다.

하지만 메타트론의 화신이 된 후 난 변해버렸다. 이유는 모르겠다. 화신이라는 위치 때문에 본체의 성정에 영향을 받은 것일 수도 있고, 힘을 얻자 지난 세월의 울분이 폭발한 것일 수도 있다. 어쩌면 이렇게 날뛰는 성격이 본래의 나일지도 몰랐다.

그런데, 이러다보니 문제가 있었다.

메타트론은 메타트론대로, 나는 나대로 날뛴다. 당연히 매사 일처리가 매끄러울 리가 없다. 그래서 변해야겠다는 생각이 들었다. 메타트론이야 타고난 성격을 바꾸진 못할 거다. 게다가 녀석이 심계

깊고 음흉하게 행동하는 건 상상이 잘 안 된다. 하니, 그런 역할은 내가 맡기로 정한 거다.

뭐든 빛과 그림자가 있는 법이다.

메타트론이 빛이라면 내가 그림자가 된다면 된다.

100번의 싸움으로도 해결하지 못하는 문제를 10분의 타협으로 해결할 수도 있다. 그래서 나는 그 매끄러움을 담당하기로 했다. 이 일은 더러운 일이었다. 미카엘라의 표현에 의하면 정치는 누군가를 족쳐서 안에 든 걸 토하게 만든 뒤, 손을 잡은 놈과 그 토사물을 나눠 먹는 거라고 했다. 심지어 그 토사물 때문에 같은 편의 뒤통수를 때릴 때도 많단다.

즉, 이익을 위해 그 정도로 추잡하고 더러운 일을 한다는 거다. 하지만 누군가는 해야 할 일이었다.

"후우…."

가볍게 한숨을 내쉬었다. 눈앞에는 많은 책이 쌓여 있다. 온통 정치와 모략에 관한 서적이다. 나는 미카엘라에게 배운 것만으로 만족할 생각은 없었다.

앞으로 내가 제대로 하지 못한다면 메타트론 클랜은 또다시 위기에 처할지도 몰랐다. 겨우겨우 되찾은 그녀의 미소다. 어떻게든 지켜주고 싶었다.

그녀를 위해. 그리고 나 자신을 위해.

그림자 같은 일을 하기로 결심했다.


그리고 그 첫 시험대는, 천사와 인간 진영의 온갖 유력자들이 모이는 가장 큰 회합이었다.

옴니스 코에투스Omnis Coetus.

우리말로 하면 모두회의란 뜻이었다.

천사와 인간 진영의 가장 유명한 의사결정기구는 다음의 둘이다.

**대천사회의.**
**11인 위원회.**

대천사회의는 말 그대로다. 우리엘의 결석으로 11위가 된 대천사들이 모이는 회의다.

그리고 11인 위원회는 각 대천사 클랜을 대표하는 위원 11인이 모이는 회의다.

굵직한 건 대천사회의에서 결정하고, 좀 더 실무적이고 자잘한 건 11인 위원회에서 조율한다.

간단한 구조다.

그런데 드물게 이 양자가 합쳐지고, 그 외에도 온갖 거물들이 몰려드는 커다란 회의가 있다.

옴니스 코에투스.

정식 명칭은 그렇지만, 보통은 간단하게 모두회의라 부른다. 이름처럼 모두 모여서 여는 회의다. 3년에 한 번 열리며, 차후의 전략적 방향을 결정하는 중요한 회의였다. 그리고 그 회의가 바로 오늘이다. 나는 한참 전부터 오늘의 회의에서 할 발언을 준비해왔다.

"반갑습니다. 죽지 않고 또 뵙는군요."

"수백 년 동안 살았는데 몇 년 사이에 별일 있겠습니까?"

"참. 말귀를 못 알아들으시네. 적당히 하고 이만 죽어줬으면 해서 말이에요. 다음 총회에선 안 뵈었으면 합니다만?"

"허허, 이 양반이 웃는 얼굴로 별 상큼한 소리를 다 하시네. 그쪽이 먼저 죽으면 다음 총회에 안 볼 수 있지 않습니까?"

"아니, 내 목숨은 귀해서 그건 안 되겠고."

주변을 둘러보니 서로 반갑게 인사하는 천사와 헌터들이 보인다. 모두회의라 평소에 만날 일 없던 자들이 모여서 그간의 회포를 푸는지 여기저기 시끄럽다.

보니까 품계상 대천사보다도 높다는 치천사Seraphim까지 왔다. 치천사는 품계가 가장 높은 천사다. 수도 적어서 겨우 여섯이 전부. 인간으로 따지면 왕족과 같은 천사들이다. 다만 군림하되 다스리지 않는다고 할까. 실권은 대천사들이 갖고 있어서 화석이나 마찬가지라고 한다.

듣자니 모두회의에서 투표권도 있다고 하는데 한 번도 행사한 적은 없다나. 그렇지만 치천사는 명예롭고 존귀한 자들이라 별다른 권한이 없음에도 영향력이 강하다. 대천사들도 회의장에 들어오자마자 치천사들에게 인사를 하고 좌석에 앉았을 정도다.

오직 메타트론만 예외였다. 그녀가 건방지고 자존심 강해서 그런 게 아니라, 메타트론은 대천사겸 치천사였기 때문이었다. 언젠가부터 치천사들과 꽤 거리를 두고 있는 듯하지만 그 고귀한 혈통이 어디 가는 건 아니다.

알고 보니 그 녀석, 공주님이었다는 거다.

"강풍호, 심상호가 불참했군요."

내 옆자리에 앉은 미카엘라 클랜의 백이륜 위원이 좌석에 앉아 그 점을 지적한다. 나는 얼굴을 찌푸렸다. 그러자 내 못마땅한 시선을 눈치챘는지 누군가 자리에 없는 둘을 비난하기 시작한다. 다른 위원들도 서둘러 동조한다.

"하긴 자기들도 염치가 있다면 나타나지 못하겠지요!"

"맞습니다. 유 위원, 반면 저희 클랜은 언제나 유 위원님과 우호관계를 원한다는 걸 알아주십시오."

"저희 클랜 역시 마찬가지입니다."

위원들은 마치 충성 맹세를 하듯 경쟁했다. 하지만 저걸 곧이곧대로 믿으면 바보다. 대부분의 클랜은 방어지향적인 성격을 갖고 있어 내 정책을 그다지 반기지 않으니까. 그래도 다들 이쪽과 척을 지기 싫어하는 건 확실했다. 그만큼 메타트론 클랜의 영향력이 커졌다는 얘기기도 하다.

"지지에 깊은 감사의 말씀을 드립니다. 방 위원님, 권 위원님, 김 위원님…."

내가 한 명씩 마주보다 고개를 끄덕이자 모두 웃는 얼굴이 된다.

"지금 할 수 있는 말은 하나뿐입니다. 죄가 있는 자들은 죗값을 치를 겁니다."

그러자 그때 앞쪽에서 불편한 목소리가 흘러나온다.

"거 들으라고 하는 소리인가? 어?"

묵직한 음성에 일순간 수백 명이 모인 회의장이 조용해진다. 목소리의 주인공은 서열 8위, 불의 대천사 라미엘. 오늘 회의에 불참한 11인 위원회의 위원 강풍호의 주인이다.

그는 대머리에 곱슬거리는 수염이 잔뜩 나 있었다. 그리고 두 눈에서 쏘아져 나오는 안광은 흡사 일렁이는 화염 같았다.

"심기를 거슬리는군!"

강풍호야 삽질을 해서 모두회의까지 불참하는 처지지만, 라미엘은 그 일이 자신과 무관하다는 입장이었기에 회의에 참석했다.

"그럴 리가 있겠습니까? 혹시 기분 상하셨다면 사죄드리겠습니다."

맘 같아서 곧장 받아치고 싶었으나 참는 게 현명했다. 내가 근자에 날뛰고는 있다지만 아직 애송이다. 대천사들을 모두 보는 것도 오늘이 처음일 정도다. 시작부터 들이받을 수는 없다. 게다가 오늘은 중요한 안건도 있고.

"흥! 기개 없는 놈!"

라미엘은 내가 물러나자 콧김을 내뿜으며 거들먹거린다.

"딱 봐도 기생오라비 같이 생긴 게 메타트론이 밤에 끼고 노는 녀석인가 보구나."

이건 듣기 거북하군. 참기 어려워 입을 열려던 그때 깔깔거리는 웃음소리가 들렸다. 막 새로 도착한 천사가 그를 대놓고 비웃고 있었다.

"라미엘. 꼴에 질투하는 거냐? 과거에 메타트론에게 차인 게 아직도 맘에 남은 거지? 반푼이 같은 놈. 깔깔깔!"

"뭐라! 라파엘!"

흥분해서 자리에서 벌떡 일어난 라미엘. 하지만 나는 회의장에 들어오는 라파엘을 주목했다. 직접 보는 건 처음이었다.

"뭘 그렇게 노려봐, 라미엘. 내가 그렇게 예쁜가?"

"왕따 주제에 여전히 입만 살았구나, 라파엘!"

"그래도 너보단 낫지. 깡통처럼 차인 새끼야."

"뭐라!"

입장하자마자 라미엘과 실랑이를 벌이는 걸 보니 라파엘도 보통 성격이 아닌 것 같다. 라파엘은 좀 두리번거리더니 날 보고 아는 채한다.

"네가 요즘 잘 나간다는 메타트론의 화신이구나?"

라파엘은 매우 예쁜 얼굴을 가진 소녀였다. 특이하게도 차이나 드레스를 입고 있었는데, 탁한 보라색 머리카락은 옷과 잘 어울리는 당고 모양이었다. 하지만 그 탁월한 미모에도 라파엘의 첫인상은 별로였다. 라파엘의 금빛 눈동자는 사이하게 빛나고 있었고, 전신에는 퇴폐적인 색기가 물씬 풍겼기 때문이다. 그리고 커다란 날개 한 쪽이 반쯤 잘려 있는 게 눈에 띄었다. 대체 과거에 무슨 일이 있었기에 재생도 못할 정도로 날개를 잘린 걸까?

"처음 뵙겠습니다. 라파엘님."

담담하게 인사를 하는데 서늘한 목소리가 끼어든다.

미카엘라였다.

"호… 메타트론의 화신은 남자애가 취미인 것이로구나."

뭐? 남자애?

겉보기에는 완벽한 미소녀인데 남자라고? 심지어 아담하긴 하지만 가슴까지 있었다. 미카엘라가 거짓말을 할 리가 없겠지만 쉽게 믿기지 않는다. 라파엘은 참지 않고 곧장 받아친다.

"남자라도 여자보다 예쁘면 그만 아닌가? 아름다움은 성별조차 초월하는 정의니까! 안 그래? 거기 젖탱이에 살만 디룩디룩 찐 여자."

"뭐라?

콰직!

미카엘라가 들고 있던 만년필이 단번에 박살난다. 곧 미카엘라와 라파엘이 죽일 듯 서로를 노려보기 시작한다. 내 옆에 있던 미카엘라 클랜의 백이륜 위원이 서둘러 설명을 해준다.

"미카엘라님과 라파엘님은 사이가 최악이라네."

"왜요?"

"정말 악취미긴 한데, 라파엘님은 자기 미모로 여자를 기죽이는 걸 좋아하거든. 남자인 자신의 미모가 여자보다 아름답다는 사실에 이상한 자부심이 있으셔."

"허?"

"뭐랄까, 남자가 여자보다 더 우월하다는 게 라파엘님의 입장이거든. 그런데 그 우월함을 증명하기 위해서 여자처럼 꾸미고 있지. 과연 형용모순의 대천사라고 할까. 그런데 라파엘님은 미카엘라님만큼은 얼굴로 이길 수 없으니 굉장히 싫어하시지."

미카엘라는 천사 중 가장 아름답기로 유명하다.

그리고 그 찬사는 빈말이 아니다.

그냥 제일 예쁘다. 미카엘라와 미모로 맞먹을 존재는, 메타트론

밖에 없다. 장르가 좀 다르긴 하지만.

"오늘도 참 존나게 천박한 복장이네. 미카엘라? 그 돼지 같은 젖을 반쯤 까서 자랑하지 않으면 매사 성미가 안 풀리나 보지? 이게 천사야? 창녀야?"

급기야 라파엘이 입에 걸레를 물고 공격하기 시작했다. 그리고 그 순간 미카엘라의 인내의 끈이 끊어졌다. 어쩐지 인내가 팽팽한 끈처럼 당겨져 있었는데, 순간 핑! 하는 소리와 함께 끊어져 버린 느낌이었다.

"지랄도 정도껏 하려무나. 다리 사이에 덜렁거리는 거 달고 여자 흉내 내는 안쓰러운 꼬라지가 심히 불쌍하잖니. 아무리 노력해 보렴. 네가 진짜 여자를 당할 수 있는지."

그러면서 미카엘라는 자신의 옆머리를 손등으로 쓸어 넘긴다. 찰랑, 아름다운 그녀의 금발이 흔들렸다. 누가 봐도 노골적으로 미모를 과시하고 있었다. 그래서인지 라파엘의 얼굴이 대번에 썩어들어 간다.

"이런 쌍! 내 모토가 '여자보다 아름답게, 남자보다 늠름하게'인 거 몰라? 이 고깃덩어리 년아? 남자와 여자의 장점만 따온 게 나란 말이지. 이게 존나 대단한 거라고. 열등한 XX염색체 년아. 하여간 XX년들이랑은 대화가 안 돼요. 이러니까 루소가 여자는 교육 시켜서도 안 되고, 정치에 참여시켜서도 안 된다고 한 거지. 하여간 시발, 배우신 분이 말하는 건 틀린 게 없어요. 좀 책이라도 읽어, 이 년아. 그 젖만 살찌우지 말고 뇌를 살찌우라고요. 내년이면 풍선처럼 터지겠네, 터지겠어."

말이 많아진 라파엘과 다르게 미카엘라는 여유만만이었다. 마치 나는 여자다. 그것도 엄청 예쁜 여자야, 라고 전신으로 외치는 듯한 태도였다.

"어머? 겉모습은 눈물겹게 여자를 흉내 내면서도 여자를 열등하다고 말하는 거니? 생긴 것도 하는 짓도 모순덩어리네, 넌. 네가 진짜 여자의 뭘 알겠니? 후훗. 평생 꿈이라도 꾸렴."

"이 가랑이 사이를 찢어버릴 년이!"

무섭다. 대천사 둘이서 수백 명이 있는 자리에서 정면으로 말다툼 중이었다. 게다가 노골적인 표현에 다들 어찌 할 바를 모르고 있었다. 그런데 그때 차분한 종소리가 울린다.

땡그랑. 땡그랑.

가벼운 종소리였는데 곧 회의장의 열기가 단번에 식어버렸다. 누군가 해서 보니까 얼굴을 가리고 있던 치천사였다. 그중에서도 한가운데 앉아있는 여성 천사였다. 그녀는 맑은 목소리로 모두에게 말한다.

"여전히 다들 활기차서 좋네요. 그렇지만 오늘 모인 이유를 잊지 말아주세요."

얼굴은 안 보이지만 마치 성녀와도 같은 기품이 있었다. 분위기가 단번에 반전됐다. 미카엘라는 죄송하다는 듯 치천사에게 고개를 숙여보였다. 라파엘도 싸움을 포기하고 얌전해졌다.

"에이, 이런 시발."

라파엘은 깍지 낀 손으로 뒷머리를 받친 채 원탁 위로 두 다리를 올리며 뒤로 몸을 기댄다. 대부분은 그의 그런 태도에 익숙한 듯 무시했지만 얼굴을 찌푸리는 자들 역시 많았다.

"자, 그러면 시작하세요."

치천사의 선언으로 모두회의가 시작됐다. 곧 열띤 분위기로 발언들이 이어졌다. 현재 천사와 인간들은 이해관계에 따라 몇 가지 파벌로 나뉘어 있다. 그래서 다들 자기 파벌의 이익을 위한 발언이 이어졌다.

과거에는 공격주의, 방어주의로 나뉜 형국이었다. 하지만 산달폰의 죽음과 메타트론의 가출로 공격파가 몰락한다. 이후 자신들을 현실주의자라고 부르는 중립파가 득세했다. 메타트론의 복귀전까지는 말이다.

하나 그녀의 복귀가 모든 걸 바꿨다. 중립파의 거두였던 미카엘라가 이탈해 메타트론과 손을 잡자, 중립파는 단번에 세를 잃어버렸다. 현재 파벌을 나타내는 가장 최신의 표현은 '흑당'과 '백당'이었다.

흑당은 공격파고.
백당은 방어파다.

그리고 지금 흑당의 총수인 메타트론이 발언하고 있었다.

"모두 지금이 강북을 토벌하기에 적기임을 알 것이다. 강북의 몬스터들은 노량진 웨이브가 실패한 이후 휘청거리는 상태다. 그야말로 천재일우의 기회! 적을 두들기기에 더없이 좋은 때라 그것이다. 실제로 얼마 전 가시적인 성과도 있었다."

그리 말하면서 메타트론은 한강철교 공략에 대해 알렸다. 이번에 한강철교 공격을 서두른 건 다분히 모두회의를 겨냥해서다. 회의의 참석자들은 강북으로 가는 안정적 육로란 말에 박수를 쳤다.

이걸로 흑당도 세력을 더했으면 좋겠군.

현재 흑당의 세력은 다음과 같다.

> 서열 1위 대천사 메타트론.
> 서열 2위 대천사 미카엘라.
> 서열 12위 대천사 세라피엘.
> 그 외에 이들을 따르는 다른 품계의 천사들.

꽤 단출한 편인데 그래도 서열 1, 2위라는 원투 펀치의 무게가 상당했다. 특히 흑당이란 이름 자체가 메타트론의 검은 날개에서 비롯된 걸 볼 때 메타트론의 위세를 느낄 수 있었다. 개인적으로는 마음이 검은 여자 둘이 모여서 흑당이라고 생각하지만. 서열 12위 세라피엘은 미카엘라를 극렬하게 따르는 자라 자연히 흑당으로 들어왔다.

"매우 좋은 말씀이십니다만, 좀 더 신중해야 한다고 생각합니다."

메타트론의 발언이 마무리될 무렵, 백당의 총수 가브리엘이 치고 나왔다. 서열 3위 대천사인 그는 메타트론, 미카엘라 못지않은 거물이었다. 특이한 점은 가브리엘의 정확한 힘을 아무도 모른다는 사실이다. 많은 게 미스터리인 사내로, 소문에는 진심을 발휘하면 메타트론과 맞먹는다는 얘기도 있었다. 물론 어디까지나 소문일 뿐이지만.

그는 건강해 보이는 갈색 피부에 근육질의 거한이다. 그리고 하얀 장발과, 하얀 수염, 하얀 눈썹, 흰자위만 보이는 눈동자가 조화를 이루고 있었다. 가브리엘이 이끄는 세력이 백당이라고 불리는 건 그의 외형에서 따온 것이라고 한다. 현재 그의 세력은 최대 파벌을 이루고 있었다.

> 서열 3위의 대천사 가브리엘.
> 서열 5위의 대천사 바라카엘.
> 서열 9위의 대천사 나나엘.
> 서열 10위의 대천사 카마엘.
> 서열 11위의 대천사 자르키엘.
> 그 외에 이들을 따르는 다른 품계의 천사들.

대천사만 다섯이다.

메타트론과 내가 대북방 전쟁을 수행하는데 최대 방해가 되는 세력이 저 백당이다. 저들은 온건파이며 방어주의자다. 방어선 아래만 안전하다면 강북이든 강남이든 불바다가 되더라도 신경 쓰지 않을 작자들이다. 우리는 저 엉덩이 무거운 놈들을 걷어차서라도 전쟁을 수행하도록 해야 하는 어려운 목표를 갖고 있었다.

특히 백당에서 제일 문제인 천사가 가브리엘과 나나엘이다. 가브리엘은 당론을 이끄는 수장이니 그렇다 쳐도, 나나엘이 아주 골칫거리였다. 용기의 대천사 나나엘은 과거 누구보다도 몬스터와의 싸움을 즐겼다고 하는데, 이제는 가장 열렬한 반전주의자다.

듣기로는 자기 클랜이 전멸했던 일의 여파 때문이라고 한다. 현재 그녀는 반전 여론을 주도하고 있어서 여간 껄끄럽지 않다. 민간인으로 이뤄진 여러 시민단체와 연계해서 천사와 헌터라는 세계 바깥에서 여론을 조장하고 있었다. 그녀는 가브리엘의 가장 든든한 지지자이기도 하다. 그래서인지 발언하는 가브리엘을 보며 연신 고개를 끄덕거리고 있었다.

"현재 메타트론이 주장하는 사안은 전면전입니다. 전면전에 들어간다면 우리가 과연 그 결과를 감당할 수 있겠습니까? 과거 인간들이 몬스터 사태라 부르는 비극이 반복될 겁니다. 신중하게 접근해야 합니다. 우리가 그간 피로 지킨 것들을 모두 도박판에 걸 자신이 있으십니까?"

가브리엘의 연설에 이맛살이 절로 찌푸려졌다. 교활한 놈. 당연히 수행해야할 몬스터와의 전쟁을 도박판으로 평가절하하다니. 하지만 그건 모두에게 잘 먹혔다.

이곳은 겁쟁이가 많았다. 그리고 겁쟁이에게 전쟁을 피하자는 이야기는 이성적이고 현명한 의견으로 받아들여지기 마련이다. 그런 분위기를 느꼈는지 메타트론의 얼굴이 차가워져 있었다.

아무래도 여기선 내가 나서야겠는데. 어차피 이번 회의로 대북방 전쟁의 승인을 받아낼 생각은 없다. 그런 거사를 이루기 위해서는 아직 밟아야 할 단계가 많으니까. 하지만 상황만큼은 분명히 해야 한다.

"메타트론 클랜의 위원 유제아입니다."

발언권을 얻은 나는 자리에서 일어났다. 수많은 시선이 내게 꽂힌다. 반짝반짝 빛나는 시선, 음침한 시선, 탁한 시선, 온갖 것들이 섞여 있었다. 그들은 나를 보며 자기들끼리 무언가를 작게 속삭인다.

"도박판이란 말은 받아들일 수 없는 표현입니다. 우리 모두 각자의 사명을 기억하십시오. 언제부터 몬스터를 토벌하는 신성한 전쟁이 도박판이란 말을 듣게 됐습니까?"

내 지적에 가브리엘은 미간을 살짝 좁힌다.

"소위 기회라는 것은 눈앞에 왔을 때 반드시 따라가야 합니다. 따라가지 못한다면 위기가 되기 마련이니까요. 지금 두려움에 빠져 움직이지 못하면 앞으로 어떻게 되겠습니까? 몬스터들은 금방 세력을 회복할 겁니다. 그리고 다시 남진해 오겠죠. 이건 간단한 문제입니다. 우리가 기회를 골라야 하겠습니까? 위기를 골라야 하겠습니까?"

내 말에 분위기가 다시 바뀐다. 그러자 가브리엘이 반박했다.

"유제아 위원님의 말씀도 일리가 있습니다. 하지만 우리는 모두의 이득을 위해 움직여야 합니다. 그간 오랜 시간을 들여 많은 것들을 안정시키고 쌓아왔습니다. 그리고 우리와 함께하는 인간의 삶 역시 지켜야 합니다. 모두의 삶이 이곳에 있습니다. 하니 어떻게 전쟁을 쉽게 입에 담겠습니까?"

가브리엘은 그릇된 이분법을 교묘하게 사용하고 있었다. 저건 선동꾼의 주특기다. 얼핏 듣기에 그럴싸하지만 논파하기 어려운 건 아니다.

"가브리엘님. 말씀이 이상하시군요."

"무슨 말씀이십니까?"

"마치 전쟁을 하면 우리가 이득을 얻지 못하고 손해만 보게 된다고 하시지 않습니까. 하지만 그 말씀은 틀렸습니다. 인간의 삶을 지키고 쌓아올린 것들을 안정시키면서도 전쟁을 수행할 수 있습니다.

왜 그 가능성은 아예 배제하고 말씀하시는 겁니까?"

"아니, 그건….."

순간 당황하는 가브리엘. 하지만 도망가게 둘 생각은 없다. 나는 계속 몰아쳤다.

"오히려 이득과 안정을 위해서 전쟁이 필요한 겁니다. 생각해 보십시오. 노량진 웨이브 후 메타트론 클랜이 벌어들인 천문학적인 금액! 전쟁은 몬스터 부산물과 마정석이라는 어마어마한 수확을 약속합니다. 그러니 모두의 이득을 위해 전쟁을 일으킬 수 없다는 말씀은 틀렸습니다. 또한 강북을 싸움터로 만드는 게 인간의 안전을 위해 훨씬 유리합니다. 그간 방어선을 지키며 웨이브를 받아냈었습니다. 하지만 노량진 점령 이후 사태가 어떻게 됐습니까? 몬스터 웨이브는 과천, 안양, 성남 일대의 방어선이 아니라 서울의 노량진을 때렸습니다. 그리고 이번에 강북을 싸움터로 만들면 어떻겠습니까? 전쟁터가 생활터와 멀어질수록 가브리엘님께서 그리 사랑하시는 인간들은 안전해 집니다."

그때 깔깔거리는 웃음이 터진다.

누군가 해서 보니까 라파엘이었다.

"점점 가브리엘 혓바닥이 느려지네?"

라파엘은 혼자 그리 말하며 웃고 있었다. 따돌림 당해서 동료가 없다고 하더니 과연 그런 것 같았다. 하긴 누가 미친개라고 불리는 대천사와 친하게 지내고 싶을까?

"누가 그리 이상적인 승리만을 주장하지 못하겠습니까? 여러분, 모두 냉정해 지시길 간청합니다. 물론 유제아 위원의 말은 맞습니다. 하지만 여기엔 함정이 숨어 있습니다. 그는 승리만을 얘기하고 있지 않습니까!"

이 지적은 좀 뼈아픈데.

"만약 패배한다면 어떻게 되겠습니까? 그때도 유제아 위원의 장밋빛 전망에 동조하실 수 있겠습니까? 우리는 전선을 안정시키고 버텨야 합니다. 그건 지난 10년이 넘는 세월 동안 가장 훌륭한 방법으로 판명되어 왔습니다. 저는 전쟁 자체를 반대하는 건 아닙니다. 몬스터 섬멸은 우리의 의무니까요. 하지만 그 전에 여러분께 신중이란 단어의 의미를 알려드리고 싶었던 겁니다!"

좋은 반격이었다. 마지막에는 자신이 의무에도 눈을 돌리지 않는다고 어필까지 했으니 나를 두 번 때린 셈이다. 아닌 게 아니라 청자들은 벌써 부침개 뒤집듯 마음을 바꾼 것처럼 보였다.

하지만 이대로 물러날 내가 아니지. 나도 반격의 수단이 남아 있었다. 제시된 주장에서 모순을 찾아낼 수 있다면 상대의 주장에 흠집을 내는 게 가능하다. 특히 추론을 패러디까지 할 수 있다면 더 큰 타격을 줘 그대로 KO패를 안길 수 있다. 나는 최근 이런 기술들을 미카엘라에게 계속 배우고 있었다. 그녀는 내게 정치뿐 아니라 언쟁에 대해서도 알려주는 선생이었다.

"후우…."

가볍게 심호흡을 한 뒤 반격에 나섰다.

"여기 통계 자료를 봐주십시오."

그리 말하면서 스이엘을 불렀다. 스이엘은 사전에 나를 도와 여러 가지 준비에 힘써줬다. 오늘 통계 자료에 관한 발표도 그녀가 할 예정이었다. 대천사들이 보는 가운데서도 주눅 들지 않고 당당하게 걸어오는 스이엘. 그러자 백당의 대천사인 카마엘이 일부러 비아냥거린다.

"쯧쯧. 평천사 따위가 뭘 안 다고."

그 말에 스이엘은 울컥하는 표정이 된다. 살짝 입술을 깨무는 게 상당히 분한 얼굴이었다. 하지만 곧 냉정한 태도를 되찾더니 준비한 통계 자료로 브리핑을 시작했다. 내용은 지난 10년간 평천사와 평천사 클랜에 속한 헌터들의 전사자 통계에 관한 것이었다. 나는 그녀가 발표했던 내용을 근거로 공격을 주장했다.

"여러분들께서는 저 통계에서 무엇이 보이십니까?"

자료는 너무나도 명확했다. 지난 10년 간 평천사와 평천사 클랜 헌터들의 전사자 수는 꾸준히 증가하고 있었다. 나는 그걸 어필했다.

"10년이 넘는 세월 동안 가장 훌륭한 방법이었다고 하셨습니까? 가브리엘님 눈에는 이게 보이지 않으시는 것 같군요. 모두 들어주십시오! 지난 10년의 방어 작전은 마치 찬란한 대승리로만 보입니다. 이대로 굳건하게 버티면 인간과 천사의 삶은 영속적인 번영의 길을 걸을 수 있을 것 같기만 합니다. 하지만 실제 사례는 어떻습니까? 지난 10년간 평천사의 80%가 사망했습니다. 그리고 그 자리는 새로 태어난 평천사들이 채우고 있지요. 참으로, 비참한 희생이라고 생각하지 않으십니까? 한데 우리는 그 희생이 잘 보이지 않는다는 이유에서 방어전이 성공적이라고 하고 있는 겁니다!"

지난 10년간 대천사들의 클랜은 굳건하다. 하지만 그 밑의 평천사와 그들의 헌터는 수없이 죽어나갔다. 그러나 곧 그들은 보충됐다. 그래서 겉으로는 아무 문제없었다.

"우리가 만날 때마다 험악한 인사를 주고받는 게 무슨 이유에서입니까? 경험적으로 내년이면 상대와 만나지 못할 지도 모른다는 걸 잘 알기 때문입니다."

나는 모두회의가 시작될 무렵 누군가 나눴던 인사가 떠올랐다.

－반갑습니다. 죽지 않고 또 뵙는군요.
－수백 년 동안 살았는데 몇 년 사이에 별 일 있겠습니까?
－참. 말귀를 못 알아들으시네. 적당히 하고 이만 죽어줬으면 해서 말이에요. 다음 총회에선 안 뵈었으면 합니다만.

당연한 얘기지만 상대가 미워서 그런 소리를 하는 건 아니다. 반쯤 자조가 섞인 농담이었다.

"10년간 우리 대부분이 죽었습니다! 그리고 그 비율은 점점 올라가고 있습니다! 여러분 중 몇 분이나 다음 회의에 얼굴을 비출 것 같습니까? 여러분의 자리를 새로 태어난 천사와 새로 각성한 헌터가 대체할 겁니다. 하지만 그것도 언젠가 한계가 오겠지요."

좌중이 이미 술렁이고 있었다. 가브리엘은 낭패한 기색이 역력했다. 그는 이미 논박에서 패배한 상황. 나는 마지막 일격을 준비했다.

바로 패러디였다.

나는 그가 한 말을 그대로 돌려왔다.

"가브리엘님의 말에는 함정이 있습니다. 가브리엘님은 승리만을 얘기하고 있지 않습니까?"

그리 말하면서 원탁을 강하게 내리쳤다.

쾅!

묵직한 소리가 회의장에 울렸다.

"결국 방어주의자는 승리 속에서도 패배하고 있을 뿐입니다."

"잘했다. 유제아, 아주 잘했어!"

메타트론은 마음이 넉넉해져서는 나를 마구 칭찬했다.

"슴뚱. 너도 보지 않았느냐? 본녀의 화신이 그 건방진 흰머리를 뭉개버리는 꼴을. 그건 그렇고 너도 본녀의 화신을 제법 잘 가르쳤구나. 원래 말발이 있는 녀석이긴 했다만."

"응, 나도 가르친 보람이 있네. 호호호. 아깐 무척 볼만했어. 비록 개전은 하지 못했지만 앞으로 강북에서 헌터는 자유롭게 활동할 수 있다는 결의를 채택한 건 큰 수확이었지."

미카엘라는 내게 다가오더니 손을 잡고는 그윽한 시선을 보낸다.

"소녀는 이번에 조금 더 반해버린 건지도 모르겠구나."

그러자 메타트론이 미카엘라를 붙잡는다.

"에잇. 본녀의 화신에게 달라붙지 말거라!"

"불만이면 메타트론 너도 달라붙으면 되잖니?"

그 제안에 메타트론은 당황해서 얼버무린다.

"아, 아니. 둘이 한꺼번에 달라붙는다고? 그, 그런 파렴치한 짓은 할 수가!"

옆에 있던 스이엘도 웃으며 한마디 해온다.

"유제아, 멋있었어."

"응, 고마워. 이번에 도와준 것도."

스이엘의 표정은 묘하게 기운이 없다. 아무래도 아까 모두회의에서 카마엘이 비아냥거렸던 걸 신경 쓰는 것 같다. 아니, 꼭 그것만은 아닌지도 모른다. 스이엘은 근래 계속 이런 느낌이다. 무슨 일이 있는 걸까? 금방 괜찮은 표정으로 돌아오는데다가 바빠서 신경을 못 썼는데, 아무래도 좀 알아봐야겠다.

"왜 그래? 유제아."

언제 그랬냐는 듯 다시 생글거리는 스이엘. 평소의 모습 그대로였다. 기운 없는 표정은 순식간에 사라져서 순간 헷갈렸다. 아무 문제없는데 나 혼자 과민반응인가 싶기도 하고.

"아까 어떤 멍청이가 비아냥거린 거 신경 쓰지 마."

"아? 그거. 걱정 마. 나는 그런 거 금방 흘려버리니까. 호호호."

아무렇지도 않은 것 같았지만 그래도 그냥 넘기고 싶진 않았다.

"저기, 스이엘."

"응?"

"이번에는 내가 너를 도울게."

이건 결코 빈 말이 아니었다. 스이엘은 내 표정을 보더니 약간 놀란 얼굴이 된다. 그러더니 아무 일도 없다는 듯 씩 웃는다.

"고마워. 그렇지만 신경 쓸 거 없어!"

역시 내가 착각한 건가? 메타트론이나 미카엘라는 스이엘에 대해 아무런 눈치도 못 챈 것 같다. 메타트론이야 워낙 남의 속도 모르는 녀석이니 그렇다 쳐도 미카엘라는 좀 의외인데?

설마 알고도 모른 척하는 걸까? 아니면 스이엘이 미카엘라 앞에선 표정관리가 철저하니 아직 눈치를 못 챈 걸까? 의외로 등잔 밑이 어둡기도 하니 말이다.

"일단 우리의 의도대로 분위기를 조성하는데 성공했다. 다 유제아 네 덕이니라. 축배를 들자꾸나!"

메타트론은 오늘 아주 너그러웠다. 원룸에 있는 자신의 '초코우유 전용냉장고'에서 초코우유를 꺼내 우리에게 나눠준 것이다. 평소 그녀라면 상상도 못할 일이다. 마치 찬장에 곶감을 두고 절대 안 꺼내놓는 고집스러운 노인처럼 초코우유에 집착해 왔기 때문이다.

"어머, 웬일이니?"

미카엘라도 초코우유를 받고는 의외라는 표정이었다.

"하하하. 오늘의 본녀는 저 하늘처럼 맘이 넓은 것이니라."

흠… 맘이 하늘처럼 넓어져야 초코우유를 하나 준다는 건가. 그래서는 맘이 넓은 건지 좁은 건지 알 수 없다. 뭐, 아무래도 상관없겠지. 나는 메타트론의 그런 자그마한 마음도 좋아한다.

**"건배———!"**

우리는 초코우유를 부딪쳤다. 그리고 각자 빨대를 문 채 앞으로의 일을 논의했는데 먼저 미카엘라가 목표를 제시했다.

"이후디엘과 라미엘을 정리해야 해."

그들은 중도파인 대천사다. 둘 다 이쪽으로 끌어들이긴 어려운데다, 백당 쪽에 붙어버리면 큰 문제가 된다. 그래서 미카엘라가 이후디엘과 라미엘을 처리하자고 하는 것이다.

비정한 의견이었다. 하지만 비정한 의견이란 정치적 감각이 뛰어난 자의 입에서 나오기 마련이다.

"게다가 유제아. 너는 심상호, 강풍호와 대치 상태잖아. 겸사겸사 대천사하고 위원을 같이 정리하는 게 좋을 거 같구나."

나도 미카엘라의 의견에 동의한다. 다만 걱정이 있었다. 그들을 정리해도 모두회의에서 개전의 결의를 통과시키긴 어렵다는 점. 개전 같이 중요한 일은 의사정족수의 2/3가 필요하다. 결국 백당의 일부까지 포섭하지 않으면 안 된다는 건데, 이게 만만치가 않았다. 내가 이런 우려를 표하자 의외로 메타트론이 걱정하지 말라고 한다.

"그건 본녀가 해결하겠다."

"정말?"

되묻자 약간 뿔난 얼굴이 된 메타트론.

"본녀가 그렇게 미덥지 못하더냐!"

"아니, 그건 아니지만 무척 어려운 일이잖아? 너 혼자 부담을 지게 할 수는…."

"언제부터 본녀가 그대의 걱정이나 사는 어린애가 되었느냐?"

하는 짓은 애가 맞지…. 내 걱정을 덜어주려면 저녁 밥 먹기 전에 과자 먹는 짓 좀 그만 둬.

"그대가 하려는 일도 쉽지 않은 일이다. 이런 때일수록 본녀도 힘을 내야 하는 것이다. 걱정할 것 없다. 유제아."

뭐랄까, 굉장히 어른스러운 발언인데. 아무래도 지금 메타트론의 한시적인 어른스러움이 발현된 거 같았다. 드물지만 이럴 때는 의지가 되는 게 사실이다. 그러니 믿고 맡겨볼까.

"알겠어. 그럼 그 부분은 부탁할게. 메타트론."

"오냐."

메타트론이 도와주겠다고 나선 덕에 나는 중도파인 이후디엘과 라미엘 공략에 더 집중할 수 있게 됐다.

"그들을 정리하려면 일단은 정보 수집이 우선이겠네."

"좋은 방법이 있다. 유제아. 본녀가 준 천사지배 능력이 있지 않느냐. 아직 다른 천사들은 본녀가 그런 능력을 가지고 있는지 알지 못한다. 그러니 몰래 두 클랜의 핵심천사를 지배한 뒤 정보를 빼 내거라."

솔깃한 방법이었다. 확실히 대북방 전쟁이 시작되기 전에 그들을 처리해야 한다. 앞으로 두고두고 이쪽의 발목을 잡을 작자들이었으니까. 곧 우리 넷은 이후디엘, 라미엘 클랜을 어떻게 정리할지 작당 모의를 시작했다. 열의를 가지고 음모와 모략을 꾸미는 자들이 늘 그렇듯, 좋은 아이디어가 쏟아져 나왔다.

"쿠후후."

메타트론이 음흉하게 웃었다.

"크크큭."

내가 음흉하게 웃었다.

"우후훗."

미카엘라가 음흉하게 웃었다.

"흐흐히히."

스이엘이 음흉하게 웃었다.

이제 사고뭉치가 둘에서 넷으로 늘어났다.

우리의 적에게는 불행한 소식이라 할 수 있었다.

## 서열 3위 가브리엘

"누구나 용기를 외칠 수 있다. 하지만 그
들이 무엇을 지켜냈나? 겁쟁이라는 비난
을 감수하면서도 무언가 지켜낼 수 있는
자가 진정으로 용기 있도다.
저기 저 용사를 보라! 그가 우리의 반절을
죽였다!"

# 2. 세상은 약한 존재가 따뜻한 꿈을 꾸는 걸 허락하지 않는다

나는 신경질적으로 머리를 쥐어뜯었다. 그러자 옆에서 서류 정리를 하던 원윤아가 의아해져서 묻는다.

"왜 그래? 기분 안 좋은 일 있어?"

"아니, 개똥도 약에 쓰려니 없어서."

"무슨 소리?"

"필요한 몬스터 부산물이 있는데 며칠째 시장에 안 들어와. 그렇게 귀한 건 아닌데 갑자기 안 보이더라고."

내 말에 원윤아가 혀를 찬다.

"헌터가 되더니 예전 일은 다 까먹었구나. 시장에서만 찾지 말고 하이에나들에게 직접 부탁해 봐. 시장에 들어오기 전에 팔리는 경우도 좀 있잖아."

"맞다. 그러면 되겠네."

"사람이 이렇게 쉽게 변해요. 얼마 전까지 하이에나의 왕이라 불리던 사람이."

할 말이 없었다.

"나갔다 올게."

노량진에는 하이에나단이 많이 들어온 상태다. 게다가 태반이 아
는 얼굴이다. 그런데 막상 가보니 기대와 달리 영 수확이 없었다. 누
가 뭘 하려는지 모르겠지만 내가 구하고 있는 '구르르의 독이빨'을
싹 쓸어갔다는 얘기뿐이었다. 한숨이 절로 나오던 그때 알고 지내던
하이에나 하나가 연락을 줬다.

　―유 단장. 어이쿠, 아니지. 이제 높으신 유 위원님이라고 해야 하나?
　―이거 왜 이래. 민망하게. 편한 대로 불러.
　―크크크. 구르르의 독이빨 구한다며.
　―소문 빠르네.
　―이 바닥이 다 그렇지.
　―그래서 뭐 좋은 소식이라도 있는 거?
　―물론. 지금 노량진 남문으로 가봐. 동주 하이에나단이 구르르
사체를 주워서 귀환 중이라고 하더라.

　딱 좋구나. 나는 그에게 감사를 표한 뒤 곧장 남문으로 갔다. 그리
고 거기서 출입절차를 진행 중인 동주 하이에나단을 발견했다. 동주
하이에나단의 단장과는 아는 사인데 이 바닥 인물 치고는 사람이 괜
찮은 편이다. 찾아온 이유를 말하자 단장이 내게 한 쌍의 남녀 하이
에나를 소개시켜줬다.

　"이번에 구르르의 독이빨은 얘들이 갖기로 했어. 하마터면 놓칠
뻔한 사체를 찾는데 공을 세웠거든. 그러니까 사고 싶으면 이 녀석

들에게 말해봐.”

아직 앳된 느낌의 남녀 하이에나. 단장이 갑자기 날 소개시켜 주자 의아해 하는 기색이다.

“나는 메타트론 클랜의 유제아다.”

그 말에 둘 다 곧 활짝 웃으면 반가워한다.

“아! 알고 있어요! 하이에나의 왕!”

“저도요! 그 유명한 유 단장님을 다 뵙다니.”

둘은 마치 나를 선망의 대상이라는 듯 바라보고 있었다.

그나저나 서로 많이 닮았는데.

“남매야?”

대뜸 묻는 내 물음에 남자 쪽이 끄덕인다.

“네. 티가 나나요?”

“응. 둘이 똑같이 생겼어.”

“하하하. 그렇군요.”

평소에도 그런 얘기를 많이 듣는 듯 남매는 서로를 보며 웃는다. 쾌활하고 성격이 좋은 남매였다. 둘 다 인물도 좋았다. 연예인이라고 해도 되겠는데?

“그런데 저희에게 무슨 볼일이세요?”

“아, 다름이 아니라 구르르의 이빨이 필요하거든. 요즘 어떤 놈이 몽땅 사가서 그런지 물량이 없어. 니들이 이번에 얻었다며? 값을 잘 쳐줄 테니까 넘기지 않을래?”

“그런 거라면 가능하죠. 하하.”

오빠 쪽이 싹싹하게 웃으며 품에서 단검처럼 기다란 송곳니 두 개를 꺼낸다. 검고 긴 이 구르르의 송곳니는 가공하기에 따라 독약이 되기도 하고 해독약이 되기도 한다.

"돈은 바로 줄게."

나는 폰의 액정에 6,000만 원을 찍은 뒤 오빠 쪽의 폰에다 가져다 댔다.

띠링.

곧 6,000만 원이 이체되었다. 남매는 그 금액을 보고 눈이 휘둥그 레진다.

"많아요! 단장님, 너무 많잖아요!"

확실히 그렇긴 했다. 원래 구르르의 송곳니는 개당 1,000만 원 가량. 두 개라고는 해도 2,000만 원이니까 세 배로 쳐준 거다.

"원래 이렇게 물량 없을 때는 웃돈이 붙고 그러는 거야."

"그래도요! 웃돈이라도 이건 많아요."

남매는 한사코 사양했다. 애들이 보통 이러기 쉽지 않은데 특이한 녀석들이었다. 사실 이 녀석들을 본 순간 예전의 지아 누나랑 내가 생각나서 더 쳐준 거다. 어린 남매가 힘내는 게 남 일 같지 않았달까.

"그냥 운 좋았다 치고 받아."

무슨 사연으로 둘 다 하이에나가 됐는지 안쓰러웠다. 이 일이 얼 마나 험하고 위험한지 잘 알기에 더 그렇다. 한데 남매는 한사코 사 양하더니 결국 3,000만 원을 내 계좌로 돌려줬다.

"웃돈은 개당 50%해서 1,500만 원으로 할게요. 더 먹으면 배탈 난다고요."

그리 말하며 웃는 오빠 쪽. 그리고 여동생도 오빠 뒤에서 고개를 열심히 끄덕이고 있었다. 결국 못 당하겠단 생각에 나도 웃고 말았다.

"알았다. 이 녀석들아. 좋은 물건 팔아줘서 고마워."

"네! 그런데 대신 하나 부탁이 있어요."

"음? 뭔데?"

내 물음에 오빠 쪽이 종이랑 펜을 내민다.

"단장님. 정말 팬입니다! 사인 하나만 해주세요!"

생각지도 못한 사인 요청에 잠시 당혹감을 감추지 못했다.

"뭐? 나 같은 거 사인 받아서 뭐하려고."

"그런 말씀 마세요. 단장님은 하이에나들에겐 완전히 영웅이라고요. 게다가 단장님은 저희들처럼 하이에나 출신이잖아요."

"그렇지."

"단장님의 사인을 갖고 있으면 저희도 일이 좀 잘 될 것 같아서요. 물론 단장님처럼 되는 건 어렵다는 거 저도 잘 알아요. 하지만 부모님 병원비 정도는 걱정하지 않는 처지가 됐으면 해서요."

들어보니 남매는 노부모를 모시고 있는데 어머니 쪽이 난치병으로 고생 중이라고 했다. 병원비가 많이 들기 때문에 둘 다 하이에나 일에 뛰어들었다고.

오빠의 이름은 홍준, 여동생의 이름은 홍담이었다.

각각 20세, 17세였다.

"단장님을 전부터 존경해 왔습니다. 사인이 아니더라도 꼭 한 번 만나 뵙고 싶었습니다!"

오빠가 그리 말하자 여태 오빠 등 뒤에 반쯤 숨어있던 여동생도 튀어나와 동조한다.

"저, 저도요! 정말 존경하고 있어요!"

솔직히 기분 좋았다. 노골적인 아부라면 눈살이 찌푸려졌겠지만 업계 후배의 이런 순수한 존경심 앞에선 미소가 지어질 수밖에.

"고마워. 둘 다."

나는 사인 두 개를 해서 그들에게 돌려줬다. 그러자 남매는 환하게 웃으며 기뻐한다.

"그럼 저희는 가보겠습니다! 바쁘신데 죄송합니다!"

남매가 함께 인사를 한다. 나는 그런 모습에 흐뭇해 하면서도 노파심을 감출 수 없었다. 사냥터가 일반인에게 좀 위험한 곳이어야지.

"너희 잠깐만."

나는 결국 떠나는 둘을 붙잡았다.

"네?"

"이거 가져가라고."

마법 주머니에서 마법이 걸린 팔찌 두 개를 꺼내 남매에게 건넸다.

"하나씩 차도록 해. 보호 효과가 부여된 팔찌야. 효과는 착용 후에 한 가지가 무작위로 나타난다. 투사체로 부터 보호, 독으로 부터 보호, 불로부터 보호 등등. 다양하지."

이 마법 팔찌는 꽤 인기가 있는 물건으로 개당 가격은 2억 원 정도. 내겐 별 것 아니지만 남매에겐 대단한 물건이었다.

"아니! 이런 귀한 걸! 받을 수 없습니다!"

놀라서 거절하는 오빠 녀석에게 억지로 쥐어줬다.

"부담 갖지 말고 가져. 형이 필요 없어서 주는 거니까. 솔직히 남아서 곤란할 지경이라니까."

그도 그럴 게 이 팔찌는 뽑기로 나왔다.

예전에 스이엘과 그 눈물의 뽑기에서 SS등급의 태양신격의 방패를 얻은 뒤, 나는 뽑기에 학을 떼면서도 이상한 미련이 남아버렸다. 그래서 최근에 몰래 뽑기 상자를 다시 건드렸고 그 결과가 이 마법 팔찌였다. 돈은 20억 가량 날리고 온갖 잡다한 물건만 뽑고 말아서, 나중에 스이엘에게 걸린 뒤 등짝 스매쉬를 연달아 맞아야 했다.

그래도 그렇지, 도박 중독 쓰레기라니.

"정말 괜찮나요?"

현금이 아니라 물건이라 좀 솔깃한 모양이었다.

"그래. 편하게 가져가. 담이한테도 도움이 될 거다."

오빠 녀석은 여동생 얘기가 나오니 그제야 욕심이 난 듯 물건을 받았다.

"단장님, 정말 감사합니다."

"앞으로 제아 형이라고 불러."

"정말이십니까?"

"그래."

나는 남매를 격려해 주고는 오다가다 보면 아는 척하라고 했다. 하이에나 일을 시작한 신참에겐 앞으로 고난의 길이 펼쳐질 거다. 그런 그들에게 내가 약간이나마 도움이 된다면 나쁘지 않은 일이다. 나 역시 누군가의 도움을 받으며 이 자리에 올라왔다. 그리고 이제는 내가 누군가에게 손길을 내밀어줄 차례였다.

홍준, 홍담 남매는 유제아의 우려와 다르게 새로운 일에 잘 적응했다.

　"어머니 걱정하지 마세요. 생각보다 안 위험해요."

　-그게 정말이니? 니들을 위험한 곳에 보내놓고 엄마가 마음이 편치가 않네.

　"네, 저희가 몬스터와 싸우거나 하는 건 아니니까요. 그냥 단장님 인솔 하에 사체만 회수해 오는 게 일이에요."

　-그래도….

　"너무 걱정하지 않으셔도 되요. 그리고 담이는 무슨 일이 있어도 제가 지킬 테니까요.

　-고마워, 우리 아들. 아들이 이번에 돈 많이 보내줘서 엄마가 수술 날짜가 잡혔어.

　"정말 다행이네요. 어머니."

　최근에 남매는 이전에 상상할 수 없는 돈을 만지고 있었다. 이제 더는 난치병인 어머니의 치료비를 걱정하지 않아도 됐다. 홍준은 자신감이 넘쳤다.

　"걱정하지 마세요. 아무 일도 없을 거예요. 그리고 어느 정도 벌면 바로 담이 부터 은퇴시킬 거니까요."

　-그래, 우리 아들 힘내.

　늘 힘든 삶이었다. 게다가 홍준은 학창시절 사고도 많이 쳐서 어머니 속을 어지간히 썩였다. 그런데 이제야 제대로 효도하는 것 같아서 행복한 기분이었다.

"네, 어머니 또 전화 드릴게요. 몸 조리 잘 하시고요."

전화를 끊은 홍준은 마트에 들려 먹을 걸 잔뜩 샀다. 이전이라면 치킨도 쉽게 사먹지 못했는데 이제는 맘대로 사도 괜찮았다. 기분을 내느라 한보따리를 구매한 탓에 돌아가면 여동생에게 혼날 걱정을 하게 됐다. 하지만 그래도 홍준은 기분이 좋았다.

"하하하."

돌아가는 길에 절로 웃음이 흘러나왔다.

하지만, 호사다마란 말이 있다.

인생이란 참으로 얄궂게도 즐거운 꿈을 꿀 때면, 금세 악몽으로 변해버리곤 했다. 특히나 그같이 작은 존재가 무언가 좀 좋은 걸 가졌을 때는 더더욱 말이다. 마치, 세상은 그런 걸 허락하지 않는 것 같았다.

심상호는 최근 속이 썩어가고 있었다. 유제아와의 갈등이 가장 큰 문제였고, 그 때문에 후계자 위치도 삐걱거리는 중이었다. 연합헌터단의 단장이 심상호를 칠 것이라는 소문 때문에 청성그룹 회장이 마음을 바꿔먹은 탓이다.

그런데 문제는 이런 골칫거리들의 돌파구가 안 보인다는 점이었다. 속이 날이 갈수록 썩어가던 그는 분풀이로 하급 몬스터를 학살

하고 있었다. 그는 자기보다 약한 상대를 괴롭히고 죽일 때 기분이 무척 좋았다. 그러던 중 심상호와 그를 따르는 헌터들은 사냥터에서 한 하이에나단을 발견했다.

"야, 저 새끼들 봐라. 일반인 새끼들이 주제도 모르고 사냥터로 기어 나오네."

심상호가 기분 나쁜 표정을 짓자 그의 옆에 있던 똘마니가 솔깃한 제안을 한다.

"심 위원님. 제가 재밌는 생각이 떠올랐습니다."

내용인즉슨, 근처의 몬스터를 유인해서 저 하이에나단에게 풀어 놓자는 것이었다.

"볼만할 겁니다. 저 새끼들이 살아보겠다고 이리 뛰고 저리 뛰는 꼴이."

"푸핫! 으하하핫! 이 새끼 완전 천재 아냐! 얼마나 사악하면 그런 생각이 떠오르는 거야. 이 천하의 심상호도 생각하지 못한 건데."

주변의 헌터들 사이에서 웃음이 터져 나왔다.

심상호는 갑자기 기분이 좋아졌다. 저 멀리 있는 하이에나단은 몬스터를 피하기 위해서 아주 조심스럽게 움직이고 있었다.

"아마 잘 하고 있다고 생각하겠지. 큭큭."

심상호는 그들이 갑자기 몬스터와 맞닥뜨리면 어떻게 될지 기대돼서 일그러진 웃음을 참을 수 없었다.

"헉! 허억! 헉!"

홍준은 홍담을 업고 계속 달려 나갔다. 습격을 받은 숲을 이미 벗어난 지 한참이었지만 그는 홀린 듯 계속 달려 나갔다.

어디서부터 잘못된 걸까? 아무 문제없는 간단한 회수 업무였다. 게다가 동주 하이에나단은 방심하지 않고 신중하게 움직이고 있었다. 그런데 갑자기 표범처럼 날래고 교활한 몬스터들이 나타나 그들을 학살했다.

"피해! 도망가라고!"

동주 하이에나단의 단장이 악을 쓰며 외치는 소리가 아직도 귓가에서 울리고 있었다. 그 길로 모두 흩어졌고 홍준은 몬스터에게 부상을 입은 홍담을 업고 정신없이 달아났다.

"오빠, 잠깐 쉬었다 가."

"아니야. 빨리 벗어나야 해."

"오빠, 제발…. 그러다 오빠 죽어."

홍담이 보기에 오빠인 홍준은 당장이라도 쓰러질 것 같아 보였기 때문이다.

"어서 병원에 가자. 어서 병원에."

홍준은 아까부터 같은 말만 반복하고 있었다.

"나도 힘들어서 그래…. 일단 좀만 쉬어가자. 응?"

결국 홍준은 여동생을 근처에 조심스럽게 눕혔다. 응급처치를 했지만 출혈이 너무 심했던 탓에 이대로는 가망이 없어 보였다. 장비로 확인해 보니 앞으로 노량진까지의 거리는 10Km. 서두르는 게 좋았다.

"너는 무슨 일이 있어도 지켜줄게."

"오빠…."

"걱정할 거 없어. 자, 다시 움직이자."

잠시간 숨을 돌린 홍준은 억지로 몸을 일으켰다. 이대로 계속 쉬었다가는 다리가 안 움직일 것 같았기 때문이었다. 그런데 그때 홍담이 무언가를 발견하고 손짓한다.

"오빠… 저거 봐. 사람들이 있어."

"뭐?"

놀란 홍준이 보니 정말 일단의 사람들이 지나가는 게 보였다. 주로 특수부대 복장과 비슷한 하이에나와는 확연히 구분되는 판타지 스타일의 복장. 틀림없이 헌터들이었다.

"살았다! 살았다고!"

헌터라면 회복 주문을 사용해 줄지도 모른다. 그게 아니라도 힐링 포션 정도는 갖고 있겠지. 홍준은 완전히 마음이 놓여서 소리쳤다.

"여기요! 여기! 여기요!"

두 팔을 마구 흔들면서 헌터 무리를 부르는 홍준. 사냥터에선 위험한 행동이었지만 그런 걸 가릴 겨를이 없었다.

"여기요! 여기 좀 도와주세요!"

홍준의 목소리가 주의를 끄는 데 성공했다. 무심히 지나가던 헌터들은 곧 멈춰서더니 자기들끼리 수군거린다. 그리고 곧 남매에게 다가왔다.

"도와주세요! 사람이 다쳤어요!"

반가운 마음에 홍준은 손을 계속 흔들어댔다. 그런데 다가온 헌터들의 인상이 별로 좋지 않았다. 모두 냉정하고 무심하기 짝이 없는 표정이었다. 마치 남매의 일에는 관심도 없다는 듯이.

홍준은 뭔가 이상한 느낌에 손이 멈추고 표정이 굳었다. 홍담 역시 몸이 저절로 움츠러드는 걸 느꼈다. 그런 남매를 물끄러미 보던 헌터 중 하나가 침을 퉤 뱉으며 말한다.

"위원님. 그냥 죽어가는 하이에나들 아닙니까. 귀찮은데 버리고 가지 뭐 하러…."

이상하게도 그건 연기하는 기색이 가득한 말투였다. 마치 우연히 마주쳤다는 걸 가장하는 듯이. 그런 그의 말에 한 남자가 웃으며 앞으로 나섰다.

"아하하하. 대천사 이후디엘님의 체면도 있는데 그분의 클랜원인 우리가 그럴 순 없지 않아? 다친 하이에나를 구해주는 게 뭐 그리 큰 일이라고."

표정이 굳어 있던 홍준은 그 남자의 말에 희망을 품었다. 하지만 그 건 어리석은 기대였다. 웃으면서 나선 이는 바로 이후디엘 클랜의 위원인 심상호였기 때문이었다. 애초에 조심스레 움직이던 동주 하이에 나단이 전멸한 게 심상호의 장난질 탓이란 걸 둘은 모르고 있었다.

"제발 도와주십시오. 동생이 크게 다쳤습니다."

홍준은 심상호에게 간곡하게 매달렸다. 그런 홍준을 심상호는 다 정하게 달랜다.

"걱정하지 마. 같이 사냥터에서 일하는 처지인데 못 도와줄 것도 없지."

"가, 감사합니다!"

"어디 보자."

심상호는 다친 홍담을 살펴본다. 그런데 무척 건성이었다. 마치 천한 것에는 손도 대기 싫다는 듯한 태도였다.

"이거 하나 쓰면 깨끗하게 낫겠네."

심상호는 품에서 금빛 포션을 꺼내 흔든다. 유리병 안에 출렁이는 액체는 마치 황금을 녹여서 만든 것 같은 깨끗한 금빛이었다. 실제로 그것은 같은 무게의 금만큼이나 귀한, 치명상을 치료하는 포션이었다.

"감사합니다! 부디!"

홍준은 당연히 포션을 주려는 줄 알고 손을 뻗었다. 하지만 심상호는 손을 뒤로 빼서 피한다.

"잠깐, 잠깐."

"네?"

"공짜로 달라는 거야?"

"아, 아닙니다! 돌아간 뒤에 대금을 지불하겠습니다."

힐링 포션은 하이에나에게 부담스럽긴 했지만 가지고 다니지 못할 수준도 아니었다. 목숨을 구해줄 물건이니 억 단위라고 투자하지 못할 이유가 없다. 다만 홍준은 아직 신참이라 따로 힐링 포션을 마련할 여유가 없었을 뿐이다.

"제 벌이로 충분히 갚을 수 있으니 부디! 제발요!"

"하하핫! 나를 대체 누구로 생각하는 거야? 돈이라면 넘칠 정도로 있다고."

"하면?"

돈으로 넘기지 않을 거면 대체 뭘 원한다는 걸까. 홍준은 도저히

알 수 없었다. 그러자 심상호는 비릿한 웃음을 지으며 한쪽을 가리
켰다.

"저걸 봐."

"저건!"

심상호가 가리킨 곳에서 몬스터 하나가 다가오고 있었다. 어디서
나타난 건지 알 수 없었지만 아까 홍준이 소리를 지른 탓에 주의를
끈 게 틀림없었다. 마치 곰을 닮은 듯한 하급 몬스터가 주위를 슬슬
돌며 이쪽의 눈치를 보고 있었다. 곧 두 발로 서서 코를 킁킁거리는
게 홍담의 피 냄새에 자극을 받은 듯했다. 기다란 혀를 날름거리며
이쪽에서 시선을 떼지 못한다.

"저 몬스터는 왜?"

불안감을 감추지 못하는 홍준에게 심상호가 되묻는다.

"왜겠어?"

그의 말에 이유를 알아챈 헌터들이 웃음을 터뜨렸다. 그들은 재밌
다는 듯 손뼉까지 쳐댔다.

"위원님이 왜 그러시나 했더니 이런 재미난 일을."

"원래 싸움은 좆밥들 싸움이 제일 재밌는 법이죠. 키키킥!"

박장대소하는 헌터들의 모습에 홍준은 아연실색해졌다.

"지금 뭣들 하는 겁니까! 사람이 죽어가고 있는데!"

버럭 화를 내는 홍준에게 심상호는 여전히 웃음기 가득한 태도였
다. 그는 홍준의 눈앞에서 힐링 포션을 다시 흔들어 보인다.

"갖고 싶지? 어려울 것 없어. 가서 저 몬스터랑 싸워봐."

"당신 정말!"

홍준은 화를 내며 달려들었지만 심상호는 단번에 그의 얼굴을 붙잡아 제압한다.

"니들 같이 천한 목숨 여기서 죽는 거 누가 신경이나 쓰겠어? 응? 그러니까 재미라도 있게 해보란 말이야. 그지 새끼야."

"으윽! 으!"

홍준은 자신의 얼굴을 붙잡은 심상호의 팔을 떼어내기 위해 노력했지만 아무 소용없었다.

"오빠… 하지 마… 절대 안 돼…,"

뒤에서 홍담이 서둘러 홍준을 말렸다. 하지만 그녀의 목소리는 처음보다 더욱 기운이 빠져 있었다. 홍준은 여동생이 노량진에 도착할 때까지 버티지 못할 것임을 깨달았다. 그렇게 흔들리는 모습을 보이자 심상호가 더욱 싸움을 부추겼다.

"아무래도 네가 불리할 테니 조건을 좀 조정해 줄게. 가서 이기라는 게 아냐. 쫓아버리기만 하라고. 그러면 네 승리로 인정해 준다고. 저 곰 같은 놈은 말이야, 덩치는 저래도 겁이 많다고. 총 몇 방 쏘면 놀라서 도망갈지 혹시 모르잖아?"

홍담은 이제 눈물을 글썽이며 말린다.

"오빠, 안 돼. 그러다 오빠 죽어….,"

그러자 심상호는 우는 홍담을 보며 홍준에게 속삭였다.

마치 유혹하는 악마처럼.

"귀여운 여동생을 그대로 죽게 둘 건가? 응?"

홍준은 이게 얼마나 무모한 짓인지 잘 알고 있었다. 동주 하이에 나단은 표범 크기의 몬스터 몇 마리에게 잘못 걸려 붕괴되지 않았

나. 혼자 저 곰처럼 덩치가 큰 몬스터를 상대하는 건 말이 안 되는 소리였다. 하지만 죽어가고 있는 여동생을 슬쩍 본 그는 다른 길이 없음을 깨달았다. 어머니께 반드시 지켜주겠다고 약속했다.

"약속은 꼭 지키셔야 합니다."

"물론이지. 킥킥."

홍준이 그리 결심하고 앞으로 나서자 홍담이 몸을 반쯤 일으키며 말려온다.

"안 돼. 오빠, 죽을 거라고…."

"미안, 담아. 너무 걱정 마. 다 잘 될 거니까."

홍준은 여동생에게 달리 해줄 말이 없었다. 그는 눈물을 흘리는 여동생을 애써 외면하고는 앞으로 나섰다. 그러자 지켜보던 헌터들이 격려인지 야유인지 알 수 없는 소리를 질러댄다.

"재밌게 좀 해봐! 바로 픽 죽지 말고!"

"그래! 하하하핫!"

지켜보던 홍담은 기가 막힌 심경이 됐다.

자기 오빠가 죽을 각오로 나섰는데 저런 소리를 하다니. 그녀는 눈앞의 헌터들이 과연 사람인지 믿기지 않았다. 몬스터와 너무 오래 싸워서 그들도 몬스터가 돼 버린 것 같았다.

"당신들! 정말 인간인가요!"

애써 항의하는 홍담을 향해 심상호는 비릿하게 웃었다.

"글쎄. 그건 나도 잘 모르겠는 걸? 하지만 한 가지는 확실해. 바로 내가 헌터라는 거!"

홍담의 눈에서 눈물이 쏟아졌다.

심상호가 두려워서도 아니고, 자기가 곧 죽게 될까 싶어서도 아니다. 오빠인 홍준이 너무 불쌍해서였다.

홍준은 잘못된 선택을 했다.

이들은 헌터란 이름의 괴물이었다. 결코 오빠와의 약속을 지키지 않을 것이다. 자신을 버리고 오빠라도 사는 게 최선이었다. 하지만 다시 한 번 선택의 기회가 와도 오빠가 그러지 않을 걸 알았기에 홍담은 더 서글퍼졌다.

"흑흑…."

눈물을 흘리며 고개를 떨어뜨리니 심상호가 홍담의 머리채를 잡아챈다. 그리고 억지로 고개를 들게 했다.

"외면하면 안 되지. 네 오빠가 목숨을 걸고 있는데. 응?"

타다다당! 타당!

총성이 울린다. 홍준은 필사적으로 싸우고 있었다. 하지만 총격에도 불구하고 몬스터는 물러날 줄을 몰랐다. 오히려 성질만 돋구고 있었다.

-쿠어어엉!

성이 잔뜩 난 몬스터가 포효하며 두 발로 일어났다. 똑바로 서자 체고가 무려 5미터가 넘을 정도로 거대했다. 도저히 하이에나 혼자서 총질로 이길 상대가 아니었다. 곧 몬스터는 앞으로 쓰러지는 것처럼 홍준을 덮친다.

"오빠! 안 돼!"

참을 수 없게 된 홍담이 아픈 몸을 억지로 일으켜 오빠에게 달려가려 했다. 이대로 오빠가 죽는 걸 지켜보고 있을 수만은 없었다. 하

지만 그때 심상호가 그녀의 어깨를 잡고 땅바닥에 짓누른다.

"네가 오빠의 결심을 망치면 안 되지? 응? 안 그래?"

"놔! 놓으라고! 쓰레기야!"

"그 건방진 입도 오래 못 갈 걸? 곧 네년 오빠는 뒤질 테니까. 그리고 네년도 여기서 혼자 죽을 거다! 크크크!"

심상호는 남의 고통을 후벼 파면서 희열을 느꼈다. 최고로 즐거웠다. 지금만큼은 자신을 괴롭히는 문제도 생각나지 않았다.

"놔! 이 새끼야!"

"하하하핫! 이래서 벌레 새끼들이 발버둥치는 건 재밌다니까! 어디 더 해봐."

그때 아슬아슬하게 몬스터의 공격을 피하던 홍준이 한 방 맞고 뒤로 날아갔다. 추욱 늘어진 채 뒤로 데굴데굴 굴러가는 그 모습에 홍담은 손을 앞으로 뻗으며 절규했다.

"오빠!"

그 모습에 그녀를 내리 누르고 있던 심상호가 비아냥거린다.

"그래, 손을 뻗어봐. 간절하게 뻗으면 닿을까? 응? 히히힛! 하지만 유감이군! 네년 손에 닿는 건 바로 내 손인데?"

심상호는 홍담의 뻗은 손을 잡고 징그럽게 만지기 시작한다. 그리고 느끼한 어투로 연기했다.

"오빠는 걱정하지 마렴. 우리 귀염둥이랑 함께해서 행복했으니까. 꼭 오빠 몫까지 살아야 한다?"

"이 개새끼야!"

홍담은 허리춤에서 대검을 꺼내 심상호를 찔렀다. 하지만 이 고위 헌터에겐 그런 공격은 아무 것도 아니었다. 가볍게 피한 그는 자리에서 일어나더니 홍담의 허리를 걷어찬다.

"크윽!"

옆으로 데굴데굴 굴러단 홍담. 그녀는 곧 입에서 피를 쏟으며 괴로워한다. 그리고 그런 모습을 보며 헌터들은 재밌다고 웃음을 터뜨렸다.

"정말 서민 새끼들은 하는 짓까지 벌레라니까!"

"그러게 왜 사냥터에 나와! 주제도 모르고! 크하하하. 우리 아버지 공장에서 2교대 생산라인에 처박혀 있지!"

그런 비웃음에도 홍담은 신경 쓸 여력이 없었다.

쓰러진 그녀의 눈에 오빠가 몬스터에게 물리는 모습이 보였기 때문이었다.

와그작.

어찌 해볼 수도 없이 짧은 순간이었다.

그녀의 가족은 머리가 없어진 채 축 늘어져 있었다.

"오, 오빠?"

눈앞이 새하얗게 변한다.

너무 큰 충격을 받아서 사고가 정지해 버렸다. 몬스터는 그녀의 오빠를 물고 어디론가 떠나간다.

"오빠… 오빠…."

넋이 나간 그녀가 눈물을 쏟아내려던 그 순간.

갑자기 나타난 군홧발이 지면을 밟으며 그녀의 시야를 가렸다.

"뭐, 꽤 재밌었어."

심상호였다. 그는 손 안에 황금색 포션병을 들고 있었다. 그의 얼굴은 어째서인지 매우 따뜻하고 상냥해 보였다. 그리고 세상 누구보다 자비로운 사람인 양 포션병을 홍담에게 내민다.

"원래라면 줄 수 없겠지만 나도 사람이야. 마음이 너무 아프니 이걸 대신 줄게. 네 오빠를 자랑스럽게 생각해도 좋아. 그런 싸구려 목숨으로 이 정도 되는 포션을 얻어냈으니까. 충분히 남는 장사인 거지. 자, 이제 네 오빠의 목숨 값을 마시렴."

생긋 웃는 심상호.

혼이 날아가 버린 홍담은 그저 말없이 고개를 저을 뿐이었다. 그러자 심상호는 어깨를 으쓱하더니 힐링 포션을 그녀의 얼굴 근처에 내려놓는다.

"현실적인 판단을 해. 자, 여기 두고 갈 테니까 생각이 있으면 마셔. 기왕이면 살아줘. 너는 얼굴이 예쁘니까 업소에서라도 쓸 수 있을 것 같으니까. 혹시 알아? 살다 보면 하룻밤은 내 고기변기가 돼서 은혜를 갚을지? 흐흐흐하하!"

심상호는 눈이 죽어버린 홍담의 뺨을 톡톡 쳐준 뒤 자리를 떴다. 그는 모처럼 재밌는 구경했다는 듯 아주 경쾌하고 시원한 얼굴이었다.

"하하하하하! 십년 묵은 체증이 다 풀리는 느낌이네! 유제아 썹새끼가 이런 꼴을 겪어야 하는데!"

그가 기지개를 켜고 걸어 나가자 주변의 헌터들이 따라붙는다. 그리고 그중 한 명이 묻는다.

"여자를 죽이지 않아도 되겠습니까? 혹시 살아서 돌아가면 골치 아파집니다."

"걱정할 거 없어."

"네?"

"저거 사실 보통 힐링 포션이 아니거든. 하하하핫!"

그 힐링 포션은 심상호의 비열한 도구 중 하나로, 힐링 포션에 특별한 독을 탄 것이었다. 구르르의 송곳니를 이용해 만드는데 심상호만 알고 있는 비법이었다. 최근에 재료가 떨어져 시장에서 구르르의 송곳니를 잔뜩 매입하기도 했다. 그는 이렇게 독을 탄 힐링 포션을 이용해 도와주는 척하며 많은 사람을 죽여 왔다.

"몸은 일부 회복하겠지만, 곧 독에 죽고 말 거야. 그러니 신경 쓰지 말라고."


심상호의 일행이 떠나고 한참 뒤.

그제야 정신이 조금 돌아온 홍담은 눈물이 쏟아지기 시작했다. 하지만 그녀는 이를 악물고 참아냈다.

'지금은 이럴 때가 아니야.'

홍담은 최대한 냉정하게 생각하기 위해 노력했다. 그리고 오빠의 억울한 죽음을 풀어주려면 노량진으로 돌아가 이 사건을 알려야 한다는 결론을 내렸다.

'아무도 내 말을 안 믿어줄지 몰라. 하지만 유제아 단장님이라면.'

그녀는 억지로 손을 뻗어서 힐링 포션의 뚜껑을 열었다. 심상호가 주고 간 걸 마셔야 한다는 점에서 홍담은 말할 수 없는 치욕을 느꼈다. 생판 모르는 변태에게 갑자기 온몸을 주물러져도 이 정도는 아닐 것 같았다.

"우웩!"

결국 한 모금을 넘기자마자 토해내고 말았다. 심리적으로 거부감이 엄청났다. 눈물과 콧물이 좔좔 흘러나왔다. 하지만 홍담은 다시한 번 억지로 들이켰다.

"우웨에!"

토악질이 또 일어나려고 하자 홍담은 양손으로 자기 입을 틀어막은 채 버텼다. 눈물이 터져 나오고 손 틈으로 침과 포션, 위액이 역류했다. 하지만 그녀는 오빠를 생각하며 버텨냈다. 작은 몸을 웅크리고 어떻게든 살아남기 위해 견디고 견뎌서 포션을 억지로 집어삼켰다. 그런데 어째서인지 점점 의식이 희미해져 갔다. 힐링 포션일 텐데 왜 그런 건지 홍담은 알 수 없었다.

'오빠…… 오빠…'

그저 죽은 오빠를 몽롱해지는 의식 속에서 부를 뿐이었다.

곧 그녀는 혼절해 쓰러졌다.

그리고 그때.

유제아가 그녀에게 선물했던 팔찌가 작동하며 빛을 발했다.

## 서열 4위 라파엘

　"형용모순이라고 알아? 나 같은 애를 가리킨다는 아주 좆같은 말이지. 에이 씨발. 하지만 세상은 나 이상의 모순 덩어리야! 아주 그냥 거지발싸개 같다고. 나는 그저 고통을 나누고자 했어. 하지만 그걸로 고통은 절반이 되지 않았지. 오히려 2배로 뛰더라니까?"

# 3. 피할 수 없는 대립

"유제아. 같이 TV나 보자. 어딜 가는 것이냐?"

침대에 쪼그리고 앉아 있는 메타트론이 리모콘을 만지며 묻는다.

"할 일이 있어서."

메타트론은 의외로 혼자 있기 싫어한다. 그녀는 과거와는 모조리 반대로 하고 있었다. 홀로 있었기에 이제는 계속 누군가와 있으려고 했다. 떠돌았기 때문에 이제는 밖에 나가는 걸 꺼렸다.

"지아 누나랑 같이 봐."

"알겠다. 유지아랑 놀지 뭐."

다행이야. 지아 누나가 있어서. 누나는 메타트론 돌보기도 썩 잘 해내고 있었다.

"메론아, 이거 요즘 시청률 높다고 하더라."

"호? 그런 것이냐. 역시 본녀의 안목이 틀림없구나."

지아 누나는 짧은 시간에 메타트론을 다루는 법에 통달해 있었다.

"메론아, 이거 언니가 오다가 사온 건데. 먹어볼래? 벨기에 초코 렛이야."

"호고곡! 무어라! 벨기에에서 온 쪼꼬란 말이더냐! 세상에! 그런 귀한 게!"

지아 누나는 물건을 사용해서 자기 기반을 착실히 다져가고 있었다.

"같이 TV보면서 먹자. 메론아."

"유지아, 너는 정말 좋은 녀석이다."

재잘거리는 둘을 뒤로 하고 나는 내 방으로 돌아왔다. 그리고 마음을 차분히 했다. 왜냐? 레벨 업을 위해서였다. 지난번에 대군주급 몬스터 르카를 쓰러뜨리고 경험치를 많이 먹은 덕이다. 사실 진작했어야 했는데 워낙 공사다망하다 보니 이리 되었다. 그래도 역시 레벨 업은 차분하게 해야겠지.

"좋아. 그러면 해볼까."

나는 더 망설일 것 없이 스탯 창의 레벨 업 버튼을 눌렀다.

번쩍!

-축하드립니다! 당신은 이제 **S등급 히든 클래스**인 '**메타트론의 화신**' 레벨6이 되었습니다!

**힘** +20
**지능** +20
**지혜** +20
**민첩성** +20
**건강** +20
**카리스마** +14

의지 +14

행운 + 6

A등급스킬 **위엄발현**이 S등급으로 향상됩니다!

**마력 회복률**이 170%로 상승됩니다!

**원소 저항력**이 30%로 상승됩니다!

새로운 스킬, **〈감시의 눈길〉**이 사용 가능해집니다!

전보다 스탯 상승폭이 더 올랐다. 그리고 위엄 발현 스킬이 S등급으로 향상되었다. 덕분에 앞으로 더 큰 카리스마 수치 보정을 노려볼 수 있게 됐다.

또한 신 스킬 감시의 눈길이란 게 눈에 띈다. 설명을 읽어보니 36개의 마법적인 눈을 만들어 200미터 일대의 원하는 걸 모두 볼 수 있다고 했다. 대단한데. 이거면 소형 드론 36개를 일제히 공중에 뿌리는 것과 마찬가지였다. 투명체나 마법적인 함정 역시 탐지 가능한 강력한 스킬이었다. 앞으로 유용할 듯했다. 그나저나 메타트론의 화신이란 직업, 히든 클래스답게 레벨 업 때마다 나오는 스킬이 하나같이 대단하구나. 여기에 레벨 업으로 능력치 스탯을 +10 받게 됐다. 나는 이제껏 이것을 '지배'와 여기서 파생된 '천사 지배'에 투자해 왔다. 이번에도 다를 건 없었다.

선택과 집중이 내 기본적인 원칙이다.

나는 10포인트를 모두 천사 지배에 투자했다. 그러자 새로운 시스템 메시지가 떴다.

> **천사 지배력**이 늘어납니다! 좀 더 많은 수의
> 천사를 지배할 수 있게 됩니다!

좋은데?

천사 지배에는 지배력이란 게 존재한다. 기존의 지배력은 미카엘라 하나를 지배하고는 완전히 꽉 차버려서는 추가적인 천사 지배가 불가능한 상황이었다. 그런데 스탯을 투자한 탓에 여유가 더 늘어났다. 대천사를 하나 더 지배할 정도로 많이 늘어나지는 않았지만 충분히 유용할 것 같다. 그러면 레벨 업도 했겠다, 오랜만에 상태 창을 꼼꼼히 살펴볼까.

> **이름** : 유제아(메타트론 패밀리의 권속)
>
> **나이** : 26세
>
> **클래스** : 메타트론의 화신(S등급 히든 클래스)
>
> **레벨** : 6
>
> **클래스 특전** : 영웅의 기본 능력치, 추가 능력치 +50, 원소 저항력 +30%, 마력 회복률 +170%, 부활, 향상된 재생, 질병에 면역, 강한 정신력.
>
> **힘** 396 (기본 96, 클래스 특전 +50, 태양 신격의 방패 +75, 태양의 펜던트 +175)
>
> **지능** 218 (기본 93, 클래스 특전 +50, 태양 신격의

방패 +75)

**지혜** 245 (기본 120, 클래스 특전 +50, 태양 신격의 방패 +75)

**민첩성** 251 (기본 126, 클래스 특전 +50, 태양 신격의 방패 +75)

**건강** 233 (기본 108, 클래스 특전 +50, 태양 신격의 방패 +75)

**카리스마** 523 (기본 143, 클래스 특전 +50, 태양 신격의 방패 +75, 태양의 펜던트 +255)

**의지** 304 (기본 179, 클래스 특전 +50, 태양 신격의 방패 +75)

**행운** 175 (기본 50, 클래스 특전 +50, 태양 신격의 방패 +75)

**특수 능력** : 현현(S등급. 하루에 한 번), 위엄 발현(S등급. 하루에 다섯 번), 치료(A등급. 하루에 열 번), 방패 튕기기(A등급. 제한 없음. 마력의 양만큼 사용 가능), 감시의 눈길(A등급, 하루에 세 번), 천사 지배(한 달에 한 번)

지금의 나 정도라면 노량진 점령 때 애를 먹였던 우룩켈 쯤은 낙승하지 않을까 싶다. 짧은 사이에 이 정도 성장했구나.

쿵쿵쿵!

그런데 그때 누군가 방문을 두들긴다. 누구야, 밤도 늦었구먼. 문을 열어보니 비서인 원윤아였다.

"일이 생겼어."

"뭔데?"

"하이에나 하나가 실려 왔는데 그게 좀 수상한 구석이 있어서."

하이에나가 다쳐서 노량진으로 후송되는 건 불행하지만 특별한 일은 아니다. 그럼에도 원윤아가 저리 말하는 건 뭔가 이유가 있겠지.

"알았어. 가보자."

"아, 그리고 말이야. 동주 하이에나단 전멸했다고 해."

"뭐? 정말?"

"응. 후송된 하이에나 하나가 유일한 생존자야."

동주 하이에나단이라고 하니까 내게 사인을 요청했던 어린 남매가 떠올랐다. 나는 절로 발걸음이 빨라졌다.

"외상은 치료가 가능한데 무슨 이유에선지 정신을 차리지 못하고 있네요. 일단 경과를 두고 봐야할 것 같아요. 그리고 힐링 포션을 마셨던 흔적이 있는데, 이 과정에서 치명적인 독도 함께 작용한 게 틀림없어요. 이유를 모르겠습니다. 아무래도 이것 때문에 신체에 무리가 간 것 같아요."

치료 능력을 가진 헌터의 말에 나는 고개를 끄덕여 보였다.

"한동안 부탁드리겠습니다."

"맡겨주세요. 단장님."

현재 내가 온 곳은 미카엘라 클랜의 신성지다. 미카엘라 클랜은 치료에 뛰어난 헌터들이 많았기에 병원 영업도 같이 하고 있었다. 나는 실려 온 하이에나를 물끄러미 내려다보았다. 아는 얼굴이었다. 바로 그때 사인을 받으러 왔던 남매 중 동생 쪽이다. 분명히 홍담이란 이름이었지.

"수상한 게 있다고?"

홍담을 계속 보면서 묻자 윤아가 대답한다.

"응. 환자복으로 갈아입히면서 보니까 폭행당한 흔적이 있다고 해."

"같은 인간에게?"

"응. 몬스터에게 당한 흔적도 있지만 이후 인간에게 몇 차례 얻어맞은 흔적이 있어."

"수상한데…."

동주 하이에나단의 전멸. 게다가 홍담의 몸에 있는 폭행의 흔적. 뭔가 사건의 냄새가 난다. 그래도 일단 홍담이 깨어날 때까지는 대처하기가 애매하다. 어찌 된 상황인지 알아야 뭐라도 하지.

"일단 이 문제는 어찌할지 고민해 보자."

윤아에게는 홍담을 신경 써주라고 덧붙였다. 그리고 나는 이 사건이 한동안 더 진척이 없을 거라고 생각했는데, 사흘 뒤에 상황이 반전됐다.

목격자가 나타났던 것이다.

"반갑습니다. 이쪽으로 앉으시죠."

사건을 목격했다는 인물은 중년의 하이에나였다. 수염이 덥수룩한 그의 얼굴에는 두려움이 묻어나고 있었다. 그래서 나는 그를 따뜻한 말투로 친절하게 대했다.

"윤아야. 커피 좀 부탁해."

"네, 단장님."

곧 커피가 나오자 그에게 권하고는 입을 열었다.

"오늘 제보하신 일에 관해서 하나도 걱정하실 것 없습니다. 저희 연합헌터단에서 선생님의 안전을 보장하겠습니다. 모쪼록 본 걸 자세히 말씀해 주시길 바랍니다. 소정의 사례도 하겠습니다."

나는 윤아에게 손을 까딱까딱했다. 그러자 윤아가 검은 색 가방을 내밀더니 열어보였다. 안에는 오만 원권이 가득하다.

"2억 원입니다. 용기를 내 주신 것에 대한 저희의 보답입니다."

내 친절한 태도와 상당한 금액의 돈, 그제야 주눅 들어 있던 중년의 하이에나는 표정이 풀어진다. 그리고 몇 번 머뭇거리더니 입을 연다.

"그게 말입니다…. 마침 잠복 중이던 때였습니다. 사건이 발생한 곳에서 400미터 정도 떨어진 언덕에 구멍을 파고 들어가 있었죠."

하이에나들이 곧잘 하는 짓이었다. 관측하기 좋은 곳에 숨어서 죽어 나자빠지는 몬스터가 없는지 살펴보는 일 말이다. 그는 거기서 사건을 목격했다고 한다.

"처음에 남매 둘이서 힘겹게 사냥터를 가로지르고 있더군요. 젊은 남자애가 또래 여자애를 등에 업고 있었어요. 크게 다친 걸 알고 저도 나가서 살펴봐야 하는지 생각 중이었죠. 무, 물론 꼭 도와줄 생각이었습니다."

황급히 자기변호를 하는 남자. 나는 다 이해한다는 듯 그에게 동의했다. 사실 사냥터에서 자기 목숨 간수하기도 어려운 하이에나가 남을 돕는다는 건 쉽지 않은 일이다. 방조한 걸 가지고 크게 비난할 순 없다.

"믿습니다. 선생님께서 그러시려고 했던 걸. 그런데 무언가 일이 발생한 거군요?"

"그렇습니다. 일단의 헌터 무리가 나타나더니 남녀에게 다가가더군요. 그제야 안도했죠. 헌터님들이 도와줄 거라고 생각했거든요."

아마 일반적인 경우라면 그랬을 거다. 하지만 남자의 입에서 나온 말은 놀라운 것이었다.

"……."

나는 한동안 입술을 깨물고 입을 열지 않았다. 지금 입을 열면 걷잡을 수 없이 폭발해 버릴 것 같았기 때문이었다.

"세상에….."

뒤에서 듣던 원윤아는 나직이 한 마디 했을 뿐이었다. 그 정도로 심상호의 만행은 충격적이었다. 원래 쓰레기 같은 인간인 건 알고 있었다. 하지만 일반인인 하이에나에게 그런 가학적인 짓거리까지 할 줄은 몰랐다.

"혹시…."

"넷!"

내 심각한 분위기에 중녀의 하이에나가 바짝 얼어서 대답한다.

"녹화한 게 있습니까?"

"죄, 죄송합니다만 없습니다. 당시 녹화 장비를 가지고 가지 않았습니다. 일단 거리가 멀어서 망원경으로만 보이던 탓에…"

애석하게 됐다. 녹화한 것만 있으면 심상호를 한 방에 보낼 수 있을 텐데. 안타깝지만 이 자의 증언만으로는 심상호를 궁지에 빠뜨릴 수 없다. 어설프게 쳤다가는 오히려 이쪽이 당한다.

"역시 이런 제보만으로는 도움이 안 되는 겁니까?"

걱정하는 남자에게 나는 고개를 저어보였다.

"아닙니다. 일단 무슨 일이 있었던 건지 아는 게 제일 중요합니다. 선생님 덕에 파악했으니 이제부터 필요한 일들을 해야겠지요. 오늘 말씀해 주신 것 정말 감사합니다. 윤아야, 모셔다 드려."

"네, 단장님."

중년 하이에나와 원윤아가 떠났다. 그제야 조절하고 있던 내 표정이 무너지듯 제멋대로 풀려버린다. 지금 으드득, 하고 들리는 소리는 아마 내 이빨이 갈리는 소리 같았다.

그리고 며칠 뒤.

나는 천사 지배를 써서 심상호의 이후디엘 클랜과 강풍호의 라미엘 클랜에 첩자를 심었다. 안 그래도 미카엘라의 의견대로 두 클랜에 조치를 취하려 했다. 그런데 홍담의 일까지 알게 되자 이제는 망설일 이유가 없어졌다.

기왕 손을 쓰는 것.

확실히 처리하기로 결정했다.

## 서열 5위 바라카엘

"본인의 승리! 본인의 지배! 그것이 굴욕 속에서도 본인이 오연하게 서있는 염원이다. 권력은 영원한 아름다움이다! 나의 소유는 불멸하다! 누군가 쓰러지고 누군가는 일어선다. 하지만 그 와중에서도 본인이 가진 확고한 이념과 단결된 힘은 무너지지 않는다! 들으라! 본인은 그 자체로 영원함의 상징이다!"

# 4. 현실주의자와 방어주의자의
# 진짜 이름은 패배주의자다


안산의 한 고급 요정料停.

호화로운 복장의 두 사내가 반라의 접대부들을 끼고 노는 중이었다. 그들은 여자의 몸을 만지면서 한참 놀다가 곧 흥이 다했는지 엉덩이를 두들겨 모두 내보냈다. 그리고 밀담을 나누기 시작했다.

"심 형. 요즘 내가 놀아도 노는 게 아닙니다."

"누가 아니랍니까? 저는 어젯밤 꿈에 그 자식이 나오더군요. 재수가 없어서 화들짝 깼습니다."

이들은 강풍호와 심상호였다.

메타트론 클랜과 척을 진 이후로 하루도 편하게 보내지 못하고 있었다. 겉으로는 큰 소리 빵빵 치고 있었지만 유제아와 그가 통솔하는 연합헌터단은 두려운 적이었다. 그 때문에 최근 클랜 내에서도 둘을 팽하려는 움직임이 보이고 있어서 이들은 점점 더 궁지에 몰리고 있었다.

"심 형. 더 늦기 전에 이쪽에서 먼저 쳐야합니다."

강풍호가 그리 말하고 있을 때 어디선가 나타난 고양이가 방으로 들어왔다. 아마 이 요정에서 키우는 고양이 같았다. 강풍호는 친절하게 웃으며 고양이를 안아들었다.

"귀여운 녀석."

곧 고양이 무릎 위에 올려놓고는 상냥하게 쓰다듬기 시작했다. 심상호는 그 꼴을 물끄러미 보더니 어째서인지 인상을 찌푸렸다.

"동감합니다. 이대로 시간만 보내면 끝장입니다. 그게 아니더라도 그 찢어죽일 놈을 생각하면 한 시도 편한 날이 없습니다."

강풍호와 심상호의 얼굴에는 유제아에 대한 증오가 가득해 보였다. 이제 그들에게 남은 건 극단적인 선택밖에 없었다. 둘은 어떻게든 유제아를 유인해 죽이기로 작정했다.

"하지만 그 괴물 같은 놈을 무슨 수로?"

"당연히 숫자로 밀어야 하지 않겠습니까. 숫자 앞에 장사 없는 법입니다."

"그건 그렇긴 한데 그 숫자를 확보하기도 어려움이 많습니다. 메타트론의 화신을 상대하려면 적어도 군주급 몬스터는 동원해야…. 아니, 강 위원님. 설마?"

퍼뜩 무슨 생각이 들었는지 심상호는 놀란 표정이 된다. 얼마 전부터 강풍호가 군주급 몬스터, 군주급 몬스터 노래를 불러왔기 때문이었다. 당연히 별 의미 없는 소리인 줄 알았는데 이제 보니까 뭔가 있는 것 같다.

"왜 아니겠습니까. 예로부터 적의 적은 아군인 법입니다."

"정녕 군주급 몬스터와 커넥션이 있는 것입니까? 그런 정신 나간 짓을!"

심상호의 말에 강풍호가 역정을 낸다.

"지금 제일 정신 나간 짓은 이대로 있다가 당하는 겁니다! 심 형. 그냥 손 빨고 있다가 그 놈에게 털리고 싶습니까?"

"아니, 물론 그건 아닙니다만. 대체 어떻게 군주급 몬스터와 알게 된 겁니까?"

그 물음에 강풍호는 군주급 몬스터와 커넥션을 갖게 된 경위를 설명했다. 심상호는 그제야 상황을 파악할 수 있었다.

"아, 그렇다면 꽤 해볼만하군요. 그 자… 아니, 그 군주급 몬스터와 이해관계도 제대로 합치하고요."

"이제야 아시겠습니까? 게다가 더 좋은 건 그쪽에서 군주급 몬스터를 하나 더 데리고 올 수 있다고 하더군요. 거기에 고위 몬스터가 잔뜩 이랍니다. 그리고 심형과 내 클랜원들까지 합치면 유가 놈은 죽은 목숨입니다."

"하긴 그 개새끼가 날고 기어도 단신으로 함정에 빠지면 꼼짝 없이 당하겠죠. 그런데 클랜의 헌터들이 몬스터와 협력해 그런 짓을 하는 걸 납득하겠습니까?"

심상호의 물음에 강풍호는 답답하다는 듯 혀를 찼다.

"그러니까 납득할 자만 데리고 가야지요. 심형이나 나나 운명 공동체인 자들이 있지 않습니까?"

여태 더러운 일을 해온 그들은 치부를 공유하는 자들을 갖고 있었다. 강풍호와 심상호가 쓰러지면 그들 역시 끝장이었다. 하니 어떤 추잡한 짓이라도 함께할 자들이었다.

"그렇죠. 영광을 같이 누렸으면 똥물에도 같이 들어가야 하는 법."

"하하핫! 이제야 심 형도 결심이 선 듯합니다."

이들은 함정에 관해 구체적으로 논의했다. 한참 논의가 오간 끝에 그럴 듯한 계획이 수립됐다. 이 정도라면 메타트론의 화신이라도 꼼짝없이 당할 것 같았다.

"강 위원님. 다 좋은데 이제 그 개새끼를 집에서 끌어내는 게 문제군요. 밖에 나오면 헛방인 녀석이 메타트론, 미카엘라 년의 위세만 믿고 나대는 게 전부터 마음에 안 들었습니다. 애초에 그 새끼의 업적 자체가 다 노량진에서 했던 거 아닙니까?"

말도 안 되는 얘기였지만 심상호는 작은 트집이라도 잡아서 유제아를 비하하는데 열심이었다.

"맞습니다. 노량진 밖이라면 놈도 별 거 없지 않겠습니까. 제가 충분히 놈을 끝장낼 수 있습니다."

"다만 방법이 고민입니다. 개새끼라 지키던 집을 좀처럼 떠나지 않을 텐데⋯. 어떻게 유제아 놈의 관심을 끌 수 있을지."

그렇게 고민하던 중 심상호가 그럴 듯한 의견을 냈다.

"생각해 보니 개새끼의 관심을 끌 필요는 없는 듯합니다. 개는 주인이 시키면 움직이게 돼 있는 법. 주인 년의 관심을 끌면 되겠죠."

"흠? 메타트론 말입니까? 발상의 전환이 훌륭하긴 합니다. 그런데 그 년의 관심을 끌만한 일이 있습니까? 듣자니 방구석에만 처박혀서 아무 것도 안 한다고 들었습니다. 다시 왕과 싸우기 위해 힘을 모으고 있다고 하던데⋯. 참으로 위험한 작자가 아닙니까. 본체나 화신이나. 주제도 모르고 왕과 싸우려고 하다니."

"누가 아니라고 합니까. 현상만 유지해도 충분한 것을 꼭 날뛰다 손에 쥔 것까지 날려먹을 연놈들입니다. 아무튼 그런 주인 년의 관심을 끌 방법이 있습니다."

"그게 뭐요? 심 형."

"바로 산달폰입니다."

"아!"

메타트론이 죽은 여동생인 산달폰의 흔적에 집착한다는 건 익히 알려진 사실이다. 그래서 은밀한 소문을 흘리자고 했다. 강북의 사냥터 어디에 산달폰의 무기가 나타났다는 소문을.

"메타트론에게 지금은 실전된 산달폰의 무기만큼 끌리는 건 없겠지요. 반드시 회수하려고 들 겁니다."

"하지만 그런 소문에 움직이겠습니까?"

"당연히 안 움직이겠죠. 아무리 산달폰에 대한 집착이 심하다고는 하나 서열 1위의 대천사가 소문만으로 경거망동할 순 없는 일입니다. 분명히 먼저 확인해 보려고 할 테고, 그러면 유제아가 나서겠죠."

"옳거니!"

강풍호는 무릎을 탁 치며 좋아했다.

"주인 년이 짜증나긴 하지만 어차피 우리가 신경 쓸 상대는 아닙니다. 우리는 어디까지나 그 년이 기르는 개새끼만 잡으면 되는 거겠죠."

"하하하하!"

생로가 열렸다는 기쁨인지 강풍호는 크게 웃어댔다. 그러자 그의 무릎에 있던 고양이는 영문도 모르고 작게 울었다. 마치 잘됐다는 것처럼. 강풍호는 그런 고양이를 보더니 씩 웃고는 머리를 쥐었다.

냐오옹?

영문을 모르겠다는 울음. 하지만 그게 마지막이었다.

콰직!

강풍호가 악력으로 고양이의 머리를 터뜨려 버린 것이다. 지켜보던 심상호는 미간을 좁힌다.

"또 그런 짓입니까?"

"기분이 좋으니 저도 모르게 손에 힘이 들어갔군요. 크하하핫!"

심상호는 이맛살을 찌푸렸다. 그가 아는 강풍호는 아주 잔인한 성품의 소유자였다. 특히 힘으로 뭔가를 부숴버리는 걸 즐겼다.

"참으로 강 위원답습니다. 유제아도 그리 터뜨려 주셨으면 합니다만."

"그렇게 될 겁니다."

심상호는 고양이 피 냄새에 손을 내저으며 말을 이어갔다.

"누구도 우리가 유제아를 죽인 걸 모를 겁니다. 메타트론 클랜과 꼬인 관계는 그 뒤에 복구하면 됩니다."

"좋습니다. 아주, 좋습니다. 산달폰의 무기로 유제아를 유인해 죽이고 우리는 모른 척하면 되겠습니다. 군주급 몬스터를 동원할 테니 오리발 내밀기 딱이겠군요!"

"그러면 주저하지 말고 진행하는 걸로 하겠습니다."

계획은 훌륭해 보였다.

특히 지금처럼 궁지에 몰린 그들에게는 더더욱 말이다.

하지만 이들이 모르고 있는 사실이 있었다. 지금 밀담을 지켜보고 있는 자가 있다는 점을.

"자기들끼리 완전 신나셨네?"

유제아의 말에 검은 하이에나 단원들이 웃음을 터뜨린다. 검은 하이에나단은 유제아가 노량진에 정착한 이래 본래의 부산물수거업 대신에 다른 일을 찾았는데, 감청 업무 등을 담당하는 정보 부서로 전환된 것. 풍부한 자금력을 바탕으로 각종 고가 장비를 사들이고 외부 전문가들까지 초빙해서 완전히 다른 조직으로 환골탈태했다. 유제아는 몰래 지배한 천사를 활용하는 한편, 이렇게 감청에도 신경을 쓰고 있었다. 그 덕에 강풍호와 심상호의 음모를 속속들이 파악하게 됐다.

'흠… 이대로 강풍호, 심상호만 치는 건 하책이겠지. 짜증나는 놈들이긴 하지만 더 중요한 목표가 있으니.'

흑당의 승리를 위해서 라미엘과 이후디엘을 처리해야 한다. 마침 잘 됐다. 그들의 위원이 지금 거대한 삽질을 하려고 있었다.

'이걸 이용해서 대천사들까지 실각시켜야겠어. 그렇다면 이쪽에서도 호응해줘야겠지. 함정에 한 번 빠져주마.'

강풍호, 심상호에겐 무척 안 된 이야기지만, 유제아는 이미 몇 수나 앞을 내다보고 있었다.

묘한 소문이 돌고 있었다.

바로 산달폰의 무기가 발견됐다는 것. 정확히는 서울 강북 모처에 산달폰의 무기를 들고 다니는 몬스터가 나타났다는 얘기였다. 원래 강북은 어지간해서는 헌터들이 접근하지 않는 위험한 지역이었다. 하지만 이제는 달라졌다.

원정을 간 팀은 살아만 돌아오면 인기가 최고였다. 그도 그럴 게 미개척지인 강북의 새로운 소식을 들고 오기 때문이었다. 강북 일대에는, 강남에서 보지 못한 몬스터뿐 아니라 몬스터의 도시까지 있다는 얘기가 돌았다.

지금 노량진에는 그런 정보가 과장, 허풍과 함께 어지럽게 섞여서 떠돌고 있었다. 하지만 그런 이야기들 중 가장 조심스러운 정보는, 메타트론이 그 산달폰의 무기에 관심을 가졌다는 얘기였다. 그뿐 아니라 그녀는 조사를 위해 자신의 화신을 파견했다고 한다. 대부분은 그 소문을 술자리의 가십거리 정도로만 취급했지만 일부는 진지하게 받아들이고 움직이기 시작했다.


한강은 상당히 폭이 넓은 강이다. 깊이도 생각보다 깊고. 그 때문에 몬스터 사태 이후 굉장히 위험한 곳으로 변했다. 이 시커멓고 탁한 물속에 온갖 수상 몬스터들이 우글거리고 있었기 때문이었다.

콰아앙!

폭발이 일어난 것처럼 물보라가 일었다. 그러더니 한강에서 길이만 20미터는 될 것 같은 괴물이 머리를 내밀고 튀어나왔다. 그리고 마침 지나가던 비행 몬스터를 낚아채더니 또 한 번 물보라를 일으키며 사라진다.

콰아아앙!

튀어나올 때마다 더 웅장하게 물이 솟아오른다.

강변에서 가만히 이 꼴을 지켜보던 나는 우산을 펼쳤다.

촤아아아아아!

그러자 딱 맞춰서 갑작스러운 소나기처럼 일대에 물이 쏟아진다.

파닥파닥.

내 앞, 잡초로 무성한 부서진 보도블록 위에는 물보라에 날아온 물고기들이 몸부림을 치고 있었다.

"흠……."

나는 배스와 붕어, 그리고 알 수 없는 물고기를 집어 한강에 던져 넣고는, 날아서 도강할 계획을 철회했다. 그리고 얌전히 한강철교를 이용했다. 그리고 육로를 따라 서북쪽으로 이동, 월드컵 경기장으로 향했다.

온갖 몬스터가 드글거리는 살벌한 여정이었지만 잘 피해서 이동했다. 그리고 산달폰의 무기가 목격됐다는 하늘공원에 도착했다. 그런데 이곳은 뭔가 세기말적인 느낌이 가득했다. 하늘공원 특유의 지그재그 계단을 올라가자 공원 입구에는 거대한 몬스터의 뼈가 마치 아치처럼 늘어져 있었다.

"그래도 생각보다 괜찮은데?"

사방이 억새풀로 가득한 공원은 어지러운 느낌이긴 하지만 나쁘지 않았다. 그나저나 이 넓은 공원에서 어떻게 찾아야 하지? 이리저리 돌아다니다 마치 그릇처럼 큰 구조물을 발견했다. 구조물 위로 올라가서 내려다보니 안에는 뼈마디와 말라비틀어진 시체가 가득 차 있었다. 검게 굳은 핏자국과 뼈의 틈새에서 꼼지락거리는 벌레들. 불쾌한 광경이었다.

우르르르.

그때 뼈 무더기가 울리기 시작했다. 그리고 갑자기 강력한 기운이 응집되는 걸 느꼈다.

뭐야. 이거?

이맛살을 찌푸린 그 순간 갑자기 뼈들이 뭉치더니 충각처럼 내게 쏟아져왔다.

카아앙!

요란한 쇳소리가 사방을 울렸다. 본능적으로 태양신격의 방패를 꺼내서 다행이었다. 하지만 충격에 밀린 나는 구조물 뒤로 떨어져 내렸다.

"큿!"

땅바닥에 내려앉은 뒤 즉각 물러났다. 그러자 구조물의 안쪽에서 뼈로 만들어진 야수가 몸을 일으켰다. 몸의 형태와 크기는 킹콩을 떠올리게 만드는 녀석은 뼈와 말라비틀어진 가죽으로 이뤄진 존재였다. 하지만 보라색으로 사이하게 빛나는 그 눈빛만은 괴물의 강대한 마력을 말해주고 있었다.

군주급 몬스터로군.

싸워야 하나? 물러나야 하나?

고민하고 있을 때 듣기 싫은 목소리가 날 자극해 온다.

"크하하하하! 걸렸구나! 유제아! 진짜 걸려들었어! 어쩌면 이다지도 멍청하지! 하하핫!"

웃음이 들리는 곳으로 고개를 돌리니 숨어있던 심상호가 걸어 나오고 있었다. 승리의 전망으로 가득한 건지 그의 얼굴은 밝게 빛난다.

"네가 여긴 웬일이냐?"

나는 놀랐다는 듯 천연덕스럽게 물었다.

"하하핫! 하긴 아직 상황 파악이 안 되겠지. 하지만 그게 더 재밌군. 네가 어떤 처지인지 하나씩 알려주는 것도. 유쾌해!"

"하? 뭐지. 그 기세등등함은? 이깟 녀석 하나로 날 이겼다고 생각하는 건가?"

나는 뒤돌아보지도 않은 채 손가락으로 뒤쪽의 군주급 몬스터를 가리켰다.

"물론 아니지! 오늘 열릴 파티에 손님이 적으면 나도 곤란하니까."

"아, 그래."

잔뜩 상기된 심상호를 보고도 나는 심드렁하게 폰을 꺼내 만지작거렸다. 그러자 심상호는 무시당했다고 생각했는지 벌컥 화를 낸다.

"그래, 계속 여유 부려봐. 앞으로 절대 그럴 수 없을 테니까."

심상호가 손가락을 튀기자 곧 억새풀 속에서 이후디엘 클랜의 헌터들이 우르르 나타난다. 그런데 그것뿐만이 아니었다. 곧 강풍호와 그가 이끄는 라미엘 클랜의 헌터들까지 나타났다.

"유 위원, 이런 형태로 다시 만나게 돼서 유감이로군. 그러게 사람이 평소 행실이 바라야지!"

강풍호도 득의양양한 미소를 짓고 있었다.

"남의 행실 얘기하기 전에, 같은 헌터를 공격할 작정인가? 하늘이 두렵지 않아?"

"하하하핫! 묘한 소리를 다 하는군. 하늘을 운운하는 것부터가 네놈의 패배 확정이다! 하늘이니 천벌이니 결국 싸움에 진 녀석들이 마지막으로 기대는 곳이니까!"

"어이가 없군. 뭐, 그래. 그건 아무래도 좋다. 강풍호. 그런데 겨우 그딴 떨거지를 끌고 와서 날 위협할 생각인가?"

나타난 헌터들은 양 진영을 합쳐서 거의 백여 명. 고위 헌터들도 상당수다. 내 입에서 나온 말과 다르게 결코 떨거지는 아니었다. 이 정도 전력이면 군주급 몬스터도 사냥할 수 있겠다.

"뭐라! 하여간 그 재수 없는 말투는 여전하군! 하지만 네놈은 자신의 처지를 여전히 모른다! 하하핫!"

우르르릉. 크릉.

곧 몬스터들이 일으키는 소음이 들려오기 시작했다. 그리고 수백 마리가 넘는 몬스터들이 모습을 드러낸다. 이 하늘 공원은 과거 난지도 쓰레기 매립장 위에 조성됐다. 그래서 위가 평평하고 넓은, 작은 산과 같은 형태인데 몬스터들은 내 위치에서 보이지 않는 경사면에 숨어있었던 게 틀림없다.

"어떠냐! 이제 네놈은 죽음만 기다려야 하는 닭장 속의 닭 같은 처지다!"

나는 재빨리 새로 나타난 몬스터들을 살폈다. 총 수는 400여 마리. 그 중에 고위 몬스터만 30마리다. 그리고 그들을 통솔하는 군주급 몬스터까지 있었다. 그 군주급 몬스터는 검은 날개를 가진 괴물이었다.

"크……."

정말 제대로 준비하고 나왔군. 당연한 얘기지만 이대로 싸우면 나 혼자서는 못 당한다. 하지만 그래도 이건 아니지. 정적을 제거하기 위해 몬스터와 손을 잡다니.

"게다가 이 일대에는 순간이동을 막는 마법진이 깔려있다! 유제아! 네놈은 절대 도망가지 못해!"

심상호는 악을 쓰듯 외친다. 목소리에는 독기가 가득하다.

"그러게 내게 그리 거만하게 고개를 쳐들지 말았어야지! 어찌 뒷 감당을 하려고 그랬나! 지금 자신의 꼴을 보라! 유제아!"

"나야말로 묻고 싶군. 몬스터와 손을 잡다니, 이 뒷감당을 어찌하 시려고?"

"하하핫! 그건 걱정할 것 없다. 오늘 네가 여기서 죽으면 모든 게 묻힐 테니까."

"그나저나 군주급 몬스터를 둘이나 잘도 끌어들였군."

"그만큼 네가 죽길 원하는 이가 많다는 거겠지. 적과 아군 모두에 게! 결국 오늘 일은 네놈이 벌인 일의 대가라는 거다!"

악의가 사방을 가득 채우며 일렁이고 있었다. 주변에 모인 수백의 헌터와 몬스터들은 하나의 목표만을 바라고 있었다.

바로 나 유제아의 죽음.

끈적끈적하고 적개심 어린 시선이 수없이 내게 꽂힌다. 이런 일 이 벌어질 걸 알고 나왔지만 식은땀이 흐르는 건 어쩔 수 없다. 일단 여기 모인 헌터들을 재빨리 살폈다. 몬스터 쪽이야 괴물의 생김새를 해서 봐도 심중을 짐작하기가 어렵다. 게다가 사고방식 역시 인간과 전혀 달랐고.

반면 헌터들은 파악할 수 있다. 먼저 강풍호, 심상호는 더 살필 것 도 없었다. 나를 향한 맹렬하고 맹목적인 적개심으로만 가득한 얼굴. 우리의 관계에는 협상의 여지가 전혀 없었다.

반면 그들을 따라온 클랜의 헌터들은 망설이는 듯한 태도가 보인다. 아무래도 헌터가 몬스터와 손을 잡은 상황이 이상하겠지. 일단 나는 그들을 흔들어 보기로 했다. 마침 적당한 인물도 있었고.

"성식이 형! 오랜만이에요."

내가 한 사람을 지목하자 모두의 시선이 그에게로 향한다.

그의 이름은 윤성식. 과거 심상호를 거리에서 패주자 복수를 하겠다며 수하들을 이끌고 왔던 고위 헌터. 이후 집행자들과 함께 왔다가 내게 인질로 잡혀서 농성 내내 함께했었다. 적이긴 하지만 나름대로 미운 정이 들었다고 할까.

이런저런 얘기를 나눠보니 그도 어쩔 수 없는 사정이 있다고 했다. 과거 심상호에게 도움을 받았는데 그 일로 약점이 잡혀있다는 것. 심상호의 친위대 역할을 하는 헌터들은 다 그런 식으로 서로 얽혀있다고 한다. 그러면서도 클랜에서의 지위나 여러 가지를 심상호가 봐주기 때문에, 그에게 매인 처지임을 알면서도 어쩔 수 없었다고.

"잘 지내셨죠?"

"뭐? 뭐!"

자기가 지목당하고 모두의 시선이 쏟아지자 당황하는 성식이 형. 심지어 뼈로 된 몸을 가진 군주급 몬스터조차 재밌다는 듯 턱을 쓰다듬으며 내려다본다. 아무래도 사람 말을 알아듣는 녀석인 듯하다. 몬스터의 속마음이야 잘 모르겠지만 아마도 저 뼈로 된 군주급 몬스터는 내게 원한은 없는 것 같다. 그저 이득이 약속됐기에 참여한 듯한 느낌이다. 그렇다면 상황이 변하면 빠질 부류다.

"그때 저희 같이 밥도 먹고 그랬잖아요. 형님까지 이런 추잡한 일에 끼어드실 거 없어요. 지금이라도 물러나시는 게 좋지 않겠습니까."

"무슨 소리냐! 이놈! 누가 너 따위와!"

윤성식은 당황해 부인하느라 목소리가 파르르 떨리고 있었다.

"이건 도를 넘은 일이에요. 성식이 형. 오늘 일이 영원히 비밀로 남을 것 같아요? 제가 장담하는데 누군가의 입에서 밖으로 빠져나갈 겁니다. 심상호도 이 점을 뻔히 알 텐데 형이나 다른 사람이 무사할 리가 없죠?"

그때 듣던 심상호가 끼어든다.

"이 새끼가! 우리가 네놈들 같은 줄 아냐! 유제아, 너만 입 다물면 아무도 모를 거다."

"왜? 때가 되면 다 죽이게?"

헌터들이 술렁거린다. 나는 때를 놓치지 않고 헌터들을 계속 설득했다.

"설령 이 작전이 성공한다고 해도 뒷감당을 할 수 있겠습니까? 이 일은 처음부터 찝찝했죠? 애초에 여러분은 득 될 거 하나 없는 일이었습니다. 심상호, 강풍호가 자기 살 길 찾기 위해 벌인 일이죠. 막말로 저 둘이 나가리 되든 말든 여러분이랑 무슨 상관입니까? 물론 이득을 주고받는 관계로 얽혀있으니 한동안은 곤란하겠죠. 하지만 저 둘이 심판을 받아도 여러분이 헌터 생활을 하는데 아무 문제없습니다. 그런데 이런 위험한 짓을 기어코 벌일 작정입니까?"

"유제아!"

내게 악을 쓰는 심상호를 무시하고 외쳤다.

"강풍호, 심상호를 붙잡아서 넘기십시오! 그러면 오늘 이 일은 사면 받을 겁니다."

내 말에 결국 강풍호, 심상호가 발끈해서 노발대발한다.

"이 개자식이!"

"뭐가 어째!"

하지만 그들은 역정을 내면서도 쉽사리 달려들진 못한다. 그랬다가는 내게 단번에 박살나는 걸 알기 때문이다. 부하들 앞에서 망신도 그런 망신이 없을 터. 특히 심상호는 지난 일 때문인지 트라우마가 생긴 듯 일순간 겁먹는 모습이었다.

"심상호! 함정을 만들어 놓고도 벌벌 떠는 게 정말 볼만하네! 부하들이나 몬스터가 나설 때까지 네놈이 하는 건 시끄럽게 떠드는 것밖에 없냐? 응?"

내 말에 헌터들의 시선이 심상호에게도 쏠린다. 그러자 그는 바로 대꾸할 말을 찾지 못하고 허둥댄다.

"여러분! 저런 놈을 위해 목숨 거실 것 없습니다. 저를 쓰러뜨릴 수 있다면 심상호 저놈은 여러분 태반이 죽어도 눈썹하나 까딱하지 않을 겁니다!"

"뭐라! 유제아!"

"넌 좀 닥치고! 여러분! 제 말이 틀렸습니까? 사실 그 점은 저보다 여러분 자신이 더 잘 알고 있지 않습니까?"

헌터들이 크게 동요한다. 몸체가 뼈로 된 군주급 몬스터도 재밌다는 듯 귀곡성을 울리며 웃어댄다. 그리고 그의 커다란 입에선 웃을 때마다 구더기가 무더기로 쏟아져 내렸다. 하지만 다른 군주급 몬스터는 더는 두고 볼 수 없는 듯했다. 검은 날개에 검은 몸체를 가진 그는 까마귀 두개골 같은 머리를 갖고 있었다. 기다란 팔에는 섬뜩하고 검은 손톱이 길게 늘어져 있었다. 그는 곧 주변의 통나무를 집어 들더니 내게 있는 힘껏 던진다.

부우웅!

분명히 위협적이었지만 거리가 꽤 있었기에 피할 수 있었다. 하지만 그 다음이 문제였다.

"으아아아악!"

"아아악!"

뒤에 있던 헌터들이 그 공격을 맞은 것이다. 단번에 십여 명 이상의 사상자가 났다. 헌터들이 갑작스러운 공격에 당황해서 허둥댄다. 그런데 더 놀라운 건, 검은 날개를 가진 군주급 몬스터가 한국어로 노호성을 터뜨린 것이었다.

─이 쓰레기 같은 놈들아. 네놈들에겐 어떤 선택의 여지도 없다! 여기에 있는 메타트론의 화신을 죽여라. 안 그러면 내 손에 모두 죽을 터이니!

일대를 쩌렁쩌렁 울리는 섬뜩한 목소리. 뒤에 있던 몬스터들은 자신들의 군주에게 환호해서 포효해댔다.

크르르르릉!

쿠아아앙!

사방을 가득 채우는 몬스터들의 흉포한 소음에 헌터들의 얼굴로 파랗게 변한다.

"아아… 우리가 무슨 짓을."

"싸움이 끝나면 우리도 모두 잡아먹힐 거야."

이제야 스스로의 처지를 알게 된 모양이다.

"모두 물러나십시오! 제가 죽으면 그 다음 차례는 여러분입니다. 저를 도와달라고도 하지 않겠습니다! 다만 여러분 자신의 목숨을 돌보십시오!"

내 말에 헌터 진영에서 동요가 퍼져 나온다. 그 모습에 뼈로 만들어진 군주급 몬스터가 사방이 음산하게 웃어댄다. 그리고 처음으로 입을 열었다.

-공포가 잔뜩 일어났구나! 이것보다 맛있는 건 없지. 네놈들 모두를 먹어 치워주마.

이 변태 같은 놈은 처음부터 헌터들을 잡아먹을 생각이었던 것 같다. 그리고 이쪽이 공포에 질리자 반색하며 본색을 드러낸 거겠지.

"으아아아악!"

헌터 하나가 비명을 질러댄다.

뼈로 된 군주급 몬스터에게 붙잡혀서 들어 올려 졌기 때문이었다. 군주급 몬스터는 입맛을 다시고 주둥이를 크게 벌린다. 그러자 그의 입안에서 드글드글한 구더기가 폭포처럼 몬스터의 몸 위로 쏟아져 내렸다.

"으으아아악! 싫어!"

이대로라면 산 채로 잡아먹히게 생긴 상황.

부우웅!

주저할 것 없이 즉각 태양신격의 방패를 집어던졌다. 날아간 방패는 뼈로 된 군주급 몬스터의 안면을 강타했고 부서진 뼛가루가 사방에 튀었다.

-크아악!

비명과 함께 뼈로 된 군주급 몬스터는 붙들고 있던 헌터를 뒤로 던지며 물러난다. 나는 달려가서 땅에 쓰러진 헌터를 잡아서 뒤쪽에 내던졌다.

"데리고 물러나! 어서!"

음모에 가담하는 걸 망설이던 헌터들은 내가 그들의 동료까지 구해주자 더욱 난처해지고 말았다. 곧 그들 중 일부가 이탈하기 시작한다.

"이 쓰레기들이! 니들 거기 안 서!"

"이 개새끼들아! 감히 날 배신해! 돌아가면 다 찢어죽일 테다!"

심상호와 강풍호가 악을 썼지만 내빼기로 결정한 이들은 뒤도 돌아보지 않고 달린다.

-기세가 좋군, 메타트론의 화신.

뼈로 된 군주급이 음산하게 웃으며 내게 고개를 숙여온다. 몸을 낮춘 그의 거대한 머리가 내 바로 앞까지 다가왔다. 사이하게 빛나는 안광을 바라보고 있자니 심연이 날 들여다보는 듯한 느낌이었다.

"네놈 이름이 뭐냐?"

강북의 군주급 몬스터에 대해 거의 다 파악하고 있다고 생각했는데 이놈은 완전히 생소했다.

-나는 칼두두. 죽음에서 한 번 돌아온 자다. 언젠가 다시 만날 테니 이 이름을 기억해 두도록.

그리 말하면서 칼두두는 몸을 돌렸다. 그래서 나는 그의 등 뒤에 대고 소리쳤다.

"겨루지 않고 내뺄 속셈인가!"

그러자 걷던 그는 돌아보며 입꼬리를 올린다.

-인상적인 수완이었다. 메타트론의 화신이여.

그리고는 몸을 돌려 사라지는 칼두두. 역시 놈은 눈치채고 있었구나. 게다가 칼두두에겐 이 싸움에 걸린 게 없는 듯 물러나는 것 역시 빨랐다.

크아아아아!

우우우우아!

하늘 공원을 가로지르며 수백의 몬스터들이 돌진해 오기 시작했다. 그리고 그 뒤로 검은 날개의 군주급 몬스터가 다가온다. 그의 시선은 날 똑바로 보고 있었다. 아무래도 오늘 날 살려둘 생각이 없는 듯했다.

"으아아! 물러나!"

"저놈들이 우리도 다 죽일 거라고!"

강풍호와 심상호의 헌터들은 이미 싸우기도 전에 무너져 내리고 있었다. 이미 그들은 뭐가 뭔지 알 수 없는 상황에 빠졌겠지.

"유제아! 너도 도망쳐!"

"성식이 형."

윤성식이 도망가다 돌아와 내 팔을 붙잡는다.

"역시 형은 사람이 괜찮다고 생각했어요."

"그게 무슨 소리야! 얼른 튀자고. 네가 아무리 세도 이건 무리야!"

수백의 몬스터들이 하늘공원 위의 억새밭을 짓밟으며 달려온다.

그 중에는 공룡만큼이나 거대한 것도 수십 마리였다. 그 모습에 윤성식은 질려서 다급하게 소리친다.

"야!"

"형 진정하세요."

내가 그리 말한 순간, 돌격해 오던 몬스터에 갑자기 어디선가 날아온 무수한 마법이 쏟아진다.

콰아아아앙!

콰가가가강! 콰가가가강!

번쩍!

작렬하는 화염과 빛, 연기 때문에 일순간 시야가 완전히 가려져버릴 정도였다.

"이게 무슨!"

"이제야 왔나 보네요."

"뭐?"

나는 대답대신 몬스터가 돌격해 오던 방향의 반대쪽을 가리켰다. 그곳의 경사면에서 수많은 헌터들이 올라오고 있었다.

"여! 단장님!"

"단장님이 저기 계신다!"

모두 날 알아보고 손을 흔든다.

그런데 그 숫자가 정말 많았다. 올라오고, 올라오고 또 올라온다. 헌터들이 끝없이 나타나자 하늘공원 위에 있던 이들은 놀라서 움직임을 멈춘다.

"저들은 대체 누군가!"

모두를 대표해 묻는 윤성식의 질문에 나는 간단히 대답했다.

"연합헌터단입니다."

강풍호, 심상호에겐 안 된 일이지만 나는 그들이 뭔가 꾸미고 있다는 걸 진작 알고 있었다. 그래서 나는 혼자 출발한 척하면서 연합헌터단을 같이 움직였다. 처음에 심상호를 만났을 때 그의 말을 무시하고 핸드폰을 조작했는데, 그게 다른 게 아니다. 상황이 발생했으니 도우러 오라고 메시지를 보낸 거였다. 심상호는 그것도 모르고 자길 우습게 여긴다고 발끈했지만 말이다. 그 칼두두란 뼈로 된 군주급 몬스터는 도중에 상황을 눈치채 도망간 거고.

지금 내가 불러들인 연합헌터단의 수는 자그마치 900여 명. 하늘공원 위에 모인 몬스터와 배신자 헌터들을 압도하고도 남았다. 그래서인지 강풍호와 심상호의 헌터들은 앞 다투어 무기를 버리고 항복해 온다.

"포로를 물러나게 하고 방어 진영으로! 방어 진영을 갖추라!"

나는 서둘러 연합헌터단을 지휘했다. 상황이 유리해졌다지만 아직 눈앞에는 400여 마리의 몬스터들이 있다. 졸지에 하늘공원 위에서 회전을 치르게 생겼으니 서둘러야 했다. 이미 몬스터들도 집단적인 마법 공격의 충격을 회복하고 다시 돌격 준비를 하는 중이었다. 하지만 이런 때 꼭 분위기 파악 못하는 것들이 있는 법.

"유제아!"

"이 개새끼 가만 안 둔다!"

참다못한 강풍호와 심상호가 동시에 내게 달려들었던 것이다. 고위 헌터 둘의 합공에 주변에서도 비명이 터진다. 강풍호와 심상호는 나를 인질로라도 잡을 작정인 것 같았다.

하지만 어림없는 소리.

저딴 놈들은 두 방이면….

"하하."

헛웃음이 터진다. 따로 내가 나설 필요도 없었다. 무기를 버렸던 강풍호와 심상호의 졸개들이 그들을 배신했던 것이다. 그들은 앞 다퉈 달려들어서 자신들의 주인을 붙잡고 늘어진다.

"놔! 안 놔! 이 새끼들이 미쳤나!"

"네 이놈들! 버러지들 주제에 감히!"

하지만 전혀 놔줄 생각이 없는 듯했다. 현명한 판단이었다. 지금 자신들의 목숨 줄이 연합헌터단의 단장인 내게 있음을 잘 알기에 저러는 거다. 강풍호와 심상호가 내게 부상이라도 입혔다가는 연협헌터단의 헌터들이 가만있지 않을 걸 알기 때문이겠지.

"놓으라고! 이 천한 것들아!"

그런데 심상호의 막말에 그들 중 일부가 폭발하고 말았다.

"뭐 천하다고? 우리가 무슨 노비인 줄 아냐! 상류층이면 다냐! 만날 그딴 소리 들어주기도 지겹다!"

그리 말하며 곧 심상호를 걷어차기 시작한다. 그러자 주변에서 보던 다른 헌터들까지 평소의 불만을 터뜨린다.

"항상 우리보고 천것이라고 했지! 오늘 너희 두 놈이 천것처럼 맞아봐라!"

"지금이 조선시대인 줄 알아! 왜 사람을 노예 취급해! 죽어!"

한 번 무언가 무너지니 그 다음은 쉬웠다.

평소 쌓인 게 많던 강풍호와 심상호의 부하들은 무차별 폭행을 이어갔다. 아무리 둘이 고위 헌터라도 무기를 빼앗긴 채 쓰러진 상황에선 힘을 제대로 쓰지 못했다.

부하들을 노비 취급하던 그들은 이제 자신들이 노비처럼 얻어맞는다.

"유제야! 으으윽!"

얼굴에 진흙을 잔뜩 뒤집어쓴 심상호는 어느새 자기 부하들에 의해 내 앞에 무릎 꿇려져 있었다. 나는 그와 눈높이를 맞춘 뒤 뺨을 살짝 두들겨줬다.

"함정을 팠으면 속여야지. 본인이 빠지면 어쩌자고?"

"이 자식! 우읍!"

하지만 그는 더 말하지 못했다. 내가 진흙 한 덩어리를 입에 처넣었기 때문이었다.

"미안하지만 좀 다물어줘. 이제부터 바빠서 말이야."

"으으읍! 우읍!"

심상호는 발버둥을 치며 끌려갔지만 곧 관심에서 쉽게 지워졌다.

구우우우우웅!

꾸어어어!

쿠아아아아!

앞에서 몬스터들의 울음이 하늘공원 일대를 울리고 있었기 때문이었다. 이제 그들의 파상돌격이 시작될 터. 그전에 나는 아군에게 한 마디 하기로 했다.

"연합헌터단!"

내 부름에 연합헌터단 모두가 한 목소리도 대답해 온다.

"듣습니다!"

"무엇을 위해 이 자리에 섰나?"

내 물음에 900여 명이 하나의 목표를 부르짖는다.

"몬스터의 죽음입니다!"

"그렇다! 우리가 원하는 건 몬스터의 죽음이며, 이 끔찍한 사태의 종결이다! 하지만 작금의 현실은 어떤가! 자신들이 이성적이며 현실적이라 부르는 겁쟁이들만 판치고 있다! 과연 그들은 자신들이 말하는 '사이의 길'을 택했다는 진정한 현실주의자인가?"

"아닙니다!"

쩌렁쩌렁 울리는 연합헌터단의 대답에 나는 기운을 받아 더욱 크게 소리쳤다.

"사실 그들은 방어선의 유지와 돈벌이에나 관심 있는 겁쟁이들이 아닌가!"

"맞습니다!"

"원래 헌터들 사이에는 공격주의자와 방어주의자의 대립이 있었다! 그 격렬한 대립으로 몬스터보다 내분으로 우리가 먼저 쓰러지려는 그때, 독버섯 같은 현실주의자들이 출현했다. 공격도 방어도 옳지 않다며 이카루스의 날개를 예로 들고 나온 이들 말이다! 이카루스의 날개로 너무 높이 올라가면 태양의 의해 추락하고 너무 낮게 날면 심연에 빨려 들어간다고 했다! 그래서 높지도 낮지도 않게 나는 수고스러움을 감수하며 사이의 길로 가야 한다고 주장했다! 그리고 한동안 그 얘기는 그럴싸하게 들려 헌터들을 사로잡아왔다. 하지만 그 결과가 어떻게 됐나?"

나는 진심으로 분노해 소리쳤다.

"이제 헌터들은 몬스터를 토벌하는 고고한 명예를 내던지고 그저 돈벌이에 혈안이 된 금전본위주의자로 영락하게 된 것이다. 이는 마치 영예로운 기사가 추악한 고리대금업자가 된 일과도 같다! 사이의 길을 주장하는 자들은 이미 오래 전에 잊었다! 몬스터 사태 때 우리가 얼마나 많은 이들을 잃었고 어떤 피의 맹세를 했는지!"

지금도 나는 아버지가 돌아가시는 악몽을 꾼다. 그러니 몬스터를 돈벌이로만 생각하는 놈들을 받아들일 수 없었다. 연합헌터단은 몬스터와의 싸움에 충실해야 한다. 나는 손을 뻗어 달려들 준비를 거의 끝낸 몬스터들을 가리켰다.

"연합헌터단! 저기를 보라! 그 지옥 같던 날에 우리의 가족을 잡아먹은 놈들이 버젓이 숨을 쉬고 있다. 그런데 우리가 그 얄팍하고 듣기 좋은 사이의 길을 추앙하는 자의 말에 귀를 기울여야 하는가!"

"아닙니다!"

"그렇다! 이제 모두 깨달았을 것이다! 현실주의로 포장된 그딴 말들이 개소리임을! 그들의 잘 포장된 주장에 분노하면서도 제대로 반박하지 못하고 울분만 삼키던 시간은 끝났다. 노량진에서의 승리가 어떤 식으로 이뤄졌는지 떠올려라! 현실주의자들의 주장대로였다면 우리는 영원히 적의 심장을 찌르지 못했을 것이다! 그리고 지금 우리가 어디에 있는지 상기하라! 현실주의자와 방어주의자는 영원히 밟지 못했을 강북 땅에 이리도 의연하게 서 있음을!"

"와아아아아아!"

환호성이 터져 나온다. 모두가 나의 연설에 열렬히 호응하고 있었다.

"헌터들이여! 애초에 왜 우리가 헌터가 되었나! 천사와 함께 몬스터를 섬멸하고자 함이 아닌가! 그럼에도 불구하고 현실주의자는 몬스터의 존재를 인정해야 한다고 말한다! 방어주의자는 어쩔 수 없지만 몬스터와 함께 살아가야 한다고 말한다! 이 무슨 해괴한 망발인가! 우리 역시 몬스터의 섬멸을 맹세하고도 그들과 같이 현실은 어쩔 수 없다는 패배주의에 빠져야 하겠는가!"

"아닙니다!"

"우리는 전력으로, 맹세를 저버리는 그 모든 행동을 부정해야 한다! 그리고 마침 우리에게 하늘이 내린 기회가 왔다! 지금 강북에 처음 대규모로 진출한 우리에서 몬스터와의 첫 번째 회전이 닥쳐왔다! 이보다 현실주의자와 방어주의자의 주장을 논파하고 그들의 주둥이를 닥치게 할 최고의 기회가 어디에 있겠는가!"

"와아아아아아아아!"

이미 헌터들의 목소리가 몬스터들을 압도하고 있었다.

"승리를 외쳐라! 오늘 이 싸움이 강북을 수복하는 초석이 될 테니!"

이 정도면 내 뜻을 모두에게 충분히 전달했다. 이미 몬스터들은 우레와 같은 소리를 내며 돌진해 오고 있었다.

"백 위원님. 연합헌터단을 부탁드립니다."

나는 연합헌터단의 지휘를 미카엘라 클랜의 위원인 백이륜에게 맡겼다. 그는 모두의 신망을 받는 리더로 연합헌터단의 부단장직을 맡고 있었다. 개인의 전투력 역시 엽왕을 제외하고는 헌터들 중 최고 수준이었다.

"알겠습니다. 단장님께서는?"

"저놈을 상대해야겠습니다."

나는 검은 날개를 가진 군주급 몬스터를 가리켰다. 이번 회전에서 양군의 정면충돌만큼이나 그와 나의 싸움 역시 중요했다.

"알겠습니다. 무운을 빕니다. 단장님."

나는 백이륜에게 끄덕여 보이고는 진영의 옆으로 빠져나왔다. 그러자 날 지켜보고 있던 검은 날개의 군주급 몬스터도 옆으로 빠져나온다. 그는 처음부터 나와 싸울 작정이었던 것 같다.

그나저나 저 녀석. 느껴지는 기세가 일반적인 군주급 몬스터를 뛰어넘는다. 대군주급 정도는 아니었지만 분명히 강적이었다.

"오늘 내 승리의 목록에 네놈도 더하겠다!"

―여전히 기세 좋은 놈이로군.

"내 이름은 유제아다! 이름을 밝혀라! 몬스터의 군주!

―네놈에게 밝힐 이름은 없다!

"좋다! 그딴 건! 이제부터 널 검은 날개라고 부르면 그만이니까!"

싸움은 곧장 시작됐다. 나는 처음부터 파상 공세로 나아갔다. 놈을 두들겨 패기 위해 태양신격의 방패를 들고 곧장 달려들었다.

―크아아아!

검은 날개는 긴 팔을 휘둘러 날 공격해 온다. 나는 재빨리 피한 뒤

달려들어 놈의 다리 한쪽을 방패로 때렸다.

　-크윽!

　제법 충격을 받은 듯 5미터가 넘어 보이는 검은 날개가 휘청인다. 나는 그 틈을 놓치지 않고 태양광 폭사를 사용했다. 하지만 그때 놀라운 일이 일어났다. 검은 날개가 갑자기 거대한 거울을 소환해 내 태양광을 반사해 버렸기 때문이었다.

　'내 기술을 알고 있어?!'

　마치 대비했다는 듯 알고 막아버린 것에 나는 당황했다. 그래서 곧 검은 날개에게 걷어차이고 말았다.

　"크악!"

　데굴데굴 굴러간 탓에 머리칼이 흙과 풀로 엉망진창이 됐다. 그렇지만 당황하고 있을 틈이 없었다.

　쾅! 쾅! 쾅!

　치열한 공방전이 이어졌는데 기어코 큰 거 한방을 먹이는데 성공했다. 검은 날개의 흉부에 태양신격의 방패를 박아 넣었던 것이다. 검은 날개가 휘청이는 틈에 그에게 매달렸다.

　-이 빌어먹을 놈! 크아아악!

　고통에 겨운 듯 마구 날뛰어댄다. 로데오 경기를 하는 카우보이처럼 매달린 탓에 정신이 하나도 없다. 당장이라도 떨어질 것 같았지만 악을 쓰며 버텼다. 그리고 주먹질을 해서 놈의 가슴팍에 있는 태양신격의 방패를 더 박아 넣었다.

　-크아아악!

　그러다 결국 검은 날개의 손이 날 붙잡아 땅에 패대기친다.

쿠웅!

"크억!"

격통에 일순간 숨이 막힌다. 단 일격에 가슴 속이 다 터져버린 것 같았다. 하지만 내 다리를 붙잡은 검은 날개는 몇 번이고 땅에 날 내리찍더니 옆으로 힘껏 던진다.

"크아악!"

콰앙! 쾅! 콰직!

앙상하고 말라비틀어진 가로수를 몇 개나 부수고 날아간 나는 곧 하늘공원의 경사면으로 미끄러져 떨어졌다.

한참 굴러 떨어지던 나는 간신히 중간에 멈췄다. 비틀거리며 일어나자 토악질이 터져 나온다.

"우욱."

몸 곳곳에서 평소에는 나지 않는 기괴한 삐걱거림이 들린다.

주르륵.

흘려 내린 피로 시야가 새빨갛게 물들던 그때, 시커멓고 거대한 무언가가 내 머리를 붙잡고 들어올린다. 그리고는 힘껏 집어던진다.

"으아아악!"

포탄처럼 쏘아진 나는 한강까지 날아갔다. 그리고 한강의 수면을 물수제비처럼 마구 튕겨나갔다. 눈앞에 보이는 시야가 아주 제멋대로다. 수면이 보였다가 하늘이 보였다가 적이 보였다가 부서져 끊긴 한강의 다리가 보였다가, 그러다 곧 멈춘 나는 한강물 한 가운데 둥둥 떠서 흘러내려갔다.

부그르르르.

입을 열자 물에 잠긴 얼굴에서 거품만 일어난다. 이대로 쉬고 싶다는 생각만 든다. 그런데 그때 강력한 힘을 느낀 나는 눈을 번쩍 떴다. 한강의 수면 아래서 검은 그림자가 솟구쳐 올라오고 있었다.

강바닥에서 올라오는 거대한 존재.

망설일 틈이 없었다. 머리를 수면 위로 올리며 외쳤다.

"현현하라!"

동시에 폭발하듯 하늘 위로 날아올랐다. 검은 마력의 날개 네 장이 수면을 박차 오르듯 나를 위로 쏘아지게 해줬다. 그리고 그 순간 수면이 장대하게 솟아오르며 무수한 이빨을 가진 거대한 주둥이가 튀어나온다.

쿠아아아아워!

뭐든지 집어삼킬 것 같은 거대 몬스터의 입. 나는 있는 힘껏 비행해 정말 간발의 차이로 그것을 피해냈다.

터어어업!

요란한 소리와 함께 놈의 입이 소득 없이 닫힌다. 그리고 곧 물속으로 침몰하듯 사라지는 놈의 노란 눈이 날 주시한다.

콰아아앙!

수중폭파가 일어난 것처럼 일어나는 물길을 뒤로하고 나는 수면 위를 날아 검은 날개에게 나아갔다. 곧 검은 날개가 쏘아낸 기관포 같은 마력탄이 내게 쏟아진다.

쌔애액! 콰앙!

쿠아아앙!

한 발, 한 발이 수면을 때릴 때마다 물기둥을 치솟게 한다. 나는 사선으로 회피기동하며 검은 날개를 향해 날아갔다. 그리고 곧장 상 승해서는 낙하 스킬을 사용했다. 초고속으로 내리꽂혀 검은 날개와의 거리를 단번에 좁히려는 것이다.

그러자 내게 대항하기 위해 검은 날개의 몸 주변으로 무수한 빛무리가 쏟아져 나온다. 마치 군용기가 플레어를 일시에 쏘아낸 건처럼 사방으로 빛이 쏟아져 나온 것이다. 하지만 플레어랑 다른 건, 그렇게 퍼진 빛이 사라지는 게 아니라 곧장 방향을 전환해 내게 쏘아져 왔다.

콰아앙! 콰앙! 쾅!

수많은 빛 무리가 십자 형태로 점멸한다. 눈앞이 빛과 열로 가득 찬다. 순식간에 표적인 검은 날개의 위치를 잃어버렸다. 그것뿐 아니라 주변의 풍경들조차 보이지 않는다. 그저 십자형태의 빛만 사방에 가득한 뿐이었다. 그것들은 마치 내게 낙하 스킬을 취소하고 뒤로 빠지라고 경고하는 것 같았다. 이대로 때려 박아 봐야 실패한다는 듯이.

"큭."

심한 갈등을 느꼈다. 이대로 낙하를 취소하고 활공해 이 지독한 빛 무리의 폭파 속을 벗어나고 싶었다. 하지만 애써 유혹을 이겨냈다. 이미 낙하 스킬을 사용한 직후부터 목적지는 정해진 것이다.

콰아아아앙!

폭음과 함께 충돌했다.

그리고 나는 내 결정이 옳았음을 깨달았다.

-크아아악!

검은 날개의 흉부에 정통으로 돌진하는데 성공한 것이다. 우리는 거의 한 몸이 되다시피 함께 뭉쳐서 쏘아져 나갔다. 그리고 경사면에 충돌했다.

콰아아아앙!

미사일이 꽂힌 것 같은 폭음과 함께 자욱한 흙먼지가 일어난다. 앞을 보니 검은 날개가 흙투성이로 몸을 꿈틀거리고 있었다.

-빌어먹을… 빌어먹을… 어째서 네놈은 항상 내 앞을….

나는 그의 원망에 대답하고 있을 틈이 없었다. 태양신격의 방패를 쥐고는 힘껏 검은 날개의 머리를 내리찍기 시작했다.

퍼억! 콰직!

퍼억! 콰지직! 콰직!

적에게 틈을 줄 생각은 없었다. 이대로 끝내버린다.

있는 힘껏 내리찍어댔다.

퍽! 퍽!

충격이 대단한 듯 검은 날개는 내게 일방적으로 얻어맞는다. 중간에 몇 번 손을 들어 날 방해하려 했지만 방패로 쳐내버리고는 계속 머리를 내리찍었다.

콰지직!

그러자 까마귀 두개골 같은 얼굴에 금이 가기 시작하더니 급기야 일부가 부서졌다. 뭐야, 이거 보니까 진짜 머리가 아니라 가면 같은 건가?

부서진 틈으로 감춰져 있던 진짜 얼굴의 일부가 보이기 시작했다. 나는 더욱 내리찍었는데, 감춰져 있던 게 드러나게 되자 검은 날개는 격렬하게 반항을 해댔다.

남은 힘을 모두 쥐어짜낸다고 할까?

하지만 곧 내 일격에 까마귀 두개골이 반 이상 부서지자 허둥대며 틈을 보였다.

─이런 제길!

그는 서둘러 팔로 얼굴을 가리려 했지만 나는 그 틈을 놓치지 않았다. 납작한 방패를 그의 팔 사이로 밀어 넣었다. 그리고 곧장 태양광 폭사를 사용했다.

지이이잉!

태양신격의 방패가 하얗게 달아오르더니 곧 폭발한다.

번쩍!

그 일격으로 검은 날개는 완전히 뻗어버리고 말았다.

그의 얼굴에서는 하얀 연기가 끊임없이 올라온다. 예전에 하이에나 시절에 작열탄이 입 안에서 터진 몬스터를 본 적이 있었다. 놈의 입과 눈, 귀에서 하얀 연기가 땔감을 태우는 것처럼 솟구쳐 올랐는데, 지금 검은 날개의 꼴이 딱 똑같았다.

"아, 이 새끼. 이제야 잡았네. 허억! 허억! 시발."

나는 검은 날개의 머리를 붙잡고 하늘공원의 경사면을 오르기 시작했다. 그리고 한창 몬스터와 헌터의 싸움이 절정인 그곳에 실신한 놈을 던졌다.

"보라! 이 꼴을!"

곧 헌터들이 흥분해서는 떠나갈 듯한 환호를 지른다. 반면 몬스터들은 군주급 몬스터의 지배력이 약해져서 이미 혼비백산이었다. 이제 이 하늘공원에서의 싸움은 더 볼 것도 없었다.

모든 빛나는 것이 그럴 듯.

지금 상황은 짧고 명료하게 표현할 수 있었다.

"승리."

전투가 끝난 후 우리는 몬스터 부산물, 마정석이란 전리품을 챙겨 당당히 귀환했다. 물론 사로잡은 헌터들을 대동해서 말이다. 이 일은 헌터계에 파문을 일으켰다. 강북에 대규모 원정을 나가 승리했다는 점은 모두를 들썩이게 할 만큼 흥분되는 얘기였다. 게다가 그 싸움에 배신자의 얘기가 얽혀있다는 건 더욱 관심을 폭발시켰다.

이미 모두 강풍호, 심상호가 나와 척을 지고 있다는 건 알고 있었다. 하지만 그들이 몬스터와 내통에 나를 죽이려고 했다는 사실이 알려지자 그야말로 난리가 났다. 단순히 헌터계 뿐 아니라 대한민국 전체가 들썩였다.

"이번 일에 대해 한 말씀 해주시죠!"

"유제아 단장님! 부디!"

노량진에 출입 허용된 기자들이 우르르 몰려들어 연신 마이크를 들이댔다. 사방에서 플래시가 터지는 와중에도 나는 여유롭게 응대했다.

"조만간 클랜 차원에서 공식 발표가 있을 겁니다."

하지만 기자들의 궁금증은 수그러들지 않았다. 그들 입장에선 하나라도 얘기를 더 가져가야 했으니까.

"강풍호, 심상호 위원은 어떤 처벌을 받게 되는 겁니까!"

"그를 따른 헌터들은요!"

"대천사 이후디엘님과 대천사 라미엘님의 처지가 곤란하게 됐는데 어떻게 생각하십니까!"

이번 사건의 충격도 충격이지만 그 여파가 어디까지 미칠 지가 초미의 관심사였다.

"곧 대천사회의가 소집될 겁니다. 거기서 자세한 사안이 논의될 겁니다. 이상입니다."

나는 거기까지만 말하고 대기하고 있던 차량으로 나아갔다. 경호를 맡고 있는 검은 하이에나단의 단원들이 기자들을 밀어내며 차문을 열어줬다. 그대로 타려던 나는 곧 멈춰서더니 기자들에게 한 마디 덧붙였다.

"쉽게 끝나진 않을 겁니다."

기자들은 내 말의 뜻을 물어보겠다고 아우성이었다. 그러거나 말거나 차는 그들을 뒤로하고 출발한다.

"어디로 가실 겁니까?"

목소리가 들린 옆을 보니 정장 차림의 미녀가 날 보고 있었다. 비서이자 소꿉친구인 원윤아였다. 짧은 치마 탓에 대부분 드러난 육감적인 허벅지는 광택이 도는 검은 스타킹에 덮여 있었다.

매혹적이다. 나도 눈길이 꽂혔다. 얼마 전까지는 선머슴처럼 하고 다니는 부단장이었는데 요즘은 묘하게 사람을 두근거리게 하는 여자가 됐다. 하긴, 이 녀석 예전부터 얼굴은 괜찮았으니까. 당시엔 별로 신경 안 썼지만 하이에나 중 제일 예쁘다는 소리가 돌았던 거 같다. 남자 하이에나들에게 관심을 엄청 받았던 거 같던데 사귀는 사람은 없었었지. 역시 애도 나처럼 워커홀릭이라니까.

　"단장님."

　"응?"

　"사람이 부르면 허벅지가 아니라 얼굴을 보는 겁니다."

　"그, 그래."

　"그리고 지적을 받으면 문제를 고치는 게 맞지 않습니까? 어째서 눈은 그대로입니까?"

　"미안."

　미안하다. 정말 미안하다. 하지만 운동으로 단련된 탄탄한 허벅지가 너무했다. 내가 잘못한 게 아니다. 원윤아의 허벅지가 잘못한 거다.

　"어디로 모실까요? 단장님."

　"제한구역으로 가지. 가서 좀 심문할 것도 있고."

　"알겠습니다. 기사님. 제한구역으로 가주세요."

　차량은 노량진에서 엄중히 방비된 지역으로 이동했다. 출입의 통제가 엄격한 곳이라 중요한 물자를 보관하고 일부는 감옥으로 활용하는 장소다. 나는 그런 제한구역에서도 가장 비밀스러운 곳으로 향했다. 몇 번이고 보안카드와 생체인식을 거친 뒤, 전용 엘리베이터를 타고 지하 깊은 곳으로 내려갔다.

위이잉.

엘리베이터가 한없이 지하로 내려가는 동안 원윤아에게 말을 걸었다.

"내려가면 밖에서 대기하고 있어. 일 보고 나올 테니까."

"그렇지만."

"계속 수행해 주려는 건 고마워. 하지만 녀석은 평범한 인간이 상대할 존재가 아니야. 미안한 얘기지만, 너 정도는 바라보는 것만으로도 죽일 수 있어."

"…알겠습니다."

털컥.

엘리베이터가 바닥에 도착하자 문이 열린다. 곧 각종 경고가 붙은 삭막한 콘크리트 구조물이 나타난다. 그리고 커다란 문이 있었는데 그 앞에는 권천사 여럿이 번을 서고 있었다. 그중 대표가 나를 발견하더니 다가온다.

"메타트론의 화신이여."

"수고가 많으십니다. 놈을 보러 왔습니다."

"알겠습니다. 하지만 조심하시길. 놈은 뱀보다 간교한 혓바닥을 가졌소. 우리가 번을 서는 동안 놈은 끝없이 속삭인다오. 평범한 천사들이라면 그 교활함에 사로잡혀 타락하고 말 테지."

"그렇다면 모두 괜찮은 겁니까?"

나는 그의 대원들을 보며 물었다. 이 대표는 매우 강인한 자라 걱정이 없었다. 하지만 모두가 그렇지는 않을 텐데. 그런 내 걱정에 권천사의 대표는 껄껄 웃는다.

"걱정하지 마시오. 사실 내 대원들은 모두 귀머거리라오."

그러고 보니 몬스터와 싸우는 천사 중에는 타락에 맞서고자 귀나 눈을 훼손하는 부류*가 있다고 했지.

"정말입니까?"

"그렇소. 놈은 공연히 헛수고를 하는 셈이지. 말을 들어보면 한껏 여유를 부리고 있지만 그만큼 몰려있는 상황이라오. 우리 대원들에게 끝없이 속삭이지 않으면 도무지 탈출할 희망을 찾을 수 없을 테니까. 놈은 분명히 위험한 존재요. 하지만 그런 위험에서 한 발 벗어나게 되면 조금 냉정하게 바라볼 수 있지."

여러 가지로 생각하게 하는 말이었다.

나는 고개를 끄덕인 뒤, 대표에게 원윤아를 부탁했다.

"잠시 이 여자를 지켜주십시오."

"물론이오. 걱정하지 마시길. 천사의 축복이 뱀의 혓바닥으로부터 이 여성을 보호할 거요."

나는 대표에게 감사를 표한 뒤 거대한 문의 봉인을 열고 안으로 들어갔다. 그러자 음울하고 끈적끈적한 어둠이 깔린 복도가 길게 이어졌다. 그리고 그 끝에서 온 몸이 묶인 거대한 악을 발견했다. 마치 단단히 봉인이라도 된 것처럼 자유가 꺾인 군주급 몬스터, 검은 날개가 그곳에 있었다.

"숙소는 마음에 들어? 한동안 지내야 할 텐데."

---

* 권천사들은 타락에 저항하는 힘이 약할 때 일부러 귀나 눈을 훼손한다. 그리고 후에 충분히 강해지면 재생시킨다. 번을 서는 무리 중 대표자만 귀가 들리는 것도 이런 이유다. 그도 초짜 시절에는 귀머거리였다.

-네 이놈!

"하하, 으르렁 거린다고 룸서비스까지 해줄 순 없는걸."

-흥, 시답잖은 농담을. 멋대로 지껄여라. 원하는 게 무엇이냐?

"물어볼 게 있어서."

-대답해 줄 것 같나? 고문을 하던 뭘 하던 맘대로 해 보거라.

그의 말에 나는 더 가까이 다가가며 어깨를 으쓱여 보였다.

"왜 이래. 나는 그런 비인도적인 일을 할 생각이 없는데. 그래도 대답해 줄 수 있는 정도의 질문은 있잖아? 누가 기밀을 알려달라고 했나?"

대답을 잘 해주면 지내는 동안 편의를 좀 더 봐줄 수 있다고 제안했다.

-나는 이런 몸의 구속 따위는 신경도 쓰지 않는다. 내 충고하건데 차라리 나를 지금 죽여라. 어차피 이 노량진은 빼앗길 테니까. 그때라면 늦겠지.

"그래?"

-나는 다시 자유가 될 거다. 그때는 네놈 악몽 속으로 찾아가지. 그러니 지금 죽이는 게 이로울 것이다.

"험악한 말을 하네. 그래, 뭐 몬스터가 노량진을 탈환할 때까지는 여기 있을 거 아냐. 너도. 내 생각에는 그게 아주 오래 걸릴 거 같거든? 그러니까 묻는 말에 대답이나 좀 해보시지."

이 친구에겐 안 된 얘기지만 강북의 몬스터들은 노량진을 두들길 여력이 없는 상태다.

-크큭. 그깟 승리로 기고만장해져 있군.

"그깟 승리? 이야, 과연 군주급 몬스터라 그런지 통이 크네. 몬스터 400여 마리가 증발했는데 별 거 아니라는 거지?"

-…….

"말하는 게 휘하에 몬스터 400마리쯤은 더 있는 것 같다만, 어째 네 주위에는 한 마리도 안 보이는데? 음?"

나는 일부러 주변을 두리번두리번 거렸다.

그러자 빠드득- 하고 이를 가는 소리가 들린다.

-좋다. 묻거라. 대신 그것만 묻고 꺼지라고. 네놈 꼬락서니를 보기만 해도 속이 뒤틀리는군.

"평소에 그런 소리 많이 들어."

강풍호, 심상호도 늘 그런 반응이었단 말이야.

-…질문이나 하도록.

"좋아. 단도직입적으로 묻지. 산달폰의 무기를 몬스터들이 갖고 있나? 그건 어디에 있지?

애초에 그건 나를 낚기 위한 낚시였지만 아예 뜬소문이라고 생각하진 않는다. 실제로 강북 일대에 산달폰의 무기가 있다는 얘기가 오래전부터 돌았다.

-그게 궁금했던 건가? 뭐 못 가르쳐 줄 것도 없지. 어차피 네놈은 절대 회수하지 못할 테니까.

뭐야, 한 번 던져본 건데 진짜로 알고 있네?

"더 귀찮게 안 할 테니까 알면 어서 말 좀 해봐."

-좋다. 꺼져준다니 더 없이 좋은 조건이로군. 산달폰
의 무기는 확실히 몬스터가 가지고 있다.

"그게 누군데?"

-바로 강북의 대군주급 몬스터 카르페다.

카르페라면 내가 죽인 르카와 함께 강북을 쌍두정치로 다스렸던
거물이다. 이제 강북에 남은 유일한 대군주급 몬스터기도 하다. 물
론 알려진 수준에선 말이다.

"어찌 카르페가 산달폰의 무기를?"

-이미 질문에는 대답했다. 꺼지도록.

더는 상대하지 않겠다는 듯 축객령을 내리는 검은 날개. 이제는
고문을 해도 입을 열지 않겠지. 하지만 나는 그런 태도가 마음에 들
지 않았다. 몬스터 주제에, 아니, 남의 뒤통수를 그렇게 거하게 쳐놓
고 이러면 곤란하지.

"그런데 말이야. 진지하게 여기서 나갈 수 있다고 생각하고 있는
건가?"

-네놈은 모른다. 지금은 아무것도 보이지 않겠지. 하
지만 내겐 보인다. 노량진이라 불리는 네놈들의 이 조그
마한 승리가 불타오르는 모습이.

내 생각엔 이건 허세일 뿐이었다. 아무런 근거도 없었다.

그래서 입에서 비웃음이 터져 나왔다.

"크크큭. 크크크큭."

검은 날개가 침묵하는 가운데 내 비웃음은 점입가경으로 커져갔다.

"크크큭. 대체 네놈이 무엇을 할 수 있다고. 이리 사로잡혀서는."

결국 애써 날 무시하던 검은 날개도 정색한다.

-맘대로 웃어! 하지만 네놈이 웃으면 웃을수록 패전의 날에 훨씬 비참할 것이다.

그런 그에게 나는 간단히 한 마디를 던졌다.

"내 생각해 줘서 정말 고맙군. 우리엘."

-뭐?

짧게 반문하는 검은 날개. 아니, 우리엘.

그는 딱 굳어서 말문이 막혀 버렸다. 그런 우리엘의 모습을 보며 나는 입꼬리를 올렸다.

"우리엘 말이다. 우리엘. 설마 괴물의 탈을 뒤집어쓰고 나서 네 이름도 잊어버린 거야?"

-그게 무슨 헛소리냐.

나는 그에게 더욱 가까이 다가갔다.

뚜벅뚜벅.

콘크리트 바닥에 내 구두굽 소리가 울릴 때마다 거대한 몸을 가진 우리엘은 움츠려 들었다. 그리고 내가 앞으로 손을 내밀자 전신을 파르르 떨었다.

"네놈의 까마귀 두개골 같은 가면이 부서진 순간. 내가 보지 못했을 것 같아? 정말 잠깐이었지만 네놈의 정체를 파악하기엔 충분했지."

-되도 않는 소리를 하는군!

"그거야 보면 알겠지."

곧 앞으로 내밀고 있던 내 손에 태양신격의 방패가 소환된다.

"우리엘. 이 위대한 방패는 말이야. 거짓을 지워버리는 능력을 갖고 있지. 그 힘 앞에 지금 쓰고 있는 몬스터의 탈은 어떻게 될까?"

-네놈!

우리엘은 순간 발작하며 몸을 들썩인다. 하지만 봉인은 그의 분노를 통제하기 충분했다.

카앙! 카앙!

그의 전신을 휘감고 있는 쇠사슬이 요란한 소리를 내고 있었다. 그리고 쇠사슬은 그의 긴장만큼이나 팽팽하게 잡아당겨진다. 나는 그를 심판하듯 태양신격의 방패를 내밀었다.

"거짓은 어둠 속으로, 진실은 태양 앞에."

번쩍.

빛이 작렬하자 거짓으로 만들어진 껍질이 타서 사라진다. 그리고 내 앞에 하늘빛 머리칼을 가진 날카로운 인상의 대천사가 나타난다.

"유제아! 이 자식!"

곧장 내게 달려들어 오는 우리엘. 하지만 그 순간 봉인의 사슬이 움직이며 몬스터의 탈이 사라져 몸집이 작아진 우리엘을 꽁꽁 감싸기 시작한다.

"크아아아아! 이런 제기랄!"

우리엘은 발버둥을 쳤지만 소용없었다.

전신이 쇠사슬에 칭칭 감겨서 굴복한다.

"다시 만나게 되어서 좋군, 우리엘."

"…크윽."

우리엘의 치욕에 젖은 얼굴로 대답을 피한다. 그런 그의 모습에 나는 신선함을 느꼈다.

"이런? 아직 수치심이 남아있는 건가? 그 정도로 배신에 배신을 반복한 사내의 심장에 말이야."

"닥쳐라!"

"그래, 실패하고 쫓겨 간 곳에서 몬스터의 탈을 쓰고 살아가는 삶은 어땠나?"

"닥치라고! 유제아!"

우리엘은 발작하듯 소리친다. 그러면서 자기변호에 매달렸다.

"좀 더러우면 어떠냐는 말이다!"

"변명 할 셈인가? 아니, 네가 무슨 생각으로 배신한 건지 알고 싶군."

"……."

"멍석을 깔아주니 입을 다무는 건가?"

"닥쳐. 너 따위의 인간은 이해하지 못한다."

"아니, 그래서 듣고 싶다. 네놈의 고고한 사고방식을."

내 물음에 우리엘은 한참 뒤에 입을 연다.

"네놈의 미시적인 사고로는 모르겠지만 천사고, 몬스터고, 하는 구분은 무의미하다."

"음?"

"수없이 반복된 이 싸움에서 진영논리는 가치가 없다 그 말이다. 더 싸워야 할 이유도 모르겠는 상황이다. 그렇다면 결국 자기만의 길을 찾아야 하지 않겠나. 그러기 위해 설령 진흙탕을 밟더라도 상관없다."

"너의 길이 무엇인데?"

"간단하다. 그저 나 자신이다. 오로지 자신만을 위한 길이다. 이제 사명에 휘둘리는 삶은 거절하고 싶다."

"나쁘지 않은 소리네? 하지만 동시에 개소리기도 했다."

"뭐라?"

나는 경멸을 감추지 못한 채 그의 턱을 붙잡았다. 그리고 강제로 나와 눈이 마주치게 했다.

"너 자신의 삶을 살고 싶었으면 대천사의 지위 따위 반납하고 시골에라도 처박히면 되잖나. 그저 네놈은 남의 신뢰를 이용해 먹는 걸 좋아했을 뿐이야."

이제야 알겠다. 우리엘이 나와 메타트론을 구해주고 어쩐지 자부심이 느껴지는 표정으로 웃음 짓던 까닭을. 아마 우리의 신뢰를 얻었다는 사실이 기뻤겠지. 그리고 동시에 미카엘라를 속일 첫 수까지 놓다니. 스스로의 책략이 자랑스러웠던 거다.

"아니다!"

"아니긴 뭐가 아닌가! 그리고 박쥐같은 네놈은 질서보다 혼란을 좋아하는 거겠지. 왜냐? 그래야 챙길 게 더 많으니까."

지금까지 우리엘은 실로 훌륭하고 과감한 행보를 보여 왔다. 노량진 전역에선 메타트론에게 합류해 노량진 땅 서쪽이라는 이득을 취했다. 그리고 이후 몬스터 웨이브에선 몬스터에 붙어 또 다른 이득을 취했다. 그야말로 난세의 강자라고 할 수 있었다. 나는 더러운 하이에나계에서 뒹굴며 이런 부류를 수도 없이 봐왔다. 아무리 우리엘이 변명한다고 해도 그 본질을 간파하지 못할 리가 없다.

"네놈은 배신자다. 뭐라 변명해 봐야 네놈이 더러운 변절자란 사실은 변함이 없어. 퉷!"

나는 그의 얼굴에 침을 뱉었다.

그리고 한 걸음 떨어져 선언하듯 말했다.

"한때 고귀했던 천사. 하지만 이제는 소리를 지르는 것밖에 못하는 영락한 존재여. 그 가슴에 남아 있는 수치심이 너를 괴롭히고, 괴롭히고, 괴롭히길 바란다. 그리고 기다리고 있도록. 이곳에서 메타트론과 미카엘라를 만나게 해주지. 그녀들이 네놈의 이 한심한 꼬락서니를 보게 해주겠다."

그리 말하던 나는 곧 손뼉을 치며 고개를 저었다.

"아니, 그 둘로는 부족하지. 그래. 모든 천사에게 네 꼴을 보여주마."

특이하게도 이 박쥐같은 놈의 약점은 수치심이었다. 그는 더러운 일을 즐겼지만 들키지 않는다는 전제가 필요했다.

"유제아!"

우리엘은 다시 발광한다. 하지만 나는 그를 내버려두고 돌아섰다.

"배신자의 수치심이여. 봉인의 사슬에 영원히 묶여있기를!"

"유제아! 돌아와! 돌아오라고!"

뒤에서 우리엘이 악을 쓴다. 나는 그러거나 말거나 혼자 중얼거리며 걸었다.

"영예는 불명예로. 신의는 배신으로. 그 자의 이름은 우리엘. 죄의 본보기로 우리 모두의 구경거리가 될 천사로다."

"유제아! 유제아아! 내 비밀을 지켜다오! 그러면 내가 몬스터의 온갖 비밀을 알려주마! 네 사업에 큰 도움이 될 것이다!"

　그 말에 나는 잠시 멈춰 섰다. 그리고 돌아서자 일말의 희망을 담고 날 보는 우리엘이 보였다. 애절함이 담긴 꽤 좋은 표정이었다.

　그래서 나는 그에게 웃어보였다.

　상냥하고 따뜻하게.

　그리고 동시에 비릿하게.


　"싫은데?"

# 구舊 서열 6위 우리엘

"운명은 가혹하구나. 우리의 사명은 위대한 분에게서 왔지만 이건 마치 때 이른 죽음처럼 우리의 가능성을 처음부터 꿈꾸지도 못하게 만들었다. 우리는 미로에 갇힌 천사다. 그렇다면 스스로라도 빠져나갈 길을 찾아야 하지 않겠나? 각자도생하라. 자신의 길에는 선도 악도 없다. 비록 이 몸, 어둠에 물든다 하여도."

# 5. 잃을 건 오명 밖에

강풍호와 심상호는 나란히 감옥에 갇혔다.

둘 다 고개를 떨어뜨린 채 말이 없었다. 마치 한 겨울의 황량함 속에서나 느낄 수 있는 우울함이 그들에게 짙게 깔려있었다. 실의에 빠진 그들의 얼굴에는 영원히 봄이 오지 않을 것처럼 보였다. 그도 그렇게 증오하는 유제아에게 패한 뒤 무력하게 갇혀있는 신세이기 때문이었다.

"심 형. 우리 진짜 닭 됐습니다."

"그게 무슨 소리입니까?"

"닭장 속의 닭이 아마 우리와 같은 기분일 겁니다. 그냥 멍하니 앉아서 삼계탕이 되길 기다리는 상황 말입니다. 게다가 그런 운명에 반항도 할 수 없고…. 허허."

강풍호는 헛웃음을 흘렸다. 그는 이미 다 포기한 것 같았다. 적과 내통해 아군의 영웅을 죽이려고 한 건, 도저히 수습할 방법이 없어 보였다.

"애초에 우리가 착각했던 겁니다. 처음부터 함정에 빠진 건 이쪽이었던 거죠. 유제아, 이 새끼 머리 굴리는 게 보통이 아닌 줄은 알았는데 이 정도일 줄이야. 생각할수록 울화통이 치미는군요."

심상호의 말투도 이미 포기한 듯 힘이 없었다. 남은 건 단호한 처결뿐이라는 걸 그는 잘 알았다.

"후우……."

"하아……."

감옥 안에 긴 한숨만이 흘러나왔다. 둘은 그대로 식음을 전폐한 채 며칠을 보냈다. 그나마 다행인 건 유제아가 자신들을 비웃으러 나타나지 않았다는 점일까?

"이제 어찌되든 상관없으니 차라리 빨리 끝났으면 좋겠습니다."

"…아 시발. 그러니까. 뭐하는데 이렇게 시간을 끄는 걸까요."

"유제아, 이 새끼. 하여간 맘에 드는 구석이 없군요."

"하하하."

심상호가 허탈한 웃음을 흘리던 그때 바깥에서 짧은 비명이 들려왔다. 으윽! 하는 소리였다. 그리고 곧 누구냐! 하는 외침부터 연달아 소음이 터진다.

"뭐야! 씨발 또 뭐냐고!"

심상호가 서둘러 철창에 매달려 고개를 뺀다. 복도 끝 쪽에는 뭐가 터지는 듯 불빛이 번쩍거린다. 그리고 곧 한 무리의 사람들이 나타난다. 심상호는 그중 아는 얼굴을 발견하고 얼굴이 밝아진다.

"이게 누구야!"

전투를 치른 듯 흥분된 얼굴로 나타난 이는 윤성식이었다.

"시간이 없습니다! 탈출하시죠!

"아니, 너도 유제아에게 잡히지 않았나?"

"설명할 시간이 없습니다. 어서!"

윤성식이 어디선가 가져온 열쇠로 옥문을 열며 재촉하자 심상호와 강풍호는 망설이지 않았다. 다 죽어가는 상황에서 뜻하지 않은 구원이었다. 사실 수상한 점이 많았지만 상황이 상황이다 보니 둘의 생각은 거기까지 닿지 않았다.

"서둘러 두 분을 모셔!"

윤성식의 지시에 같이 온 헌터들이 앞장서서 그들을 인도했다. 이후 몇 번 위기가 있었지만 그들의 탈옥은 성공적이었다. 처음부터 카메라로 그들을 지켜보는 이가 있다는 것만 빼면 말이다.

"그들이 각자의 대천사에게 가지 않고 외국으로 도주하면 어떻게 하게?"

원윤아가 유제아에게 묻는다. 그들은 상황실처럼 모니터가 잔뜩 있는 방에 있었다. 그리고 그 모니터는 꽁지가 빠지게 달음박질치는 심상호, 강풍호의 모습을 생생히 비춰준다.

"뭐, 그 정도로 겁쟁이라면 이쪽에서도 신경 꺼도 좋겠지. 하지만 말이야. 절대 녀석들은 이대로 물러나지 않을 거야."

"그러면 그때 라미엘과 이후디엘의 태도를 보고 결정하겠다?"

엄청난 얘기를 무표정하게 묻는 원윤아를 보며 유제아는 고개를 주억였다.

"그래, 그들은 자기 위원인 강풍호, 심상호를 도울지 버릴지 결정해야할 거야."

이미 유제아에게 강풍호, 심상호 같은 건 잔챙이에 불과했다. 그는 진작부터 메타트론 클랜에게 비협조적이었던 대천사 이후디엘, 대천사 라미엘을 겨냥하고 있었다. 곧 시작될 대북방 전쟁을 앞둔 상황에서 이번 기회에 집안 정리를 하려는 것이다.

유제아가 강풍호, 심상호를 풀어준 것도 그런 이유에서였다. 이 대로 두면 도마뱀 꼬리 자르기처럼 버려질 확률이 높다. 하지만 탈주한 그들이 클랜의 주인에게 도움을 요청하면, 이후디엘, 라미엘의 입장에선 일이 더 꼬이게 된다.

"일이 정말 재밌게 돼가는 데."

"미소가 사악해 너."

"그걸 이제 알았냐?"

유제아의 말에 원윤아는 가볍게 한숨을 내쉰다.

"어릴 땐 제법 귀여운 구석도 많았는데 말이야."

"응? 뭐라고?"

"아니야. 이제 곧 회의 시작이야. 이동하자."

대략 20분 뒤, 강북에서 있었던 문제를 다루기 위해 회의가 시작된다. 서열 1위 메타트론과 서열 2위 미카엘라가 참가할 정도로 중요한 회의였다.

"윤아야, 내가 발언에 나서고 30분 정도 후에 보고하러 와줘. 죄수들이 탈옥했다고."

"좋아."

이번 사건.

그러니까 헌터가 다른 헌터를 공격하기 위해 몬스터와 합작했다는 초유의 사태로 인해 대천사회의가 소집됐다. 엉덩이가 무거워 어지간해서는 안 움직이는 대천사들이 모두 신속하게 노량진으로 몰려왔다. 그뿐 아니라 11인 위원회 위원들까지 덩달아 참석했다.

회의에 참가한 대천사들의 표정은 가지각색이었다. 당연히 이후디엘과 라미엘의 얼굴은 실시간으로 썩어가는 중이다. 그리고 그 옆에는 노골적으로 비웃음을 감추지 못하고 있는 라파엘이 보였다.

겉만 보면 완벽한 미소녀인데 말이지. 차이나 드레스도 엄청 잘 어울린다. 아는 헌터에게 들었는데 라파엘이 차이나 드레스를 입고 다니는 건, **'대탈주 사건'** 이후 중국에서 활동했던 경험 때문이라고.

라파엘은 나와 눈이 마주치자 씩 웃어 보인다. 선의라고는 하나도 느껴지지 않는, 뱀과 같은 웃음이었다. 내가 살짝 고개를 끄덕여 인사하니 라파엘은 유난히 긴 송곳니를 드러내며 말한다. 소리는 내지 않고 입모양으로만.

-오늘 잘해봐. 띨빵아.

망할 자식 같으니라고. 그래도 내 편만 들어준다면 상관없지만. 그나저나 슬슬 회의를 시작해도 될 것 같았기에 앞에 나서 모두에게 인사했다.

"바쁘신 와중에도 참석해 주신 것 감사드립니다. 대체 무슨 엄중한 일이 있어 대천사회의가 소집됐는지 대강 들어서 알고 계실 거라고 생각합니다."

내 말에 이후디엘과 라미엘의 표정이 찡그려진다. 그러자 근처에 있던 라파엘이 재밌다는 듯 킥킥 웃는다. 이후디엘이 라파엘을 째려보았지만 전혀 개의치 않는다.

"유제아 위원."

"네, 라파엘님."

"내가 오면서 대충 들으니까 존나 좆같은 일이 일어난 것 같더라. 그러니까 오늘 이 자리에서 그 과오와 책임을 가려보자고."

라파엘은 막대사탕을 까서 입에 물며 즐거운 목소리로 모두에게 말한다.

"다들 좋지? 아주 제대로 조리돌림 하자 그거야."

라파엘의 돌출 행동에 제각각의 태도를 보인다. 하지만 그 어느 것 하나 라파엘은 신경 쓰지 않았다.

"알겠습니다. 라파엘님. 그럼 지난 강북에서 있었던 일에 대해 이 자리에서 모든 분들께 설명 드리겠습니다."

기왕 이렇게 된 거 단번에 치자. 증거도 완벽하고 망설일 이유는 없었다. 애초에 상황을 짐작하고 간 거라 소형 녹화기까지 가지고 갔었다. 곧 영상이 틀어졌다. 그러자 모두는 강풍호, 심상호가 몬스터를 동원하고 나를 협박한 장면을 보게 됐다. 사방에서 탄식이 터진다.

"어찌 헌터가 저런 짓을!"

"믿을 수 없군요. 아무리 그래도 그렇지 어떻게 몬스터에게 아군을 넘길 생각을 합니까!"

"아… 이건 완전 빼도 박도 못했겠네."

대천사와 위원들이 저마다 흥분해서 떠들어댄다. 나는 분위기가 달아올랐을 때 모두의 동의를 구하려했다.

"이건 용서받을 수 없는 행동입니다. 이번 일의 당사자로서 이 심각한 배신행위에 대해 강력한 처벌이 있어야 한다고 주장하는 바입니다."

이 건은 너무 확실해서, 따로 메타트론, 미카엘라의 지원 사격을 받을 것도 없었다. 심지어 백당 쪽도 내 의견에 동조한다.

"맞습니다. 유 위원의 의견을 적극 지지합니다."

"저도 그렇습니다."

백당은 안정을 원한다. 그러니 이런 배신행위를 좋게 볼 리가 없었다. 오로지 이후디엘과 라미엘만이 입을 다물고 있었다.

"곤란하겠네. 킥킥킥."

라파엘이 비웃음을 터뜨리며 이후디엘을 쳐다본다.

당연히 이후디엘의 표정이 썩어갔다.

"오늘따라 그 목소리가 더 거슬리는군요. 라파엘."

"글쎄? 어딜 가던 목소리 예쁘다는 말만 듣는데 넌 귓구멍에 못이라도 박은 걸까?"

"라파엘!"

그러고 보니 둘이 사이가 안 좋다고 전에 들은 적 있다. 라파엘과 이후디엘은 음흉하기로는 둘째가라면 서러울 인물들이다. 어쩌면 동족 혐오일지도 모르겠다.

"본인도 유제아 위원의 의견에 동의합니다."

결국 이후디엘은 더는 안 되겠다 싶었는지 나선다. 그러면서도 선을 딱 긋는다.

"하지만 그와 그를 따르는 헌터들의 일탈은 클랜과는 무관하오."

예상대로 이후디엘은 꼬리자르기에 나섰다.

당연한 얘기지만 받아줄 생각은 없다.

"대천사님께서는 클랜의 위원이 그런 짓을 하는 동안 전혀 모르신 겁니까? 모르셨다면 관리감독에 소홀하셨던 거고, 아셨다면 방조의 책임을 지셔야 하지 않겠습니까?"

내 말에 이후디엘이 불편한 심기를 감추지 않았다.

"심상호 위원이 한 잘못은 본인과 무관합니다. 본인은 일정한 규칙 안에서 헌터들에게 자율성을 부여하고 있습니다. 그 이상의 일탈은 본인의 책임이 아닙니다."

"말이 좋지 무능하시다는 얘기 아닙니까?"

"어허! 유제아 위원. 말씀이 심하십니다! 본인은 대천사요!"

발끈하는 이후디엘. 너무 몰아붙여서는 좋을 게 없었다. 일단 가볍게 사과하고는 재차 확인했다.

"어쨌거나 심상호의 처벌에는 반대하지 않으신다는 거지요?"

"그렇소이다. 책임의 소재가 확대되지만 않는다면."

"그거야 이후디엘님께서 하기 나름이지요."

"뭐라?"

그리 설전이 오가고 있을 때 회의실 문이 열리더니 원윤아가 들어온다. 나는 일부러 그녀를 타박했다.

"지금 회의 중인 게 안 보이나?"

"죄송합니다. 단장님. 워낙 급한 일이라."

나는 어쩔 수 없다는 태도로 주변에 사과를 한 뒤 보고를 들었다. 그리고 무척 놀라는 척했다.

"뭐라! 강풍호, 심상호가 탈옥했다고?"

내 말에 회의실은 다시 한 번 시끄러워졌다.

"아니! 탈옥이라니!"

"그자들이 정녕 눈에 뵈는 게 없는 모양입니다!"

주변이 소란스러워지는 와중에 이후디엘, 라미엘의 표정이 더욱 어두워진다. 대충 이대로 마무리하려고 했는데 강풍호, 심상호가 탈옥해 버렸다. 일이 꼬이기 시작했다는 걸 이제 저 두 대천사도 절감하리라.

"자자, 모두 진정하시지요. 제 비서의 말을 들어보니 탈옥과정의 영상을 확보했다고 합니다."

라파엘이 반색한다.

"어서 틀어봐! 이후디엘 얼굴이 새카맣게 변하는 게 존나게 재밌는 내용인 것 같네."

곧 메타트론 클랜의 제한구역을 침입한 이후디엘, 라미엘 클랜의 헌터들이 심상호와 강풍호는 빼내는 영상이 모두의 앞에서 재생됐다. 이를 지켜보던 이후디엘과 라미엘의 표정이 딱딱하게 굳어간다.

"유 위원. 탈옥을 도운 무리를 이끈 저 자는… 윤성식 헌터가 아닙니까?"

가브리엘이 화면 한쪽을 가리키며 묻는다.

"맞습니다. 제가 선의로 이후디엘 클랜에 돌려보낸 윤성식이지요. 이게 어떻게 된 겁니까? 이후디엘님. 그리고 라미엘님. 제가 라미엘 클랜 쪽으로 돌려보낸 인원도 보이는군요?"

하늘공원의 싸움에서 나를 습격하는데 참여한 양 클랜의 헌터들은 수십여 명이다. 나는 강풍호, 심상호와 핵심 간부 몇만 남기고 일단 그들을 이후디엘, 라미엘 클랜에 돌려보냈다. 죄를 용서한다기보다는 보석保釋과 비슷한 것이었다.

그건 이후디엘과 라미엘의 체면을 고려한 사안이기도 했다. 그래서 두 대천사는 돌아온 인원들을 근신시키겠다고 약속해 왔다. 한데 그 근신해야할 인원들이 탈옥을 돕고 있으니 두 대천사의 입장이 난처하게 됐다.

"이게 어떻게 된 겁니까? 두 분. 이래도 강풍호, 심상호의 행동이 클랜과 무관하다고 생각하십니까?"

"그렇다면 내가 시키기라도 했단 말이냐! 이 녀석!"

성격이 과격한 라미엘이 발끈한다. 지금까지 말이 없었던 걸 생각하면 라미엘 치고는 엄청 참은 셈이었다. 아마 회의에 오기 전에 이런 저런 조언을 들은 까닭이겠지. 하지만 탈옥 영상에 인내심이 바닥난 모양이다. 라미엘은 힘이 센 천사지만 뇌까지 근육이다. 상대하는데 어려울 것 없었다.

"제가 언제 꼭 그렇다고 했습니까? 하지만 영상은 명확하지 않습니까? 설령 라미엘님이 관여하지 않으셨다고 해도 이 정도면 클랜까지 무관하다고 할 수 있겠습니까? 어째 라미엘님은 클랜원들에게 따돌림이라도 당하시는 것 같군요. 클랜에서 적에게 아군을 팔고 탈옥을 하고 난리를 치는데, 우리 라미엘님께서는 모른다, 관계없다만 앵무새처럼 반복하고 계시니 말입니다. 과연 라미엘 클랜이 라미엘님이 만드신 클랜이 맞나 궁금하군요."

"뭐라! 유제아 이놈이!"

천둥이 치는 것 같은 고성이 터져 나왔다. 하지만 결국 라미엘의 입은 분노해 소리치는 것 말고는 할 게 없었다. 뭐, 가까이 가면 날 물어뜯을 기세였지만.

"왜 말씀이 없으십니까? 옹색한 변명이라도 좀 해주셔야 제가 납득하지요. 라미엘님."

파르르.

라미엘은 풍성하게 자란 수염을 떨며 분노를 간신히 가라앉히고 있었다. 인간 주제에 자신을 이리 몰아붙인 건 내가 처음이겠지. 당황스럽고 화가 날 거다. 그리고 참을 수 없는 분노까지 동반되겠지. 이런 모습에 라파엘은 박수를 치며 좋아한다.

"쟤 정말 걸물이네! 꺄하하하. 메타트론! 쟤 나한테 팔면 안 돼?"

"거절한다. 말이 되는 소리를 하거라."

메타트론은 정색했고 라파엘은 아쉬운 듯 날 보며 입맛을 다신다.

"그래? 어쩔 수 없네. 그런데 왜 미카엘라까지 날 죽일 듯 노려보는 거지? 응?"

"아? 거기 있었니? 차이나걸. 아니, 걸은 아니지. 그럼 그냥 차이나인가?"

"이런 육실할! 지금 이 금발 대걸레가 뭐라고!"

"훗. 이 몸은 첫눈처럼 깨끗한 처녀란다. 오래전에 뒷구멍이 개통된 누구랑은 다르게. 정말 넌 진눈깨비 같구나. 질척질척. 너무 쑤셔진 그곳에선 그런 분변만 쏟아지겠지."

세상에, 미카엘라의 폭언이 너무 엄청나서 순간 나도 굳어버리고 말았다. 당연히 라파엘은 머리끝까지 화가 나 버렸고, 무시무시한 말다툼이 벌어졌다.

일단 나는 무시하고 계속 회의를 진행했다.

"영상을 보니 이상한 게 많군요. 정말 클랜 차원의 도움이 아닙니까? 두 분이 회의를 하며 주의를 끄는 동원 강 위원과 심 위원을 빼돌리는?"

나는 이번에는 이후디엘을 압박했다.

"말이 지나치구나! 이놈!"

라미엘은 다시 폭발했다. 머리에서 증기가 올라오고 두 눈은 충혈되어 있다. 그리고 이마의 혈관은 잔뜩 불거진 상태다. 게다가 날개에선 어느새 불길이 피어나고 있었다. 이래서는 마치 활화산과 얘기하는 것 같은 기분이다.

"지나칩니까? 근신 중이어야 할 헌터들이 메타트론 클랜의 제한 구역에서 날뛰는 건 지나치다고 생각 안 하십니까?"

"크윽!"

라미엘은 입술을 질끈 깨문다. 그 모습을 보던 나는 모두에게 동의를 구했다.

"이런 일이 헌터의 독단으로 가능하다고 보십니까?"

상식적으로 그럴 수가 없다. 의혹에 가득 찬 시선들이 이후디엘, 라미엘에게 쏟아진다.

"이건 뭔가 잘못된 겁니다!"

이후디엘은 황급히 변명을 해댄다. 그래, 이상하겠지. 하지만 탈옥을 주도한 이후디엘 클랜의 헌터인 윤성식이 이미 내게 매수된 상태라면 어떨까?

보통 때라면 윤성식은 위의 눈치만 보며 근신했을 거다. 하지만 이제 그는 나와의 거래를 통해서 새로운 미래를 보장받았다. 그러니 침몰해 가는 배인 이후디엘 클랜호에 얌전히 있을 리가 없지. 윤성식은 내가 원하는 대로 이후디엘이 곤란해질 행동을 마음껏 해줬다.

"단장님."

그때 원윤아가 다시 와서 추가 보고를 했고 나는 그걸 모두에게 알렸다.

"탈옥한 강풍호, 심상호가 각자의 클랜으로 돌아갔다고 합니다."

웅성웅성.

소란이 일어났다. 이 정도 상황이 되자 듣고만 있던 메타트론이 나선다.

"이후디엘, 라미엘. 이런데도 본인들은 아무 상관없다고 우기는 것이더냐? 웃기는구나. 아주. 여기 모인 이들을 모두 바보로 보는 것이냐?"

딱 맞춰서 미카엘라까지 압박에 나섰다.

"정말 여러 가지로 이상하구나. 이후디엘, 라미엘. 똑바로 해명해 볼 필요가 있다고 생각한다."

침묵하고 있던 서열 1, 2위가 묵직한 원투 펀치를 날리자 상황은 그걸로 종료였다. 변명으로 일관하던 이후디엘과 라미엘은 궁지에 몰렸다. 그나마 믿을 건 서열 3위 가브리엘뿐인데, 백당도 이번 사태를 비난 중이라 그는 나서지 못하고 있었다. 다만 그는 이번 사태의 파장이 미칠 영향을 예상한 듯 낭패한 표정을 지을 뿐이다.

"이대로라면 두 분께서 반갑지 않은 오해를 해명할 길이 없어 보이군요. 두 분 다 지금 바로 신성지로 돌아가시지요. 그리고 가서 강풍호, 심상호를 붙잡아 제게 돌려보내십시오. 하면 두 분께서 이번 탈옥과 관련이 없다는 걸 증명하실 수 있지 않겠습니까?"

생각지도 못한 내 제안에 이후디엘은 반색했다.

"물론입니다. 그렇게 하겠습니다."

반면 라미엘은 주저하는 기색이 역력하다. 하지만 그로서는 도리가 없었다.

"알겠다."

나는 좀 더 확실하게 모두 앞에서 약속할 것을 요구했다. 마음이 급한 그들은 서둘러 약속할 수밖에 없었다. 그러자 흥미진진하게 사태를 지켜보던 라파엘의 사악한 미소가 짙어지는 게 보였다. 아무래도 라파엘은 내 의도를 파악한 것 같았다.

"그럼 이만."

"가보겠소."

둘은 도망치듯 자리에서 일어나 떠났다.

하지만 그건 명백한 패착이었다. 생로는 도망치는 그곳이 아니라 이 회의장에 있었으니까.

회의가 파한 후 메타트론과 미카엘라가 날 찾아왔다.

메타트론은 일처리에 좀 불만족스러운 듯했다.

"회의에서 좀 더 확실하게 끝내는 게 좋지 않았더냐? 어째 거의 다 잡은 물고기를 놔준 느낌이구나."

그녀의 말에 나는 고개를 내저었다.

"아니야. 더 잡아당기다가는 낚싯줄이 끊어질지도 몰랐다고. 완급 조절이 중요한 법이야. 당겼으니 그 다음은 풀어줄 때야."

"흠, 본녀는 잘 모르겠구나. 유제아, 미카엘라와 어울려 다니더니 너도 정치질 흉내가 점점 심해지는구나."

나는 조금 뚱한 표정을 짓는 메타트론이 귀여워 웃을 수밖에 없었다.

"이게 다 그 두 대천사를 더 곤란하게 만들기 위해서야. 아까 내가 분명히 말했잖아. **그들을 내게 돌려달라고.** 메타트론 클랜이 아니라."

비슷하지만 꽤 차이가 있는 얘기다. 메타트론 클랜이 아니라 내게 돌려준다는 건. 그건 대천사가 인간의 손에 굴복했다는 문제가 된다. 아까 경황이 없어 두 대천사 모두 수락했지만 돌아가서는 이 문제를 깨닫게 되겠지.

"아 다르고 어 다른 법이야. 막상 약속을 이행하려니 자존심 때문에 어려워지겠지."

메타트론은 좀 질렸다는 표정이었다.

"유제아, 좀생이 같이 무서운 수를 쓰는구나."

"효과적이라고 표현해 주면 고맙겠는데. 아무튼 그들은 처음 생각과 다르게 자기 위원을 순순히 내놓지 않을 거야."

그렇게 된다면 이후 상황은 내 생각대로 전개될 확률이 높았다.

결국 두 클랜 다 탈옥범을 바로 보내지 않았다.

이런저런 핑계를 대고 내게 인도하는 걸 차일피일 미루고 있었다. 사람들은 이런 상황에 의아해 했는데, 내부에 조력자를 둔 나는 그들의 사정을 알 수 있었다.

먼저 이후디엘 클랜의 경우는 왜 심상호를 뱉지 않느냐?

바로 둘 사이의 막대한 금전 관계 때문이었다.

심상호가 후계자인 청성그룹은 몬스터 부산물을 가공해서 몸집을 불린 회사다. 그리고 이후디엘은 대천사의 지위를 이용해 몬스터 부산물 유통에 관여해 크게 돈을 벌었다. 하니 청성그룹과 이후디엘의 관계는 물과 물고기와 같다.

청성그룹과의 연계 덕에 산달폰 사후 공석이 된 자리를 이후디엘이 차지할 수 있었다. 본래 평천사에 불과했던 그로서는 그야말로 대승리였다. 그러니 그런 노다지와 같은 청성그룹과의 관계를 쉽게 정리할 리가 없다. 지금쯤 심경이 복잡하겠지.

대천사 라미엘쪽의 사정 역시 재밌다. 강풍호가 대천사 라미엘의 치부를 잡고 있다는 소문이 있었다. 그쪽은 워낙 구린 일을 같이 해온 사이라 죽으려면 같이 죽는 수밖에 없어보였다. 게다가 라미엘은 내 요구의 의미를 깨달고는 인간에게 굴복할 수 없다고 분통을 터뜨렸다고. 대천사 중에서도 유난히 거칠고 자존심 강한 그로서는 그런 조건은 받아들이기 어려운 일이었겠지. 내게 정보를 알려준 천사의 말에 의하면 라미엘은 재협상을 위해 강경노선을 선택할 것 같다고 했다.

"이제 어쩔 것이냐? 유제아."

메타트론의 물음에 나는 걱정할 것 없다는 태도를 보였다.

"결국 모두 내 뜻대로 된 거야. 좋은 방향이지. 원래라면 강풍호, 심상호만의 일이었지만 이걸로 확실하게 그쪽 대천사들도 관여하게 됐어."

"대어를 잡을 수 있게 됐다 그거구나."

메타트론은 다소 들뜬 목소리였다. 그녀는 이후디엘이 음흉한 데다가 산달폰의 빈 자리를 차지한 탓에 감정이 안 좋다.

"그래서 이제부터 어쩔 셈이냐? 둘 다 공격할 것이냐?"

"솔직히 그건 좀 무리지. 그래서 하나는 제거하고 하나는 협상하려고 생각 중이야. 둘 다 궁지에 몰면 안 돼. 적이 벼랑 끝에 서 있다는 느낌을 갖지 않도록 하는 게 중요하지. 그래서 옛 병법을 보면 폐쇄할 수 있는 통로도 일부러 하나쯤 열어놓기도 하잖아?"

내가 모두 쳐내겠다는 강경 노선으로 나가면 그 둘은 단단히 연합할 것이다. 하지만 한쪽은 살려주고 한쪽만 죽이겠다면 둘 사이에 분열이 일어날 터.

"이간질도 가능하겠구나. 유제아, 훌륭하다. 그래서 누굴 잡고 누굴 살릴 작정이냐?"

"라미엘은 잡고 이후디엘과는 협상해야지. 라미엘은 단순하고 과격한 대천사야. 자존심 때문에라도 무리수를 둘 타입이지. 그런 타입이 아무래도 상대하기 쉽잖아? 반면 심계가 깊은 이후디엘은 궁지에 몰리면 무슨 패를 꺼내들지 몰라."

내 말에 메타트론은 고개를 끄덕이며 보충한다.

"옳다. 유제아. 게다가 이후디엘은 수전노가 아니더냐. 돈 문제만

협의할 수 있다면 의외로 합의점을 찾을 수 있을지도 모른다."

"게다가 이후디엘은 심상호를 버려서라도 손해가 덜한 쪽을 선택할 게 뻔해."

대천사 라미엘은 일전의 내 행동을 본받기로 한 건지, 자기 신성지에서 농성에 나섰다. 그러면서 그간 강풍호의 공을 봐서라도 이번에는 사면해야 한다는 말도 안 되는 주장을 펼쳤다. 당연히 받아들여질 리 없는 일이었고, 나는 대천사들과 11인 위원회의 협조를 바탕으로 권천사 부대와 집행자들을 소환했다.

권천사는 백인대 1개 부대, 집행자인 헌터들이 300여 명이었다. 거기에 일시적으로 집행자의 지위를 부여받은 연합헌터단의 헌터들 500여 명이 가세했다. 이들을 이끌고 곧장 쳐들어가서 라미엘과 강풍호를 잡아올 작정이었다.

"반갑습니다. 유 위원님. 함께할 수 있어서 영광입니다."

"저도 그렇습니다. 과거의 무례는 용서해 주시길."

집행자들 중 일부가 과도할 정도로 내게 굽실거렸다. 그도 그렇게 이들은 예전에 내가 메타트론과 농성할 때 쳐들어왔던 작자들이다. 그런데 이제는 내 편에 서야하니 이럴 수밖에.

"너무 괘념치 마시길. 과거 일은 여러분이 임무에 충실하셨던 것뿐입니다."

내가 앙금은 없다고 선언하자 집행자들의 표정이 그제야 밝아진다. 그리고는 날 위해 최선을 다하겠다고 앞 다퉈 열의를 보인다.

"이번 일은 차질 없이 진행될 겁니다. 유 위원님."

"저도 전력을 다하겠습니다. 걱정 놓으시길."

"맞습니다. 몬스터와 내통한 자들은 용서할 수 없죠."

몇 달 만에 일어난 이런 변화는 이제 놀랍지도 않았다. 나는 서서히 내 지위에 익숙해지고 있었다. 이런 말을 스스로 하면 재수 없겠지만 나는 인간 중 높은 자였다. 그리고 그 위치를 잘 이용하는 법을 배우고 있었다.

"여러분의 조력에 감사드립니다."

고맙다는 듯 환하게 웃어 보이는 걸로, 집행자들을 장악하는 건 끝났다. 이에 반해 권천사들에겐 이런 방식은 통하지 않는다. 하지만 그렇기에 더 걱정할 것 없었다. 대천사회의에서 라미엘 클랜에 대한 강제집행을 행하기로 결정을 내린 상태다. 권천사들은 충성스럽게 따르겠지.

"바로 출발하도록 하겠습니다."

우리는 노량진에 설치되어 있는 차원 관문을 타고 라미엘의 신성지가 있는 안산으로 향했다. 대천사 라미엘의 신성지는 송산구*에 위치해 있었다.

송산구는 이봉산, 승학산, 와룡산으로 둘러싸인 땅이 있는데, 그곳이 라미엘의 신성지였다. 라미엘은 세 개의 산으로 둘러싸인 자연

---

* 과거 화성시가 신新 안산에 편입되면서 화성시 송산면은 송산구로 승격했다.

적인 요새를 보강해 막강한 신성지를 만들어놨다.

"으리으리하네."

막상 도착해 보니까 상상 이상이었다. 판타지 게임에서나 볼 수 있을 듯한 거대한 성벽이 우리를 가로막고 나선 것이다. 그리고 그 성벽 위에는 라미엘과 헌터들이 줄지어 서 있었다. 이래서는 공성전이라도 해야 하는 게 아닌지 모르겠다.

일단 나는 그들을 무시하고 이런저런 세팅에 힘쓰기로 했다. 오늘은 최고의 무대가 될 예정이다. 전세계의 관심이 이 상황에 쏠리고 있었다. 국내외 수많은 기자들이 취재를 위해 몰려온 상태다. 그뿐 아니다. 대천사와 11인 위원회의 위원들 역시 내 요청을 받고 직접 오기로 했다. 그들 역시 이번 건의 일처리에 무척 관심이 크다.

"천막 여기랑 여기에 설치하고. 그래, 여기 좌석도 쫙 깔아."

나는 사방을 돌아다니며 분주하게 명령을 내렸다. 현재 시각은 아침 8시. 강제집행은 점심을 먹고 오후 1시에 돌입할 예정이었다. 곧 라미엘의 신성지 앞 공터로 방문객들이 우글우글 몰려들기 시작한다. 나는 그들 하나하나와 인사하며 자리로 안내했다. 그 중 대천사 서열 3위의 가브리엘은 중요한 방문객이었다.

"가브리엘님 와주셔서 감사합니다."

"별말씀을."

가브리엘은 겉으로는 인격자인데 과연 내심은 어떨까? 여러 가지로 알 수 없는 천사다. 겉이나 속이나 모두 발랑 까진 라파엘과는 완전히 다른 부류였다.

"자, 가브리엘님 이쪽으로 오시지요."

"감사합니다. 유 위원님."

"최근 라파엘과 친해지셨다고 들었습니다만?"

지난 대천사회의 이후 라파엘은 흑당에 관심을 보였다.

"라파엘 클랜의 윤혁 위원에게 듣기로는 모두회의에서 제 일처리가 마음에 들었다고 합니다."

하지만 라파엘의 성격상 그리 얌전한 이유일 리가 없지. 가브리엘도 그런 생각을 하는 듯 묘한 미소를 짓는다.

"든든하시겠습니다?"

뼈가 있는 말이었다. 그도 그렇게, 나는 라파엘의 관심을 반기면서도 녀석의 꿍꿍이를 고민해야 하는 처지에 빠졌다. 라파엘의 합류는 필요하지만 동시에 위험을 동반하는 일이기도 했다.

"물론입니다."

그렇다고 라파엘을 거부하는 건 좋지 않다. 만약 거절했다가 라파엘이 백당으로 붙어버리면 그야말로 큰일이니까.

아무튼, 갑작스러운 라파엘의 변덕으로 흑당도 꽤 세력을 갖출 여지가 생겼다. 백당 쪽 심기가 불편할 수밖에. 가브리엘이 오늘 파벌을 이끌고 온 것도 사실 나를 견제하기 위해서일 확률이 높다. 이미 결정된 강제집행 자체를 방해하지야 않겠지만, 뭔가 교묘한 방법으로 딴지를 걸어 올 것으로 예상됐다.

"결정을 집행하는 게 공정하게 이뤄지길 바라겠습니다. 유 위원. 약속을 지키는 자는 친구를 얻지만 약속을 지키지 못하는 자는 적을 얻는 법이오."

이거 보게. 계속 뼈 있는 말만 던지는군. 찔리겠다.

그렇다면 내 성격상 받아칠 수밖에.

"신랄한 말로는 친구를 만들지 못하는 법입니다. 식초 한 통보다 꿀 한 스푼이 더 낫지요."

가브리엘은 피식 웃더니 반지로 가득한 손가락을 움직이며 내게 말한다.

"벤저민 프랭클린의 말이군요. 저도 그분 말을 인용해 보겠습니다. 성공은 많은 사람을 파멸시킨다고 합니다."

명백한 경고조였다. 하지만 그런 것에 겁먹을 정도로 난 담이 작지 않다. 대천사의 협박, 그것도 한 파벌의 수장의 경고에도 나는 빙긋 웃을 뿐이었습니다.

"좋은 말씀이시군요. 자, 슬슬 전 일이 있어서 가봐야겠군요. 자리에 앉으시죠."

으득.

내가 자신의 경고를 귓등으로도 듣지 않자 이를 가는 소리가 들린다. 곧 가브리엘이 떠났고 이번엔 라파엘이 찾아왔다.

"벌써 가브리엘이랑 치고받는 거야?"

"너 목적이 뭐야?"

"어라? 서열 4위인 내게 반말? 아니, 상관없나? 서열 1위에게도 반말한다고 들었으니까. 그나저나 너무 단도직입 아냐? 내가 호의로 흑당에 힘을 실어주는 걸 수도 있잖아?"

라파엘은 입이 흡혈귀처럼 긴 송곳니를 드러내며 웃는다. 저 송곳니가 언젠가 내 목을 노리지 않을까 하는 생각이 들었다.

"글쎄, 아직 너에 대해선 잘 모르지만 그게 새빨간 구라인 건 알겠네."

"뭐? 끄하하하핫!"

내 말에 라파엘은 배를 잡고 웃어댄다.

"그래. 키키킥. 물론 목적이 있지. 이 라파엘이 미친 것도 아니고 자원봉사를 할 리가 없으니까."

"그럼?"

"일단은 내가 인류와 천사 모두에게 자유와 용기를 선물하고 싶다고만 알아둬. 내가 그 둘을 존나게 사랑하거든."

"하? 그게 무슨 개소리야?"

"언젠가 이해하게 될 거야. 자, 일단 오늘 일을 처리하라고. 네 비서가 왔네?"

라파엘은 내 등을 떠밀더니 자기 자리를 찾아 떠난다. 나는 잠시 그 뒷모습을 보다가 원윤아에게 무슨 일이냐고 눈으로 물었다.

"기자들이 모여 있어."

"알겠어. 가자고."

원윤아를 따라가니 국내외의 기자들이 구름처럼 몰려든 모습이 보였다. 단상으로 향하는 동안 나를 향해 무수하게 플래시가 터진다. 나는 마이크를 손가락으로 톡톡 두들겨 본 뒤에 바로 시작했다.

"오늘 강제집행에 대해 간단히 설명드리겠습니다."

다시 터지는 플래시 세례. 그 속에서도 나는 담담하게 설명했다. 그리고는 질의응답 시간을 가졌다.

"질문 세 개만 받겠습니다."

그러자 모두 손을 들어올린다. 그걸로 부족했다고 생각됐는지 곧 다들 우르르 일어난다.

"유 위원님! 대한일보 이석 기자…."

"유 위원님! 여기!"

"유 위원님!"

난리법석이 나버렸다. 기자들은 내게 발언권을 얻기 위해 소리를 질러댔다. 나는 그 중에 하나를 지목했다. 그러자 그가 반색하며 묻는다.

"라미엘 클랜은 향후 어떻게 되는 겁니까? 해체됩니까? 대천사 라미엘의 지위는요?"

정치적으로 민감한 사안이라 짧게 대답했다.

"논의 중입니다."

그러자 질문했던 기자는 허무하다는 표정을 짓는다.

"아니, 좀 자세히…."

"다음."

그의 말을 끊자 다시 기자들이 우르르 일어난다. 이번에는 여기자에게 기회를 줬다. 그리고 그녀의 질문에도 짧게 대답했다. 세 번째 질문도 마찬가지였다. 애초에 제대로 대답할 마음이 없었기 때문이었다.

"미비한 점이 있으리라 생각합니다만, 일이 끝난 뒤에 자세한 답변 해드리겠습니다."

그리고 자리를 뜨자 뒤에서 원망 섞인 아우성이 터져 나온다. 그러거나 말거나 나는 신경도 쓰지 않았다. 그 뒤로 필요한 일을 위해 움직이다 보니 금방 오후 1시가 됐다. 강제집행을 예고했던 시간이다.

이미 천사 100여 위요. 헌터 800여 명이 준비를 끝마쳤다. 장관이었다. 그리고 대천사와 11인 위원회의 위원들, 수많은 기자들이 주시하고 있다. 지금 상황은 전세계에 실시간으로 중계된다고 한다.

"메타트론, 갔다 올게."

"긴장되느냐?"

"솔직히 좀? 전세계에 생중계 중이라고 하더라. 지금도 저 노란머리 양키들이 카메라 막 돌리고 있잖아."

몬스터 사태를 직접 겪고 있는 건 대한민국뿐이지만, 다른 나라에서도 관심이 많았다. 특히 대천사의 클랜이 강제집행되는 상황은 처음이었기에 모두 일이 어떻게 흘러갈까 촉각을 곤두세우고 있었다.

"좋게 생각하거라, 유제아. 세계에 데뷔하는 것 아니더냐? 이미 연합헌터단이란 유례없는 일로 네 이름을 알렸다. 그래도 그걸론 부족했지. 하나 이제는 모두가 너를 알게 될 것이다. 유제아 느껴지느냐? 전세계의 주목이."

이 상황을 찍고 있는 카메라만 해도 수백 대였다. 오늘 일은 남김없이 기록되고 전송될 거다. 심장이 울리고 가슴이 짜릿짜릿 하다. 동시에 수십억의 시선에 아득한 심정이 됐다.

"본녀가 약속하지 않았느냐? 그대는 누구보다 기위한 인간이 될 거라고."

"메타트론…."

"시작부터 험악한 말싸움일 될 듯하다. 라미엘 녀석은 예전부터 입버릇이 최악이었지. 칼로 싸우기 전에 혀로 싸우다 지지 말거라."

"걱정 마. 그건 자신 있으니까."

"좋다. 그럼 가거라. 당당하게 승리하거라."

나는 메타트론의 축복을 받으며 앞으로 나섰다. 그러자 천사와 헌터들이 도열해서 나를 따른다.

저벅저벅저벅.

물경 천여 명의 천사와 헌터들의 발소리가 묵직하게 울린다. 그리고 우리 앞에는 라미엘 클랜의 정문인 거대한 성벽이 가로막고 있었다. 그때 성벽 위에서 전고가 울리기 시작한다.

둥! 둥! 둥!

마치 우리를 기죽이려는 듯 라미엘 쪽에서 전고를 두들겨댔다. 그래서 나는 큰 목소리로 외쳤다.

"집행자들!"

그러자 집행자의 지위를 부여받은 천사와 헌터들이 한 목소리로 호응해 온다.

"명을 듣습니다!"

묵직한 소음이 내 가슴을 두들겨댔다.

다시 한 번 그들을 불렀다.

"집행자들!"

"명을 듣습니다-!"

이번에는 더 크게 호응이 돌아왔다.

기 싸움은 이 정도면 충분하겠지. 나는 손을 들어 모두를 조용하게 만든 뒤 앞으로 홀로 나아갔다. 그러자 성벽 위에서도 전고가 멈췄다.

나는 성벽 위쪽을 보았다. 라미엘과 눈이 마주쳤다 그는 완전히 전투 모드였다. 라미엘의 견갑은 숫양 장식으로 호화찬란했고 그의 날개는 화염으로 일렁였다. 곱슬거리는 턱수염이 가득하고 대머리인 라미엘은 한껏 거만을 떨려 이쪽을 내려다보고 있었다.

"하찮은 놈이 무엇 때문에 찾아왔느냐!"

당당히 외치는 그의 모습은 실로 패자의 위엄으로 가득했다. 하지만 나는 전혀 위축되지 않았다. 명령서를 위쪽으로 펼쳐 보이며 외쳤다.

"대천사 라미엘은 들으시라! 최고 의사기구인 대천사회의 결정에 따라 죄인 강풍호를 인도하길 바랍니다!"

라미엘은 코웃음을 터뜨린다.

"흥! 웃기는 소리를 다 하는군! 네놈의 수작질을 모를 줄 아느냐! 그리고 강풍호의 죄에 관해서는 정상참작의 여지가 있다. 재협의를 요구한다!"

"그는 몬스터와 내통한 것만으로도 돌이킬 수 없는 강을 건넜습니다! 어찌 그를 두둔하려는 겁니까!"

"뭐라!"

역시 라미엘은 자존심 때문에 무리수를 두는 성격이었다. 미카엘라가 평하길 그는 대천사 중 가장 위험한 폭탄 같은 자라고 했다. 그러니까 폭탄이 터지도록 조금만 더 자극을 해볼까?

"아니면 혹시 라미엘님도 몬스터와 내통하신 겁니까?"

"이 미친놈이!"

"솔직히 잘못을 시인하고 모두에게 고개를 숙이진 못해도, 몬스터 앞에서는 고개가 잘 숙여지나 보군요."

순간 라미엘의 주위로 화염이 솟구친다. 그러자 라미엘의 주위에 있던 헌터들이 비명을 지르며 피한다.

"이 벌레 같이 하찮은 놈이 감히 날 모욕해! 전부터 주제 파악 못하는 꼴이 같잖았는데 네놈이 아주 본색을 드러내는구나!"

조금만 더하면 입에서 불이라도 토할 것 같았다. 반면 나는 여유로웠다.

"본색을 드러낸 건 제가 아니라 라미엘님이겠지요. 말씀 좀 조심히 하시는 게 좋지 않겠습니까? 저기 기자들이 잔뜩 와 있습니다. 생중계입니다. 생중계."

"시끄럽다! 네깟 인간 놈들의 여론이 무슨 상관이라고!"

저런저런, 아주 자폭을 하는구나. 대중에게 공연히 미움을 사는 것만큼 어리석은 일은 없다. 라미엘은 자존심과 분노 때문에 돌아오지 못할 길을 가고 있었다.

"주인이 왜 개돼지의 심경 따위를 고민해야 하느냐!"

폭주한 그의 한 마디, 한 마디가 가히 핵폭탄급이었다.

"개돼지요?"

"그래! 가축은 복종하는 것이다!"

"그러니까 라미엘님 말로는 천사가 주인이고 인간이 개돼지라 그거지요? 그 무슨 말도 안 되는 소립니까!"

주장을 부정하면 상대는 더욱 악을 쓰는 법이다. 과연 라미엘은 발끈해서 외친다.

"왜? 틀린 소리는 아니지 않느냐!"

"라미엘님, 실언이신 것 같은데 철회하고 해명하실 기회를 드리고 싶습니다."

"실언은 무슨 실언! 지금 상황 자체가 잘못됐다! 감히 개돼지가 대천사인 나를 압박해! 유제아! 네놈은 정말 기본적인 도리도 모르는 쓰레기다! 애초에 네놈들 인간이 살아날 수 있었던 게 누구 덕인가! 우리 천사의 도움 아니더냐!"

와, 뭐라고 할까. 이 정도면 알아서 분신자살을 하는 수준이었다. 그래도 대중의 분노가 천사가 아니라 라미엘에게 향하게 조절을 해야겠지.

"라미엘님. 정말 전언을 철회하실 생각은 없는 겁니까? 메타트론님께선 제게 인간은 마지막까지 함께할 친구라 하셨습니다. 미카엘라님께선 인간은 가족과도 같다고 하셨습니다. 그런데 어찌 라미엘님께선 그리 말씀하십니까?"

"그들은 가식을 떨 뿐이다! 이 몸은 솔직, 대담할 뿐이고! 왜? 개돼지라 불만이더냐?"

"솔직히 듣기 좋지 않군요."

"크하하하핫! 그러면 잘 태어나던가! 누가 개돼지로 태어나라고 했더냐!"

파안대소하는 라미엘. 반면 그의 헌터들은 표정이 딱딱하게 굳어가고 있었다.

"명령서를 진정 거부하시는 겁니까?"

"꺼져라! 재주가 있으면 이 신성지로 들어와 보던가! 네놈들에겐 어림도 없겠지만!"

그렇게 나온다 그거지. 나는 라미엘은 그걸로 무시하고 성벽 위에서 안색이 굳은 헌터들에게 소리쳤다. 적장을 잡으려면 말부터 쏴야

하는 법. 나는 폰을 살짝 들어서 미카엘라에게 메시지를 보냈다.

-전에 부탁한 대로 라미엘 녀석이 끼어들려 하면 입 좀 닫게 해줘.

곧 싹싹한 대답이 돌아왔다.

-알았어! (ง˙ᵕ˙)ว✧

미카엘라다운 귀여운 이모티콘이었다.

-대신 계속 유지할 수는 없어. 분신의 몸으로 와서 라미엘을 억누를 수 있는 시간에는 제한이 있어.

-걱정 마. 그 안에 이쪽 말을 끝낼 테니까.

라미엘에게 침묵 마법으로 입을 다물게 한 뒤 내가 라미엘 클랜의 헌터들을 설득할 작정이었다.

"라미엘 클랜의 헌터들은 들으라! 지금 그대들은 개돼지로 살고 있다!"

내 한 마디에 성벽 위가 웅성웅성거린다. 안 그래도 성질난 라미엘의 자폭 때문에 심란해 하던 그들이니 내 지적은 파급이 클 수밖에.

"뭐! 이 쓰레기가 무슨!"

라미엘은 화가 나 다시 외쳐댔지만 미카엘라의 위력에 눌려서 목소리가 들릴 듯 말 듯 작아진다. 미카엘라가 분신체로 오긴 했지만 라미엘을 견제하기에는 충분했다.

"지금 그대들의 상황을 보고, 대천사 라미엘이 그대들을 어떻게 대하는지 생각해 보라! 라미엘은 그저 주인과 노예라는 무정한 상하관계만을 그대들에게 강요하고 있을 뿐이다! 개돼지라고 하지 않느냐! 생각해 보라! 힘이 있다고 인간의 존엄을 묵살해선 안 될 일이다!"

성벽 위의 헌터들이 동요하는 기색이 느껴진다.

내 말은 먹히고 있었다.

"그대들은 그런 인간의 존엄을 잃어버리고 라미엘의 야망에 봉사하는 한낱 부품으로 살아가겠다는 건가! 라미엘 클랜은 누구를 위한 클랜인가? 협동하여 몬스터와 대적하겠다는 최초의 목표는 어디로 가고, 라미엘의 사리사욕만을 위한 클랜이 되지 않았는가? 본인은 그런 점만 보면 그대들이 개돼지가 맞다고도 생각한다!"

반발심 때문인지 성벽 위에서 야유가 터져 나왔지만 그 목소리는 힘이 없었다.

"그대들이 지금 누리는 힘은 그저 라미엘이 헌터란 인종을 부품으로 쓰고, 개돼지로 사육하기 위해 주는 사료에 불과하다! 어찌 헌터가 힘없는 일반인보다 권리가 없단 말인가!"

실제로 라미엘은 헌터들과 달리 일반인에겐 함부로 할 수 없다.

"부디 고민해 보라! 라미엘 클랜의 사상이 천사와 인간의 합의에 어울리는가? 아니면, 라미엘 개인의 지배를 위한 사상인가?"

분노한 라미엘이 성벽 위에서 방방 뛰고 있었다. 하지만 그는 결코 자기 신성지를 나올 수 없다. 그랬다가는 바로 싸움이 시작될 것이기 때문이다. 내 연설을 막기 위해 온갖 마법을 시도하고 있었지만 태양의 대천사 미카엘라가 날 돕는 중이다. 그의 시도는 모조리 좌절되고 있었다.

"라미엘 클랜의 헌터들이여! 그대들이 장님이 아니라면 다른 클랜의 헌터들을 보라! 비록 그들이 대천사에게 힘을 빌려 쓰는 처지는 같다고 하나, 그 외의 모든 건 그대들과 다르다. 타 클랜의 대천사들은 가장 낮은 헌터조차 자신의 식구로 인정하고 존중하며 사랑

한다! 그런데 왜 그런 개돼지로의 삶을 감내하는 건가! 힘을 잃는 게 두려운가? 걱정할 것 없다! 그대들은 헌터의 자질을 각성한 인간들이다! 라미엘의 품을 떠나도 그대들을 환영할 다른 천사들이 있다! 그대들이 머무는 그 작은 세계가 전부라고 매달릴 것 없단 말이다!"

라미엘 클랜의 헌터들은 흔들리는 얼굴이 완연하다.

나는 결정타를 날리기로 했다.

"라미엘 클랜의 헌터들이여! 그대들이 잃는 건 아무 것도 없다! 잃는 게 있다면 개돼지라는 오명뿐! 그러니 무엇을 망설이겠는가! 개돼지가 아니라 헌터로 살아라!"

이제 라미엘 클랜 헌터들의 표정이 확연히 변해 있었다. 그리고 그때 마침 미카엘라의 마법이 끝나서 라미엘이 다시 목청껏 소리치기 시작한다.

"저놈의 감언이설에 속는 멍청이가 누구냐! 이 멍청하고 쓸모없는 놈들!"

"라미엘! 자기 가족에게 말이 심하지 않나?"

"이놈! 유제아! 인간 주제에 대천사인 내게 반말로 지껄여!"

웅성웅성.

상황은 걷잡을 수 없이 번져간다. 지켜보던 자들은 모두 동요하고 있었다. 나는 궁지에 몰린 라미엘을 더욱 몰아붙이기로 했다. 그가 무리수를 두게 말이다. 오늘 합의할 생각 따위는 조금도 없었다. 이대로 라미엘 클랜을 정리해 버릴 작정이었다.

"라미엘! 그 비열한 머릿속에 아직 남은 변명이 있다면 얼마든지 꺼내보도록! 하지만 아무도 네 이야기에 귀를 기울여주지 않을 거다!"

"유제아아아아!"

라미엘의 분노해서 주변에 손짓을 하며 무슨 명령을 내린다. 그러자 성벽 위로 다수의 천사들이 일제히 날아오른다. 결국 공격인가! 차라리 잘 됐다. 기다리던 바다. 천사의 수는 대충 봐도 백이 넘는다. 중무장한 모습을 보니까 그들 모두 천사들 중 군인 역할을 하는 능천사가 틀림없었다.

"흐음…."

그런데 좀 의아한데. 능천사는 몬스터와의 싸움에만 집중하는지라 정치적인 입장에서 무관한 게 보통이다. 요컨데 라미엘 밑에 소속되어 있어도 작전 계획 때문이지 그에게 충성심이 있어서가 아니다.

"라미엘! 대체 능천사들에게 무슨 짓을 한 거냐!"

내 고성이 터지는 순간 이미 나를 따라온 집행자들인 역천사들이 일제히 움직이기 시작한다. 능천사가 군인이라면 역천사는 전문요원. 그래서인지 두 집단 간의 사이는 별로 좋지 않다.

"유 위원님을 지킨다!"

역천사 지휘관의 말에 순식간에 백이 넘는 역천사들이 나를 둘러쌌다. 그리고 일제히 품안에서 장창을 꺼내 고슴도치처럼 세운다.

카앙!

짧은 소음과 함께 지금껏 보이지 않던 길이 5미터의 빛나는 창들이 일제히 솟아오른다. 그리고 역천사들은 빛나는 방패를 꺼내 빈틈을 꼼꼼하게 메운다. 실로 귀신같은 숙련도였다.

반면 성벽에서 내려온 능천사들은 직사각형의 진영을 만들더니 내게 육중한 발소리를 내며 다가온다. 그 모습에 라미엘이 흥분해서 성벽에서 외쳐댄다.

"그래! 티르리온 백인대! 저 쓰레기들을 쓸어버려라! 크하하핫!"

일촉즉발.

초유의 사태다. 천사끼리 정면충돌을 할지도 모르는 상황이다. 만약에 여기서 유혈사태가 일어난다면 이번 강제집행은 실패다. 두고두고 흑역사로 기억될 테니까. 나 역시 이런 식으로 일처리를 하려고 온 게 아니다. 슬쩍 뒤를 돌아보자 메타트론과 미카엘라가 당장이라도 끼어들 기세였다. 나는 그들에게 고개를 저어보이고는 혼자 앞으로 나섰다.

"유 위원님!"

"위험합니다!"

나를 수호하던 역천사들이 비명을 터뜨린다. 마치 사자우리에 홀로 들어가는 것처럼 보이겠지. 도열한 능천사 쪽에서도 하나가 내게 걸어온다. 기개 넘치는 태도인 그는 딱봐도 이 부대의 지휘관이 틀림없었다.

차가운 눈매에 강인한 인상의 천사다.

순간 잘 벼려진 명검을 보는 것 같은 감상이 들었다. 저 자는 수많은 전투 끝에 탄생한 걸물임이 틀림없었다. 이쪽을 바라보는 눈이 참으로 깊어 나도 모르게 감탄사를 내뱉었다.

"추잡한 대천사 밑에 어찌 저런 인재가 있나!"

하지만 전투는 피할 수 없어 보인다. 나는 슬렁슬렁 하겠다는 마음이 완전히 사라졌다. 이제 보니 그의 백인대 역시 자신들의 대장처럼 하나 같이 날카로운 검을 닮았다.

"대천사회의의 결정에 의한 강제집행이다! 물러나라!"

일단 기선 제압을 위해 먼저 외쳤다. 하지만 상대는 꼼짝도 안 한다. 역시 보통이 아니라 그건가. 어쩐지 끈적끈적한 땀이 목을 따라 흐르는 것 같다. 결국 여기서 난투극이 벌어지는 걸 피할 수는 없는 건가. 승패를 떠나 저토록 뛰어난 집단과 부딪쳤다가는 얼마나 피해가 생길지 걱정이었다.

"막아서겠다면 그대들은 죄인이 되는 것이다!"

다시 한 번 외쳤다. 하지만 여전히 대답이 없었다. 나는 결국 역천사들에게 명을 내리기 위해 손을 들어 올리려 했다.

그런데 그 순간.

생각지도 못한 일이 일어났다.

갑자기 지휘관 천사가 내 앞에서 무릎을 꿇은 것이었다.

"흠?"

게다가 그게 끝이 아니었다. 다른 능천사들도 일제히 내게 무릎을 꿇었다. 그건 실로 장관이었다. 완전 무장한 일백의 천사들이 무릎을 꿇는 모습은.

철컥철컥.

수많은 무구가 요란한 소리를 낸다. 그리고 이어지는 거짓말 같은 정적. 지금 상황을 지켜보는 수많은 이들이 쉽게 입을 열지 못하고 있었다. 길길이 날뛰던 라미엘조차 말을 잃어버리고는 손가락만 이쪽을 가리킨 채 부들부들 떨 뿐이다. 다들 이 상황에 어떻게 반응해야 좋을지 모르겠는 모양이다.

"그대의 이름은?"

"티르리온 백인대의 지휘관. 능천사 티르리온입니다."

"지금 상황에 대해 물어도 되겠나?"

"보시는 그대로입니다. 저희 티르리온 백인대는 라미엘 클랜에서 메타트론 클랜으로 전속하고자 합니다."

뒤에서 날 지키고 있던 역천사들이 놀란 듯 웅성거린다. 그뿐 아니라 성벽 위의 라미엘이 화를 참지 못하고 악을 쓰고 있었다.

"티르리온! 네놈이 정녕 돌은 것이냐!"

그러거나 말거나 라미엘을 신경 쓰는 이는 없었다. 뒤에서 대기하고 있던 기자들은 더는 참을 수 없는지 통제선을 넘어와서 마구잡이로 사진을 찍어댔다. 역천사들이 막아서려 했지만 기자들의 돌격정신은 그야말로 발군이었다. 사방에서 터진 플래시가 티르리온의 황금갑옷을 번쩍거리게 했다. 기자들은 그것만으로는 참을 수 없었는지 마이크를 들이밀며 질문을 해댄다.

"티르리온씨! 메타트론 클랜으로 전속하겠다는 게 무슨 이야기입니까!"

"좀 더 자세히 설명해 주시죠!"

"어떤 이유로 라미엘 클랜을 버린 겁니까!"

이렇게 일반인이 잔뜩 몰려들었으니 라미엘도 차마 이쪽을 공격할 엄두를 못 내겠군. 아니나 다를까, 분노로 몸을 떨면서도 라미엘은 나서질 못하고 있었다.

"티르리온씨!"

"알겠습니다. 대답해 드리죠."

연방 플래시 세례를 받고 있는 티르리온은 침착하게 기자들에게 대답한다.

"잘 안 알려져 있지만 대천사 클랜에 속한 천사 부대는 군사적 작전을 위해 존재합니다. 작계상 해당 클랜의 대천사에게 지휘 받는 게 유리하거나 적당하기 때문입니다. 그렇기에 대 몬스터 작전이 아니라 클랜의 문제에 국한된 점이라면 끼어들 이유가 없습니다. 다만 많은 천사 부대가 대천사에게 소속감과 충성심을 느끼는 것도 사실입니다. 그래서 운신에 있어서도 소속 대천사 클랜의 결정을 따르곤 합니다. 하지만!"

거기까지 말한 티르리온은 몸을 틀고는 손을 뻗어 라미엘을 가리킨다.

"대천사 라미엘의 경우는 적정선을 넘어버렸습니다. 몬스터와 내통한 헌터를 감싸는 걸로도 부족해 각종 범죄에 관여한 정황이 수도 없습니다. 하니 어찌 저희가 라미엘 클랜을 위해 싸울 수 있겠습니까?"

"다른 범죄라니요? 자세히 말씀해 주십시오!"

"그 부분은 복잡하니 따로 기자회견을 열겠습니다. 다만 저희는 그간 대천사 라미엘의 손에 의해 벌어진 각종 이권개입을 파악하고 있습니다. 라미엘은 그런 이권개입에 위원 강풍호를 사용했고 그 치부가 드러날까 두려워 저리 완강히 버티는 것입니다."

생각지도 못한 수확이었다. 티르리온 백인대에서 라미엘의 추가적인 치부를 폭로하겠다고 해준 것이다. 일전에 미카엘라가 라미엘에 대해 평가하기를, 거물이지만 잔챙이라고 했다. 라미엘은 대천사라는 강한 힘을 갖고도 사리사욕을 위한 범죄를 저지른다는 것이었다. 그게 결국 오늘 이렇게 터져 나오고 있었다.

"그래서 메타트론 클랜으로 전속하고자 하신 겁니까!"

"맞습니다."

"메타트론 클랜을 선택한 이유라도 있습니까!"

어떤 기자의 질문에 이제 플래시 세례가 내게도 쏟아진다.

"물론입니다. 메타트론 클랜은 재건 되지 얼마 되지 않아, 현재 소속된 천사 부대가 없습니다. 그러니 소속을 옮기기 적당하다 생각했습니다. 하지만 그것 뿐은 아닙니다."

어째서인지 티르리온은 날 보며 살짝 웃어 보인다.

"모두 아시겠지만, 화신이 된 이래 연달아 군주급 몬스터와 대군주급 몬스터를 쓰러뜨리고 있는 유제아님의 행적은 놀라운 것이었습니다. 하여 저희도 그 영예로운 투쟁에 동참해 보고자 한 것입니다. 자고로 능천사란 군인입니다. 군인이라면 비열한 짓을 하는 자보다 명예로운 분 밑에서 일하고 싶은 게 당연한 것 아니겠습니까?"

실로 노골적으로 라미엘을 깎아내리고 있는 티르리온이었다. 아무래도 평소부터 감정이 안 좋았나 보다. 라미엘의 반응을 보니 전혀 예상 못했다는 태도인데, 하긴 저런 타입이면 부하들 마음은 신경도 안 쓰겠지.

"하여, 저희 티르리온 부대는 메타트론 클랜에 전속하길 요청드립니다."

티르리온이 다시 무릎을 꿇고 내게 말하자 곧 웅장한 외침이 터져 나왔다.

**"요청드립니다-!"**

그의 부대원 모두가 한 목소리로 외친 것이다. 그 패기와 웅장함에 소름이 돋았다. 잘 훈련된 정예 중의 정예였다. 그런데 이제 라미엘 클랜을 떠나 메타트론 클랜으로 오겠다는 거다. 거절할 이유가 없었다.

"그대들은 들으라!"

"말씀 듣겠습니다!"

다시 한 번 한 목소리로 터져 나오는 대답. 기자들을 포함해 모두가 그들의 박력에 압도당하고 있었다.

"티르리온 부대의 전속을 허가한다! 이제부터 그대들은 전력을 다 하게 될 것이다! 이런 무의미한 갈등이 아니라 몬스터와의 싸움에서!"

"감사합니다!"

졸지에 라미엘의 가장 큰 재산 가운데 하나를 빼앗아 버렸다. 나는 부대가 생겼으니 바로 쓰기로 했다.

"하지만 오늘만은 부디 그대들에게 협조를 요청하고자 한다. 라미엘 클랜의 강제집행을 도우라! 이는 그대들의 과거를 정리하는 일이기도 하다!"

내 요구에 어찌 반응할까 했는데, 백여 개의 검이 일제히 하늘을 향해 뽑혀 나온다.

"명 받들겠습니다!"

실로 늠름하다. 대단하구나. 이런 부대를 갖게 되다니. 티르리온은 내게 와서 고개를 숙여 보인다.

"몬스터뿐 아니라, 몬스터와 내통한 자들 또한 우리의 적입니다.

명을 따릅니다!"

"고맙군!"

이걸로 완전히 대세는 기울었다. 여기에 신성지만 믿고 있던 라미엘에게 한 번 더 치명타가 들어갔다. 바로 메타트론과 미카엘라가 나서 그의 신성지 효과를 일시적으로 날려버린 것. 그러자 라미엘 클랜의 헌터들 역시 이탈하기 시작했다.

"우리 개돼지는 갈 테니 잘 해보쇼!"

"노예가 아니라 헌터로 살고 싶다!"

헌터들 모두가 이탈한 건 아니지만 순식간에 반 수 이상이 성벽에서 뛰어내려 이쪽으로 달려온다. 그만큼 평소부터 불만이 많았다는 걸 알 수 있었다.

"이 분수를 모르는 놈들! 개돼지들 주제에 감히 자기 길을 정하겠다는 말이냐!"

라미엘은 분노했지만 그의 헌터들은 귓등으로도 듣지 않았다. 이탈한 헌터들은 곧 내게 몰려와서는 환호성을 질러댄다.

"유제아!"

"유제아!"

마치 선거운동의 열광적인 지지자들 같다. 나는 그들과 일일이 손을 잡으며 인사를 했다. 그리고 이런 와중에도 카메라는 계속 우리를 찍고 있었다. 이제 라미엘은 끝장이라고 봐도 좋았다. 성벽 위의 그를 보니 더는 소리를 지르고 있지 않았다. 그저 조용히 나를 죽일 듯 쳐다본다. 그가 곧 성벽에서 뛰어내려 바닥을 딛는다.

쿠우우웅.

가벼운 디딤이었지만 묵직하고 웅대한 소리가 울린다. 과연 대천
사라 그건가. 한껏 들떠 있던 헌터들이 두려운 얼굴로 주춤주춤 물
러난다. 그리고 권천사와 능천사들도 바짝 긴장한 기색이 역력하다.
여기서 어떻게 할까? 일제 공격으로 라미엘을 제압할 수도 있을 거
다. 하지만 그랬다가는 사상자가 쏟아질 테니 모양새가 좋지 않다.
그래서 나는 혼자 앞으로 나섰다.

　"유 위원님!"

　"위험합니다! 유 위원님!"

　주변에서 만류했지만 나는 괜찮다는 표시를 해보이고는 티르리
온에게 명했다.

　"모두 충분히 물러나도록 통제하라."

　"알겠습니다."

　마무리는 일 대 일로 할 작정이다.

　저벅저벅.

　나는 라미엘의 앞에 가 섰다.

　"유제아."

　"오늘 내 이름을 여러 번 부르는군?"

　"말장난은 됐다. 나와 승부하자. 둘이서 끝장을 보는 거다."

　"상황이 좋긴 하지. 보라고 라미엘."

　나는 뒤쪽에 무수히 많은 방송 카메라를 가리켰다.

　"전세계가 실시간으로 지켜보고 있다고. 이 정도면 최고의 무대
아니겠어?"

　"흥, 네깟 놈에게 어울리지 않는 과분한 무대로군."

"그래? 그렇다면 승부할 필요 없겠군. 너무 과분한 무대라. 안 그래? 하하하."

여유가 있다 보니 웃음이 살짝 흘렀다. 내 입장에선 꼭 일 대 일로 싸우지 않아도 좋다. 간절한 건 라미엘쪽이다. 그는 일 대 일 승부에서 승리하고 다시 위신을 찾으려는 거겠지. 아니면 승부 전에 요구 사항을 제시하거나.

"겁먹은 것이냐? 하긴 너 같은 겁쟁이는 그럴 만도 하지."

라미엘에 말에 나는 어깨를 으쓱일 뿐이었다.

"그런 식으로 도발해도 소용없어. 내게 이 대결이 별 이득이 없다는 건 너도 잘 알잖아? 물론 이쪽 요구를 하나 들어준다면 정 안 되는 건 아니고."

라미엘은 인상을 찌푸린다. 그러다가 성질을 참고는 물어본다.

"……그게 무엇이냐?"

거기에 대한 내 대답은 간단했다.

"빌어."

"뭐?"

"빌라고. 한 번만 결투해 주십시오, 라고 빌어. 이 비루한 놈아. 그러면 이 위대한 메타트론의 화신님께서 나서주시겠다. 알아먹었냐?"

"이 자식! 절대 가만 안 둔다!"

결국 라미엘이 폭발해서는 내게 달려든다. 나는 즉각 태양신격의 방패를 꺼내 공격을 막았다.

카앙!

요란한 소음과 함께 내 몸이 뒤로 5미터는 밀려난다. 사실 이런 부분은 일부러 유도한 거다. 구경하는 사람들 입장에선 대화 중에 라미엘이 갑자기 비겁한 기습을 한 것처럼 보이겠지. 아나나 다를까, 뒤쪽이 술렁이고 있었다. 그리고 곧 고성이 터져 나온다.

"라미엘! 이 비겁한 놈!"

"쓰레기 새끼! 대천사란 놈이!"

악을 쓰는 듯한 비난이 사방에서 울린다. 그러자 내게 일격을 먹인 라미엘의 얼굴이 볼만하게 변했다.

"존귀한 이 몸에게 개돼지들이 감히 떠들어! 여기 대천사의 진정한 힘을 보여주마!"

그리 말하더니 갑자기 라미엘을 몸을 중심으로 폭발이 일어났다. 화염의 소용돌이가 몰아친다. 마치 자폭이라도 하는 것 같다.

뭐지? 의아해하고 있는데 화염 소용돌이가 사라지자 그 진정한 힘이란 것의 정체가 드러났다. 바로 라미엘이 거인화 했던 것이다. 키는 7미터에 달할 정도로 커졌고 온몸의 근육이 폭발적으로 부풀어 올랐다. 원래 크던 덩치가 이제는 거인이 됐군. 지켜보던 이들도 다들 놀랐는지 비명을 지르며 물러난다.

"후하하하하하!"

하늘을 보며 크게 웃는 라미엘은 어느새 전신을 완전히 갑주로 가린 모습이었다. 저래서는 어떤 공격도 튕겨낼 것처럼 단단해 보인다.

"유제아! 이미 네놈의 전투력에 대해 분석이 끝난 상태다! 네놈은 방패를 즐겨 쓰지!"

"그래서 뭐?"

"재밌게도 방패를 공격에도 운용하더군! 하지만 그래선 공격력이 떨어지는 것 아닌가!"

"지금까지 아무 문제없었는데?"

"하지만 네놈이 지금까지 상대한 자 중에 나처럼 완벽한 방어를 자랑하는 이가 있었나! 후하하하핫!"

아닌 게 아니라 눈앞에 거대한 철탑이 서 있는 기분이다. 그는 철제 건틀렛을 쾅쾅! 두들기며 도발해 온다.

"어디 한 번 덤벼 보거라! 이 몸의 방어를 뚫어보라!"

자신만만하게 외치는 라미엘을 보며 속으로 조소를 머금었다. 저 녀석은 지금 내가 태양신격의 방패를 가지고 덤빈 뒤, 아니 이럴 수가! 라고 외쳐주길 바라나. 안 될 걸 알고도 그러면 내가 등신이겠지.

태양신격의 방패가 워낙 신물이라 공격에도 동원하고 있었지만 사실 본격적인 무기보다는 위력이 떨어진다. 특히 저렇게 방어에 나선 적을 상대할 때는 더더욱. 라미엘은 처음부터 내 전투 스타일을 연구해서 작정하고 나온 거다. 그러니 의도대로 놀아날 생각은 없다.

그리고 결정적으로.

상대를 연구해 온 건 그만이 아니었다.

"현현하라!"

일갈하자 검은 마력이 폭발한다.

"오라! 메타트론의 화신이여!"

그의 커다란 목소리에서 자신만만한 기세가 느껴진다. 이 기회에 내 코를 납작하게 해줄 속셈이니 기대에 부풀어 있겠지. 나는 방패를 앞으로 들고는 라미엘을 향해 뛰어올랐다. 그리고 곧장 태양광 폭사를 사용했다.

번쩍!

작렬하는 태양광이 라미엘을 덮친다. 하지만 그는 꿈쩍도 하지 않는다.

"겨우 이딴 걸로!"

우리는 그대로 난타전을 벌이기 시작했다.

그야말로 서로의 전력을 퍼붓는 공격들이었다. 하지만 어떤 쪽도 쉽게 쓰러질 기미가 안 보였다.

"사흘이 지나도 나를 쓰러뜨릴 수 없다!"

라미엘은 자신만만하게 외친다.

하지만 나는 강제집행 전에 대책을 세워왔다.

"어림없… 크아아악!"

라미엘은 비명을 터뜨렸다. 그리고 자신의 몸에 일어난 일을 믿을 수 없다는 표정이었다. 어느새 라미엘의 흉부에는 검이 꽂혀 있었다. 불꽃으로 일렁이는 검신을 가진 메타트론의 검이었다.

"이, 이게 대체?"

아직도 그는 혼란스러운 듯했다. 하지만 그 검은 내가 찔러 넣은 게 맞다.

"라미엘! 아직 상황 파악이 안 되는 것 같으니 더 느끼게 해주겠다!"

나는 이를 악물고 검은 더욱 깊게 박아 넣었다.

카앙!

요란한 소리와 함께 흉갑의 반대편이 관통됐다. 검끝이 등쪽으로 튀어나왔던 것이다. 동시에 금색 불꽃이 라미엘의 등 뒤로 불꽃놀이의 폭발처럼 쏟아져 나온다.

"크아아악!"

검은 정확히 그의 심장을 꿰뚫고 있었다.

"…크윽, 이게 무슨?"

라미엘의 얼굴이 경악으로 커진다.

나는 심장에 꽂아 넣은 검을 딛고는 그의 어깨 위에 내려앉았다. 그리고 그에게 속삭이듯 말했다.

"이런 어리석은 친구야. 네 밑에 있던 천사가 너에 관한 것을 많이 알려주더군. 나라고 사전에 이 싸움을 대비하지 않았을 줄 알았나?"

"뭐라…."

이미 라미엘의 필살기인 거인화와 전신을 두르는 철갑에 대해 알고 있던 나다. 당연히 태양신격의 방패만으로는 공략하기 어렵다는 판단을 하고 있었다. 그래서 이미 전투 전에 메타트론에게서 검을 빌렸다.

"크으윽… 하지만 네놈이 어찌 메타트론의 검을… 사용할 수 있다는 말이냐."

"잊었나 본데, 나는 메타트론의 화신이다. 그녀가 사용하는 건 나역시 가능하다."

"이런 빌어먹을… 이 거지 같은 검이 아니면 갑옷이 뚫릴 일도 없었는데… 그렇게만 되면 네놈 따위는…."

휘청.

라미엘의 거구가 흔들흔들 거린다. 이제 마무리를 할 차례였다. 어깨에 앉아 있던 나는 일어나 그의 면갑을 들어 올린 뒤 주먹을 꽂아 넣었다.

퍼억!

피가 튀었다. 메타트론의 화신이 된 이후 철권이라고 할 정도로 내 주먹질은 강하다. 지금까지 많은 적들을 주먹으로 쓰러뜨려왔다. 이미 치명상을 입은 라미엘이 그런 충격을 견뎌낼 리가 없었다.

퍼억! 퍽! 퍽! 퍽!

연달아 라미엘의 얼굴에 주먹이 들어간다.

"크아아악!"

라미엘은 비명을 지르며 날 붙잡아 떼어내려 했지만 어림없었다. 나는 그의 몸 이곳저곳에 매달리며 계속 주먹질을 해댔다. 부서진 그의 치아가 내 뺨을 스친다.

"그으으…."

이미 라미엘의 목소리는 기운을 잃어버린 상태다. 나는 마지막 일격으로 휘청이는 라미엘의 투구를 두 손으로 잡고 아래쪽으로 뛰어내렸다. 그러자 떨어지는 내게 딸려서 그의 거구가 넘어간다.

쿠아앙!

요란한 소리와 함께 라미엘이 앞으로 쓰러졌다. 그 때문에 심장에 박혀 있던 검이 더욱 깊게 파고들었다. 그걸로 끝이었다. 라미엘은 꿈틀하더니 더 움직이지 않게 됐다.

"후우."

가볍게 숨을 내쉰 나는 그대로 그의 몸을 딛고 올라섰다. 곧 수많은 취재진들이 내게 몰려들었다.

"유 위원님! 한 말씀 해주시죠!"

"유 위원님! 앞으로 라미엘 클랜은 어찌되는 겁니까!"

"이번 일에 대해 어떻게 평가하십니까!"

그들의 질문에 대해 해줄 말은 간단했다.

나는 내가 밟은 라미엘을 한 번 본 뒤 기자들에게 대답했다.

"죄란 무거운 겁니다. 이런 거물조차 쓰러질 정도로."

한바탕했으니 쉬면 좋겠지만 라미엘 클랜의 사후 처리를 곧장 시작했다. 대천사들과 그들을 수행해서 온 천사, 11인 위원회의 위원에 각 클랜의 이름난 헌터들까지 잔뜩 몰려서 논의에 들어갔다.

분위기는 메타트론으로 대표되는 흑당에게 우세했다. 명분은 우리에게 있었다. 게다가 전투의 흥분이 아직 채 가시지도 않은 상태다. 헌터들은 경이에 찬 시선으로 나를 힐끔힐끔 보고 있었다.

나는 라미엘을 상대로 압도했다. 조금도 수세에 몰리지 않은 채 일방적으로 몰아붙였다. 기습과 전술의 승리였지만 사람들은 그런 건 신경 쓰지 않았다. 다들 인간이 대천사를 순식간에 쓰러뜨렸다는 게 믿기지 않는 모양이었다. 특히 젊은 헌터들은 날 보는 눈빛에 존경심이 가득했다. 나는 이 기세를 몰아서 라미엘 클랜의 해체를 주장했다.

"전초제근剪草除根이라고 했습니다. 풀을 제거하려면 뿌리까지 뽑아야 하는 법입니다! 적과 내통한 라미엘 클랜에겐 준엄한 심판이 내려져야 합니다!"

정확히 따지자면 강풍호와 그의 수하들이 내통한 것이지만. 참고로 강풍호는 라미엘 클랜의 본거지에서 끝까지 저항했으나 곧 엉망으로 두들겨 맞고 체포됐다. 이들의 죄는 아주 명확해 내 말에 수긍하는 이들이 많았다. 그런데 백당의 수장인 가브리엘이 끼어들었다.

"유 위원님의 말씀은 공감합니다."

먼저 그렇게 서두를 던진 그는 곧 라미엘 클랜의 해체를 반대한다는 뜻을 밝혔다.

"한 클랜을 만들어져서 충분한 규모를 갖추기까지는 많은 시간과 노력이 필요합니다. 자질이 있는 자들을 모집하고 또 그런 자들을 성장시키기까지 걸리는 시간과 노력은 지난합니다. 또한 클랜의 행정망을 갖추고 작전계획을 수립하는 등의 일도 결코 쉬운 게 아닙니다. 특히 규모가 큰 대천사 클랜이라면 더더욱 그렇지요."

그의 말도 틀린 소리는 아니었다.

"그런데 그런 대천사 클랜을 하루아침에 없애버리면 그 폐해가 얼마나 크겠습니까? 물론 유 위원님이 하신 말씀의 뜻은 이해합니다. 하지만 라미엘 클랜의 전력공백 동안 몬스터들이 쳐들어오면 여러 가지로 곤란한 일이 될 겁니다."

가브리엘이 위험을 경고하자 그의 말에 고개를 끄덕이는 인원들이 늘어났다. 겁쟁이들 같으니라고. 이런 놈들 때문에 오랜 세월 동안 몬스터 사태가 끝나지 않는 거다.

나는 즉각 반박했다.

"저는 동의할 수 없습니다. 썩고 고름이 난 부분을 도려내야 나머지 멀쩡한 부분을 보존할 수 있는 법입니다. 전력공백은 아군이 아니라 몬스터 쪽이 더 심하게 겪고 있습니다. 노량진 공성전의 패전

이후 지금 상황이 어떻습니까? 우리 헌터들은 강북 일대까지 진출하고 있습니다!"

내 말에 헌터들 사이에서 호응이 터진다.

"게다가 얼마 전 하늘공원의 회전에서 군주급 몬스터가 쓰러지기까지 했습니다. 이런데 아군의 전력공백을 두려워 썩은 부위를 방치하고자 하십니까?"

다시 분위기가 내 쪽으로 넘어왔다. 듣던 자들은 모두 내게 수긍하는 듯했다. 자, 어쩔 거냐? 가브리엘. 이쯤에서 그냥 물러나는 게 좋지 않겠어?

"물론 유 위원님의 말씀도 맞습니다."

아무래도 가브리엘은 이번에 쉽게 물러날 생각이 없나보다. 자꾸 세가 커지는 흑당이 우려되는 거겠지.

"하지만 이 문제는 내부적인 조정으로 충분히 해결할 수 있는 부분입니다. 라미엘 클랜에 여러 문제들이 있었지만 모두 해결이 가능하다고 생각합니다. 그러니 통째로 클랜을 해체하는 건 반대합니다."

일관되게 반대 입장을 밝힌 가브리엘은 곧 날 회유하기 시작한다.

"만약 유 위원님께서 대승적 견지에서 생각을 바꾸신다면 저희 쪽에서 여러 가지로 지원을 할 수 있다고 생각합니다."

능구렁이 같은 작자다. 이번엔 당근을 제시해서 내 뜻을 꺾으려 하고 있었다.

"구체적으로 어떤 지원을 해주실 수 있습니까?"

"흠… 라미엘 클랜을 존속시키는 방침에 동의하신다면 이쪽에서도 한 발짝 양보할 수 있지 않겠습니까?"

애매모호한 말인데 알아먹긴 어렵지 않았다. 흑당과 백당의 대립은 최근에 불거지고 여러 가지 안건에서 서로 의견이 충돌중이다.

예를 들면 헌터의 규모를 늘리는 문제 같은 것들이다. 지금보다 천사들이 헌터의 수를 늘리면 그만큼 그들의 부담이 늘어난다. 그러면 결국 신성지의 효과가 약해지는 문제가 생긴다. 흑당에선 그런 리스크는 감당하더라도 헌터를 늘리자는 입장이고 백당에선 당연히 펄쩍 뛰며 반대 중이다. 지금의 수가 적정선이라고 말이다.

현재 이것 말고도 곳곳에서 이런 대립이 일어나고 있다. 가브리엘은 그런 갈등 중의 하나를 양보하겠다고 넌지시 말하고 있는 거다.

"호오…."

재밌다는 생각이 들었다.

그리고 동시에 기분이 나빠졌다. 뻔한 수를 던지다니. 아마 이쪽에서 받아들일 거라 여긴 모양이다. 사실 그런 짐작이 틀리지는 않았다. 백당은 최대 파벌. 가브리엘이 이 건을 물고 늘어지면 결국 죽도 밥도 안 되니까. 그래서 속이 뒤틀린 나는 백당과 가브리엘에게 엿을 한 번 먹여주기로 했다.

"양보라고 하시면 이런저런 사안들 말씀이시군요."

내 말에 가브리엘이 긍정하는 것처럼 한 번 웃는다. 그 모습에 속으로 계산을 끝낸 나는 그의 제안을 받아들였다.

"알겠습니다. 가브리엘님의 말씀대로 하겠습니다."

"호오! 잘 생각해 주셨습니다."

곧 백당을 중심으로 박수가 쏟아져 나온다. 반면 우리 쪽은 심드렁한 표정이다. 특히 라파엘은 노골적으로 불만을 드러낸다.

"뭐야? 시발. 이렇게 끝? 싸움질은 화끈하더니 마지막에는 조루처럼 찍 싸는 거야?"

메타트론 역시 입이 대자나 나온 게 아주 불만스러워 보였다. 그래도 그녀는 나를 믿고 있다. 맘에 안 드는 결정이 내려졌지만 나를 향한 신뢰 때문에 성질을 죽이고 얌전히 있다. 그러면서도 입가가 씰룩씰룩하고 몸을 꼼지락꼼지락 하는 게 영 참기 어려운 것 같았다.

"그러면 지금 바로 원하는 걸 부탁드리겠습니다."

"지금 말입니까?"

가브리엘은 좀 의아하다는 듯 되묻는다. 여러 민감한 사안이 많으니 충분히 협의한 뒤에 요구할 거라 생각했던 것 같다. 일이 이렇게 즉흥적으로 처리될 거라 생각 못했겠지. 그래도 자기 입으로 한 말이 있어서 거절하지 않고 고개를 끄덕인다.

"원하는 게 무엇입니까?"

가브리엘의 물음에 나는 단도직입적으로 요구했다.

"대지의 평천사 스이엘을 대천사로 승급시켜, 라미엘 클랜을 맡게 했으면 합니다."

내가 손가락으로 미카엘라 뒤에 시립해 있던 스이엘을 가리키자 이 자리에 참석한 모두의 시선이 쏠린다. 그러자 늘 여유만만한 스이엘도 지금만큼은 당황해서 허둥댄다.

"엥? 나? 내가 대천사?"

라미엘 클랜을 존치시킨다고 해도 기존의 조직을 보존한다는 거지, 우두머리는 바뀐다. 그도 그렇게 라미엘은 나와의 싸움에서 사망했기 때문이다. 그리고 그는 '대천사의 정수'라고 불리는 힘의 근원을 남겼다. 일종의 농축된 에너지 덩어리인데, 어떤 천사든 그걸 받아들이면 대천사로 승급이 가능하다. 그래서 나는 스이엘을 지목한 거다.

알려진 것처럼 스이엘은 미카엘라의 심복. 그런 그녀가 대천사로 승급해서 라미엘 클랜을 맡게 되면 결국 흑당에 힘이 실려 백당과 세력의 균형을 이루게 된다. 정리해 보면 다음과 같았다.

| 백당 | | 흑당 |
|---|---|---|
| 서열 3위 가브리엘 | | 서열 1위 메타트론 |
| 서열 5위 바라카엘 | | 서열 2위 미카엘라 |
| 서열 9위 나나엘 | VS | 서열 4위 라파엘 |
| 서열 10위 카마엘 | | 서열 12위 세라피엘 |
| 서열 11위 자르키엘 | | 서열 ?위 스이엘 |

스이엘의 서열은 지금으로서는 알 수 없고, 다른 대천사 일부의 서열도 스이엘의 합류 뒤에 변동이 있을 수 있다. 그래도 어쨌든 5:5 동률을 이루게 된다. 가브리엘로서는 반가운 일은 아니겠지. 가뜩이나 서열 1, 2위가 손을 잡고 있어서 부담 큰 그의 입장에선 더더욱 말이다.

"아니! 그녀는!"

당연히 가브리엘은 반대하려고 했다. 하지만 나는 곧장 말을 끊었다.

"라미엘 클랜의 존속을 요구하지 않으셨습니까. 그리고 이쪽 부탁도 하나 응하시겠다고 하셨고요."

"아니, 그건 양쪽에 갈등이 있는 부분에서 한 번 양보하겠다는…"

말을 하던 가브리엘은 곧 입을 다물어 버린다. 말하면서도 본인도 이상하다고 느낀 거겠지. 얄궂게도 내 제안 때문에 이 문제 역시 양 진영의 갈등 사안이 되어버린 것이다. 가브리엘은 말로 이뤄진 이상한 함정에 빠진 셈이었다.

"들어주시기 어렵다면 라미엘 클랜을 해체하는 방식도 저는 괜찮습니다."

그리 말하면서 살짝 웃으며 하나 덧붙였다.

"그들 상당수가 메타트론 클랜에 들어올 예정이지만요."

"크……."

가브리엘이 입술을 깨문다. 그가 표면적인 이유와 다르게 라미엘 클랜의 해체를 반대한 건 이쪽 세력의 증가를 막기 위해서다. 하여 거래를 제안했는데 설마 스이엘을 새로운 대천사로 요구할 줄은 몰랐겠지.

내 입장에서는 어느 방향이나 상관없었다. 라미엘 클랜의 헌터들을 메타트론 밑으로 들어오든, 스이엘이 관리하게 되든, 결국 모두 내가 단장으로 있는 연합 헌터단에 들어올 테니까.

"자, 어쩌시겠습니까? 설마 직접 약조하신 걸 철회하시지는 않겠지요?"

안타깝게도 가브리엘에겐 퇴로가 없었다. 그렇다면 남은 방법은 하나. 약속을 지키는 수밖에. 그거라도 해서 신의가 있다는 평가만은 남겨야하지 않겠는가. 어차피 일은 글렀으니.

"알겠습니다. 대지의 평천사 스이엘을 대천사로 승급하는 일에
저 가브리엘은 동의합니다."

결국 그는 내게 굴복했다. 수장인 그가 그리 결정하자 백당의 대
천사들도 도리가 없었다. 유일하게 서열 5위의 대천사 바라카엘이
이의를 제기했다. 그는 잠시 나와 독대를 했는데, 들어보니 자신에
게 라미엘의 마정석을 넘겨달라는 것이었다. 그 대가로 그는 천문학
적인 금액을 제시하며, 라미엘 클랜의 잔당을 메타트론 클랜이 흡수
하는 일도 돕겠다고 했다. 하지만 나는 일언지하에 거절했다.

"꽤 야망이 있으시군요. 바라카엘님."

나는 그가 더욱 강한 힘을 얻고 백당의 수장 자리까지 넘본다는
사실을 깨달았다. 신경 쓸 필요가 있는 자로군. 일전에 듣자니 우리
엘이 바라카엘에 대해 잘 안다고 했다. 시간 날 때 물어보도록 하자.

"제안을 거절하다니 유감이군."

그는 강한 탐욕을 드러냈지만 대세가 이미 기운 터라 어쩌지 못했
다. 결국 다시 회의가 재개됐을 때는 스이엘의 대천사 승급이 확정
됐다. 나는 얼떨떨해 하는 그녀에게 가 작은 소리로 물었다.

"기분이 어때?"

내 물음에 어쩐지 스이엘은 볼을 화악 붉힌다. 대천사가 되는 게
그렇게 민망한 일인 걸까? 좀 의아해 하자 그녀는 검지로 볼을 살살
긁으면서 대답한다.

"고, 아니. …역시 대한민국은 인맥인 거야."

## 서열 7위 이후디엘

"저를 비난하는 자들은 제게 대천사가 아니라 상인 같은 자라고 하죠. 기회주의자라고도 비난합니다. 사실 그다지 틀린 이야기는 아닐지도 모르겠습니다. 하지만 한 가지 확실한 건 저는 천사란 진영 자체는 배신하지 않습니다. 그럼에도 저는 지금 벌어지는 싸움에 대해 비관적인 전망을 갖고 있습니다. 오랜 세월 대결했지만 좀처럼 승부를 내지 못하는 이 싸움에 대해서 말입니다."

# 6. 고귀한 사내는 천하고
# 어린 여자가 죽인다

살다보니 별 일이 다 있네.

평범하디 평범한 평천사 나 스이엘이 대천사 위에 다 오르고. 약간 기가 막히다는 생각까지 들었다. 그간 미카엘라님의 총애를 받아서 권력 가까이는 있었지만 언감생심 대천사라니! 뺨을 살짝 꼬집어봤지만 정말 믿기지가 않았다.

"유제아…."

이 모든 일을 야기한 남자의 이름이 흘러나왔다. 사실 내 일 뿐만이 아니다. 최근에 일어난 가장 떠들썩한 일은 거의 대부분 저 녀석이 원인이다. 안정을 좋아하는 입장에서 보면 골칫덩이라고 할 수 있었다. 가브리엘이 유제아라면 학을 떼는 게 이해가 안 가는 것도 아니다.

하긴, 돌이켜 보면 나와 유제아의 첫 만남도 난장판이었지. 1조 5,000억 원의 상자를 압축해 뽑기를 했던 건, 죽을 때까지 잊지 못할 거 같다. 당시에는 이 무슨 쓰레기가 다 있나 싶었지.

왕을 죽일 운명을 타고난 데다가 처지가 가여워서 도왔더니 기세가 올라서는 도박으로 전 재산을 탕진하더라. 사실 왕을 죽일 운명을 타고나는 건 그뿐만이 아니다. 드물긴 하지만 그런 운명을 가진 자가 종종 나타난다.

문제는 그들 자신이 왕에게 도달하기 전에 죽는 거랄까. 운명은 가능성에 관련된 사안이다. 그럴 가능성을 가졌다는 거지 반드시 그렇게 된다는 게 아니다. 유제아의 운명 역시 마찬가지다. 그는 왕을 죽일지도 모른다. 하지만 그 전에 죽을 확률은 더 높았다.

그래서 난 불안, 불안한 심경으로 녀석을 계속 주시해 왔다. 커다란 운명은 그만큼의 반동이 있다. 왕을 죽인다는 거창한 운명의 소유자면 그에 상응하는 위기를 만날 수밖에 없다. 그래서 그런 서사시적 운명의 소유자들이 미처 왕에게 도달하지 못하고 쓰러지는 거고.

유제아 역시 지금까지 몇 번이고 위기를 넘겼다. 군주급 몬스터와 싸운 걸로도 부족해 얼마 전에는 대군주급 몬스터와도 싸워 승리했다. 악운에 강한 녀석이랄까. 게다가 그 고고한 미카엘라님도 굴복시켜버렸다. 미카엘라님께 몰래 들은 이야기지만 둘만 있을 때는 주인님이라고 부른다고 했다.

어쩜, 완전 어이가 없어서. 유제아 이 자식, 존귀한 태양의 대천사에게 왜 자기 욕망을 관철하고 그러는 거야. 순 변태 놈 같으니라고. 그래도 뭐라고 할 수 없는 게 미카엘라님, 완전히 남자에게 반한 얼굴이었지. 안타깝게도 미카엘라님도 못난 여자였던 거다. 뭐, 유제아가 꽤 매력적이긴 하지만 그렇게 티 나게 행동하면 이 충복 스이엘도 존경심이 좀 떨어진다고 할까. 그래도 미카엘라님이 기뻐하시니까 뭐라고는 못하겠다. 그 분은 오랜 시간 혼자 외롭게 지내신 분이다. 나 역시 말벗 정도 해드리는 게 고작이라 미카엘라님이 가진 내면의 공허함은 채워드리지 못했으니까.

그도 그럴 수밖에 없는 게 나는 평천사. 미카엘라님에 비해 격이 떨어지는 존재였으니까. 하지만 유제아는 다르다. 얄미운 놈이긴 하지만 메타트론의 화신인 이상 미카엘라님과 격이 맞는다. 그래서인지 요즘 미카엘라님은 완전히 좋아하는 사람이 생긴 여고생 같은 분위기를 풀풀 풍기고 다녀서 휘하의 헌터들도 당황스러운 기색이 역력하다. 늘 무표정하고 냉담한 미카엘라님이 이따금씩 생긋 웃는 모습을 보면 다들 무척 놀란다고 할까.

으이그, 정말. 하지만 나도 미카엘라님께 뭐라 할 자격이 없는지도 모르겠다. 그도 그렇게 어쩌다 보니 유제아 전용 찹쌀떡이라는 어찌 설명하기도 어려운 직업을 얻었기 때문이다.

전용 찹쌀떡으로서의 내 업무는 간단하다. 말랑말랑한 걸 좋아하는 유제아의 취미를 위해 필요할 때마다 볼을 꼬집히는 게 역할이다. 굴욕도 이런 굴욕이 없어서, 하인리히 4세가 교황에게 무릎을 꿇었던 카노사의 굴욕급이다.

그런데 사실 더 큰 문제가 있다.

분명히 천사인 내가 유제아 놈에게 심심하면 볼꼬집을 당하는 상황이 굴욕적이어야 하는데…. 어째 요즘은 묘하게 기분 좋고 싫지 않다는 사실이었다. 은근 언제 꼬집어주나 기대하게도 되고, 요즘 내가 왜 이런지 모르겠다. 못난 여자는 미카엘라님이 아니라 나일지도 모르겠단 생각이 들었다.

그도 그렇게 유제아놈은 점점 지위도 올라가고 따르는 사람도 잔뜩이고, 엄청 멋있어지고…. 갈수록 곁에 있을 자신감이 없어진다고 할까. 세상에, 아무리 화신이라지만 인간이 대군주급 몬스터를 때려 잡을 줄 누가 알았겠는가. 게다가 얼마 전에는 연합헌터단을 이끌고 가 강북에서 전쟁을 벌였다. 이 무슨 대담함?!

솔직히 전에 단상에서 3년 안에 왕을 죽이겠다고 선언할 때는 가슴이 두근거렸다. 왕이 죽는다라…. 남들은 어떻게 생각할지 모르겠지만 나 스이엘은 평화로운 일상을 간절히 원한다.

사실 싸움도 싫어하고 무서운 건 더 싫다. 그냥 제일 좋은 건 애니 연구회에서 활동하며 온갖 덕질에 매진하는 거다. 다들 모르지만 일러스트레이터로 활동한지도 오래됐다. 요즘은 바빠서 외주를 못 받지만, 전성기 때는 왕성하게 활동했다. 모 게임의 SSR카드는 내가 거의 다 그릴 정도로 인기 일러스트레이터였다. 그래서 평화로운 세상이 오면 일러스트레이터로 생계를 유지하며 살고 싶다는 생각을 여러 번 했다.

얼마나 좋을까? 전쟁이 없는 세상은.

그냥 평범하게 애니를 보고, 평범하게 라노벨을 보고, 평범하게 미카엘라님께 놀러가고, 그때가 되면 밉상인 메타트론과도 친해질지도 모르고….

막연히 상상하던 결말.

하지만 결코 오지 않을 거 같은 세상이었다. 그런데 저 남자가 당당하게 3년 안에 왕을 죽이겠다고 한 거다.

쿵. 쿵. 쿵.

심장이 세게 뛰었다. 그리고 나 역시 유제아를 도와 그런 세상을 만들고 싶다고 생각했다. 하지만 자신이 너무 초라하고 보잘 것 없어서 별 도움이 안 되는 게 슬펐다.

모두회의 전에 유제아가 통계 자료 준비 때문에 도와달라고 할 때 정말 기뻤다. 꼭 싸움이 아니라도 분명 도울 게 있단 생각에서였다. 하지만 열심히 자료를 준비해서 나갔을 때 대천사 카마엘이 날 비웃는 말에 마음이 바닥으로, 바닥으로 추락했다.

담담하게 브리핑을 마쳤지만 역시 난 유제아를 제대로 도울 수 없단 생각이 들었다. 하긴, 대한민국에 있는 평천사만 해도 삼천이 넘는다. 그리고 난 그 중에 보잘 것 없는 하나일 뿐이다. 그런 내가 유제아를 위해 뭘 할 수 있을까? 이대로 밀려나는 건 싫다는 생각만 들었는데 마땅한 수가 없었다.

마치 게임에서 초반 마을의 촌장 같은 게 내 역할인 거 같다. 처음 모험을 떠나는 주인공을 위해 이것저것 마련해 주고 고마운 역할을 하지만, 금방 잊혀지는.

당연하지만 이 스이엘님은 그런 역할은 좋아하지 않는다.

우울함이 내 마음을 짓눌렀다.

가볍게 한숨을 내뱉는 일이 많아졌다.

나만 남겨지는 것 같단 생각이 들었다.

이대로 유제아, 메타트론, 미카엘라님이 날 버리고 어디론가 닿지 않는 곳에 가버릴 것 같았다. 어쩌면 나는 그냥 해바라기 같은 존재일지도 모른다. 해바라기는 태양을 바라보지만 가 닿을 수 없다. 해바라기에 관한 설화나 전설은 다 그런, 짝사랑 같이 애잔함이 가득하다.

유제아, 메타트론, 미카엘라님 같이, 너무나 빛나는 존재들을 동경하지만 함께할 수 없는 나.

그게 해바라기 스이엘의 운명이었다.

한데 유제아가 생각지도 못한 짓을 했다.

심장이 마구 뛰었다.

녀석은 나보고 대천사가 되라고 했다. 그건 마치, 앞으로도 계속 함께하자는 소리로 들렸다.

화끈.

순간 볼이 화악 붉어졌다.

얼마 전의 일이 기억났기 때문이다.


─이번에는 내가 널 도울게.


그때 그게 이제야 무슨 소리인지 알았다. 유제아는 내가 최근에 여러 가지로 번민하고 있던 걸 알아차렸던 거다.

뭐야, 유제아 녀석.

잘 숨기고 있었는데.

미카엘라님도 내 마음을 알지 못하셨는데.

유제아는 날 똑바로 보고 있었구나.

나를 계속 보고 있었어….

내 마음을 알아채 줬어….

심장 안에서 기쁨과 부끄러움이 함께 폭발했다.

"하와아―."

나도 모르게 괴상한 한숨이 흘러나왔다.

갑자기 가슴 속이 마구 떨렸다. 유제아가 계속 날 보고 있었단 사실이, 그리고 그런 날 배려해줬단 사실이, 내 마음 속을 마구 휘젓는 것이었다. 그래도 딱히 날 여자로 보고 그런 건 아닐 텐데. 유제아 주위에는 메타트론도 미카엘라님도 있으니까. 분명 그런 걸 텐데 어째서 이리 심장이 뛸까? 갑자기 얼굴에 열이 오르며 머리가 혼란스러워진다.

아, 안 돼.

일단 정신 차리자. 그리고 지금은 감사를 표해야겠지.

"고…."

그러다 나는 여기서 솔직히 고맙다고 말하면 눈물도 같이 쏟아질 걸 깨달았다. 안 돼. 그건 스이엘답지 않은 일이야. 그래서 애써 마음을 추스르고 맘에도 없는 소리를 했다.

"아니. …역시 대한민국은 인맥인 거야."

그러자 유제아는 피식 웃으며 앞으로 잘 부탁한다고 말해왔다. 나야말로 잘 부탁한다고, 이 녀석아.

그리고.

정말 고마워.

정말 고마워, 유제아.

그런데 앞으로 대천사 대우를 해준다고 볼을 꼬집는 일을 그만 두면 싫은데. 아니, 뻔뻔한 유제아 놈이니까 상관없겠지? 미카엘라님에게 초커를 채우고 주인님이라고 부르게 하는 자식이니까 말이야.

"흥흥~♫"

"스이엘 기분 좋구나? 노래도 다 하고."

이런, 나도 모르게 들뜨고 말았다.

"쓸데없는 지적이야!"

일부러 정색한 뒤 헛기침을 했다. 어쩐지 내가 이 녀석을 신경 쓴다는 거, 별로 인정하기 싫어. 그래, 뭐 착각일 수도 있잖아. 게다가 유제아 근처에는 메타트론과 미카엘님이 있고. 나 같은 건 신경도 안 쓸 거라고. 딱 지금 정도의 거리감이 좋아.

나는 그리 생각하면서도 어째서인지 입가에 지어지는 웃음까지는 어쩌지 못했다.

대천사 스이엘이라.

좋은 울림이 아닌가.

그래그래. 역시 스이엘님에겐 그 정도 스케일이 어울리지.

헤헷!

스이엘은 꽤나 기쁜 듯했다. 내게 약간 쏘아붙인 건 부끄러워서 그렇겠지. 나도 이제 그녀의 성격을 어느 정도 안다. 주변에서 축하가 쏟아지자 결국 스이엘은 참지 않고 거창하게 웃음을 터뜨렸다.

"후하하하하!"

양손을 허리에 얹고 콧대를 한껏 하늘로 치켜든 포즈였다. 여자애다운 조신함과 거리가 영 먼 게 스이엘답다는 생각이 들었다. 나는 그녀의 승급을 바로 이 자리에서 진행하기로 했다. 쇠뿔도 단김에 뽑는 게 좋지 않겠나. 나중에 백당에서 또 다른 소리를 할지 모르는 일이다. 곧장 라미엘에게서 수거한 대천사의 정수를 가지고 오게 했다.

"이 자리에서 그녀의 승급을 곧장 진행하려고 합니다. 새로운 대천사의 탄생을 열렬히 환영해 주십시오!"

사방에서 박수가 터진다. 백당 쪽은 마지못해서 하는 태도였지만. 이내 대천사의 정수가 도착했다. 주먹만 한 크기의 정수는, 내부가 마력으로 소용돌이치고 있는 붉은 보석처럼 생겼다.

이 정수만 있다면 평천사가 대천사로 승급하는 건 별로 어렵지 않다. 천사들은 동일한 체계를 갖고 있고 힘의 차이만 있을 뿐이다. 그래도 좀 걱정이 되는지 미카엘라가 스이엘에게 이것저것 알려주고 있었다. 그리고 스이엘의 준비가 끝났는지 날 보고 고개를 끄덕여 보인다.

"그럼 시작하겠습니다. 엄숙한 의식을 방해하는 분이 없길 바랍니다."

나는 그리 말하며 손가락을 튕겼다. 이번에 내 휘하로 온 능천사들이 우르르 몰려와 스이엘의 주위를 병풍처럼 둘러쌌다. 그리고 곧 그 안에서 환한 빛이 터져 나온다. 스이엘이 힘을 받아들이기 시작한 것이다.

"워어!"

헌터들은 놀라서 소리를 지른다. 하긴 이런 광경은 처음일 테니 그럴 법도 하지. 사실 나도 그들과 비슷한 심경이다. 눈앞에서 일어나는 놀라운 변화에 눈을 못 떼고 있었다. 마치 불꽃이 터져 나오는 것처럼 수많은 반짝거림이 능천사들 너머에서 튀어 오른다. 그리고 확연히 느낄 수 있는 힘의 폭발이 이어졌다.

"오오오오!"

다들 탄성을 지르는 게 새롭게 태어나는 거대한 힘을 실감하는 듯했다. 그리고 잠시 뒤. 빛이 사라지고 팽창하던 힘이 갈무리되고 있었다. 드디어 새로운 대천사, 스이엘이 탄생한 것이다.

"스이엘!"

미카엘라는 기뻐하며 앞으로 나섰다. 나와 메타트론 역시 흑당의 새로운 기대주를 보기 위해 나아갔다. 그러자 벽처럼 가로막고 있던 능천사들이 일제히 비켜선다. 그리고 우리는 새롭게 탄생한 스이엘의 모습에…….

"어?"

이게 뭐야?

생각지도 못한 광경에 미카엘라도 메타트론도 나도 말문이 막혀버렸다. 그곳에는 유치원생 정도 돼 보이는 귀여운 여자아이가 있었다. 핑크색 드릴 머리에 하얀 색 날개는 두 쌍이다.

"스이엘?"

미카엘라의 물음에 작은 여자아이는 어색하게 웃는다.

"에헤헤. 아, 이런…."

웃음소리가 스이엘이 맞다. 그건 그렇고 커다란 옷에 반쯤 파묻힌 꼴이 귀엽다. 몸은 작아졌는데 옷은 그대로였기 때문이었다.

"어떻게 된 거야?"

내 물음에 스이엘은 검지손가락으로 볼을 긁으며 대답한다.

"아무래도 전직하면서 레벨이 초기화된 게 아닐까? 애초에 평천사 시절부터 레벨이 높지는 않았지만."

자세한 건 조사해 봐야겠지만 30레벨 평천사가 승급하면서 1레벨 대천사가 됐다는 느낌이었다. 그 때문에 이렇게 작아져 버렸고. 아무래도 상관없겠지. 나는 작아진 그녀의 머리를 쓰다듬어댔다.

"스이엘은 귀엽구나!"

그러자 스이엘은 신경질적으로 내 손을 쳐낸다.

"이게 까불어? 나도 이제 대천사라고!"

허허, 전용 찹쌀떡 주제에 많이 컸군. 아무래도 자신의 위치를 알려줘야겠다고 생각하고 있는데 미카엘라가 말없이 다가오더니 스이엘의 머리를 쓱쓱 쓰다듬는다.

"저, 미카엘라님?"

스이엘은 가볍게 항의해 보지만 미카엘라는 귀여운 동물을 본 듯한 표정이다. 절대 놔줄 생각이 없는 것 같았다. 그런데 곧 메타트론까지 합류해서 스이엘을 쓰다듬어댄다.

"저, 저기?"

스이엘은 항의하려 했지만 무리였다. 아무리 그녀가 대천사가 됐다고는 하지만 서열 1, 2위의 쓰다듬, 쓰다듬에는 그야말로 무력했다. 그런 상황이니 곧 나도 스이엘의 머리 쓰다듬기에 합류했고, 결국 그녀는 폭발하고 말았다.

"아, 진짜! 헤어스타일이 망가진다고오!"

하지만 스이엘에겐 불행하게도, 우리 셋 중 누구도 그녀에게서 떨어질 생각이 없었다.

일이 마무리되고 라미엘의 호화로운 개인실에 나, 메타트론, 미카엘라, 스이엘이 모여 있었다. 축하연 겸 앞으로의 일을 의논하기 위해서였다. 과자와 음료수도 잔뜩 있어서 메타트론은 햄스터처럼 그것들을 까먹고 있었다.

　"그나저나 은근히 기분 나쁜 방이 아니더냐."

　메타트론은 주변을 둘러보며 불만어린 표정이 됐다. 그도 그럴게 방에는 나신의 여자 조각상이나 그림이 가득했기 때문이다. 아무래도 라미엘 녀석, 상당히 여체를 좋아했던 거 같다. 그래도 하나같이 품격 있는 예술작품들이었다. 미카엘라는 그래서인지 맘에 들어 하는 눈치였다.

　"라미엘의 성격은 짜증스러웠지. 그것에 비해 안목은 꽤 있는 편이구나. 보렴, 이 여성상은 골반이 큰 게 무척 아름다운 라인을 만들어내고 있잖니."

　미카엘라는 자신의 골반과 비교하며 메타트론에게 말을 걸었다. 흠, 그런데 아름다운 조각상과 나란히 있는 미카엘라의 모습을 보니까 어떤 게 예술작품인지 모르겠다. 아니, 오히려 미카엘라 쪽이 더 예술품처럼 보였다. 그래서인지, 몸에 굴곡이 빈곤한 메타트론님께서는 심드렁한 표정이다.

　"흥. 하여간 조각이란 놈들은 들어가고 나오고만 확실하면 좋아하는 것이냐. 스이엘, 저런 건 몽땅 팔아버리는 게 좋겠구나."

　둘이 그런 잡담을 하는 사이에 나는 작은 스이엘을 무릎에 앉히고 머리를 쓰다듬고 있었다. 스이엘은 포테이토칩을 까먹으면서 날 칭찬했다.

"이번에 정말 훌륭했오. 유제아. 솔직히 기대 이상이었다고 할까? 물론 네가 대단한 인간인 건 알고 있었지만 이 정도로 해줄지는 몰랐오. 게다가 그 라미엘까지 깔끔하게 쓰러뜨려버리고. 지금 세계적으로 난리난 거 알오?"

그나저나 스이엘은 작아지니까 혀도 짧아진 건지 발음이 귀여워졌다. 아아, 스이엘. 내 여동생이 되어보지 않겠니.

"스이엘의 말이 맞다."

듣던 미카엘라도 동의한다.

"지금 전세계 유력 매체의 1면은 그대가 장식하고 있더구나. 이제부터는 세계적으로 유명해지겠지."

옆에서 이런 모습을 보면 메타트론은 과자를 먹다말고 어째서인지 자신이 콧대를 한껏 세운다.

"본녀의 화신답다고 생각한다. 더 분발하도록."

미카엘라와 스이엘에게 봐라, 이게 내 화신이라고 자랑하는 듯한 태도였다. 미카엘라는 웃으며 고개를 끄덕인다.

"확실히 소녀의 주인님은 최고였단다."

무심코 던진 미카엘라의 말에 메타트론이 놀라서 눈을 크게 뜬다.

"주인님?"

메타트론의 물음에 미카엘라는 당연하다는 듯 팔짱을 끼고 미려한 턱을 살짝 치켜든다.

"소녀는 유제아에게 지배된 천사다. 그러니 마땅히 주인님이라고 불러야 맞지 않겠니? 이미 소녀의 몸도 마음도 주인님의 것이다.”

“뭐어? 뭐!”

메타트론이 깜짝 놀라서는 사방에 과자부스러기를 뿌리며 자리에서 일어난다. 스이엘은 입을 벌리고 “어머, 어머”만 연발하더니 날 올려다보며 묻는다.

“주인님이라고 부르는 건 알았지만, 유제아 너 어느 틈에 미카엘라님의 처음을?”

“처음은 무슨 놈의 처음! 대체 그게 무슨 소리야? 몸도 마음도 주인님의 것이라니!”

터무니없는 오해가 생길 것 같아 따지니 미카엘라는 뭘 그런 걸 묻냐는 듯한 태도다.

“아직은 아니지만 미래에는 그렇게 될 테니 틀린 말도 아니잖니. 이미 소녀의 몸도 마음도 주인님의 것인 셈이지.”

그러면서 미카엘라는 하트 자물쇠가 달린 초커를 쓰다듬으며 요염한 눈빛으로 쳐다본다.

“이이이익! 이 요망한 여자가! 보지 말거라! 본녀의 화신을 그런 눈으로 보지 말래도!”

그러나 미카엘라는 메타트론의 말을 신경 쓰지도 않는다. 오히려 도톰한 혀로 자신의 붉은 입술을 살짝 핥을 뿐이다. 그러자 메타트론이 방석을 가져와서 그녀의 얼굴을 가려버린다.

“유제아! 너도 보지 말거라! 이런 여자는 건전하지 못하다! 얼굴에 청소년 유해물이라고 써있다!”

그러거나 말거나 미카엘라는 얼굴을 가린 방석 옆으로 고개를 빼꼼

내민다. 무척 귀여운 모습이었다. 그리고는 나를 향해 눈웃음 친다.

"주인님~★"

"끼이이이익! 이런 천박한 여자가! 천박한 여자가 여기에 있구나! 용서할 수 없어! 유제아는 본녀의 것이다!"

방방 뛰는 메타트론을 보며 미카엘라는 어리둥절하다는 표정을 짓는다.

"어라? 메타트론. 왜 그리 화내는 거니?"

"에?"

"설마 너 질투하는 거니?"

"뭐라!"

깜짝 놀라서 뒤로 물러나는 메타트론. 곧 고개를 돌려 나를 쳐다본다. 어째서인지 메타트론의 얼굴은 홍시처럼 붉어져 있었다. 입술이 바들바들 떨리고 있었다.

"누가 질투 따위 할까 보냐! 본녀를 뭐로 보고!"

그런 메타트론을 보는 미카엘라의 미소가 짓궂어졌다.

"유제아는 본녀의 것이다?"

"히익! 으으… 으윽."

대꾸할 말을 찾지 못하고 눈가에 눈물이 고이기 시작하는 메타트론. 결국 임계점을 넘고 말았다.

"으아앙! 으아아앙!"

곧장 문 밖으로 뛰쳐나가 버린다. 미카엘라는 그 모습에 나직하게 웃는다.

"어머나. 울려버렸네. 뺐을 생각은 없는데 메타트론도 민감하기는. 주인님은 소녀와 같이 공유하면 되는 것을."

그리 말하면서 미카엘라는 메타트론을 쫓아갔다.

뭐랄까, 짧은 사이에 폭풍이 몰아친 기분이구나.

"공유는 무슨…. 대체."

황당해서 중얼거리고 있는데 옆에서 작은 스이엘이 좀 퉁한 표정으로 날 보며 한 마디 한다.

"쳇. 인기 많아서 좋겠네!"

바스작!

어쩐지 스이엘이 포카칩을 더 거칠게 먹기 시작한 것 같았다.

-메타트론 클랜의 유제아 위원에 의해 대천사 라미엘이 쓰러진 지 벌써 사흘. 하지만 전 세계는 아직도 이 이야기로 들썩이는데요. 이석윤 기자? 외신의 반응은 어떻습니까?

티비에선 계속 유제아의 라미엘 클랜 집행에 대해 다루고 있었다. 그리고 이걸 한 사내가 사흘째 멍하니 홀린 듯 보는 중이다.

바로 이후디엘 클랜의 위원, 심상호였다. 사흘 전 라미엘 클랜이 통째로 쓸려나가는 광경을 보고 그는 극심한 공포에 사로잡혀 있었다.

"하하하…."

헛웃음이 절로 나온다.

'흉악무도한 놈이다. 대천사마저 죽이다니. 사람 목숨쯤은 파리 목숨으로 여기겠지.'

이제부터 자신은 어떻게 되는 걸까?

부르르.

이대로는 틀렸다. 대한민국은 좁은 땅이다. 어디 도망갈 구석도 없었다. 물론 해외로 나가면 되겠지만, 패배자처럼 떠나는 것도 싫었다. 그랬다가는 틀림없이 그의 형이 청성그룹을 물려받게 될 터. 심상호는 공포 속에서도 탐욕의 끈을 놓지 못한 채 번민했다.

"제길. 제기랄!"

심상호는 탈주한 이후 당연히 이후디엘의 품에 숨었다. 이후디엘은 미묘한 태도였지만 보호를 약속했다. 하지만 라미엘 클랜이 쓸려 나간 사건 이후 연락이 제대로 안 되고 있었다.

"씨발! 이후디엘! 설마 날 버리는 건 아니겠지!"

심상호가 발작적으로 소리 지르던 그때 누군가 대답하는 목소리가 있었다.

"버리긴 누가 버린다고 그럽니까?"

"헛!"

놀란 심상호가 돌아보자 그곳에는 대천사가 있었다.

"이후디엘님!"

놀란 심상호가 달려가 그의 앞에 무릎을 꿇었다.

그리고는 손이 발이 되도록 빈다.

"죄송합니다! 죄송합니다! 제가 실언을! 용서해 주십시오!"

늘 남에게 거들먹거리기만 하는 심상호가 놀랄 만큼 저자세였다. 그도 그럴 게 이후디엘은 그에게 헌터의 힘을 내려주는 것뿐만 아니라, 청성그룹의 지분도 많이 보유하고 있기 때문이었다.

사실 지금 청성그룹의 오너도 이후디엘의 꼭두각시에 불과했다. 실질적인 대주주는 이후디엘 본인이었다. 그러니 심상호의 입장에선 이리 고개를 숙일 수밖에. 밖에서 보면 청성그룹과 이후디엘이 서로를 돕는 끈적한 유착관계 같지만, 실제로는 일방적인 관계였다.

"이번에 저도 한동안 연락이 없었으니 이해하고 넘어가지요."

"감사합니다! 이후디엘님!"

"오늘 온 건 다름이 아니라 당신을 구하기 위해서입니다."

심상호는 구원 받은 것 같은 표정이 됐다.

"그 말씀은!"

"그렇습니다. 그간 유제아를 잡을 계략을 세우느라 두문불출했을 뿐입니다. 이제 방법을 찾았으니 안심하시길."

"오오오오! 이후디엘님!"

심상호는 감격해서는 눈물을 주룩주룩 흘려댔다.

"방법은 간단합니다. 라미엘 클랜과 달리 우리는 그들과 정면충돌하지 않습니다. 지금의 적은 강합니다. 힘에 힘으로 부딪치는 건 어리석은 일이지요."

"맞습니다!"

"그러니 우리는 협상을 빌미로 유제아를 부른 뒤 함정에 빠뜨립니다. 한꺼번에 쳐서 죽인 뒤에 메타트론 클랜과 다시 협상합니다. 물론 화신을 죽였으니 엄청난 보상을 해야겠지요. 하지만 그 정도는 감수해야 합니다."

심상호에겐 이후디엘의 작전이 그럴 듯하게 들렸다. 그도 그럴게, 메타트론과 그녀의 화신이 얼마나 유대감이 깊은지 몰랐기 때문이었다. 다른 클랜의 대천사와 위원의 관계 정도로만 판단하고, 메타트론이 자신의 화신을 쓰기 좋은 패로만 여긴다고 믿었다.

패를 잃으면 분명히 메타트론은 불같이 화를 낼 것이다. 하지만 심상호는 청성그룹의 재력이면 충분히 보상할 수 있다고 생각했다. 그리고 막말로 화신이야 새로 뽑으면 그만 아닌가. 게다가 심상호는 자신이 이렇게 메타트론 클랜에게 압박을 받는 건 오로지 유제아 때문이라고 판단했다. 유제아만 사라지면 이리 아웅다웅할 일도 없으니 죽이는 게 최선이란 결론이었다. 물론 후폭풍을 감내해야겠지만, 자신이 죽는 것보다 낫지 않은가.

"하겠습니다! 이후디엘님. 저를 도와주십시오!"

결심을 굳힌 심상호의 모습에 이후디엘은 인자하게 웃어보였다.

"좋습니다. 우리 함께 그녀의 사냥개를 잡아봅시다."

심상호에게 연락을 받았다. 협상하고 싶다는 내용이었고 안산의 교외에서 둘이서만 봤으면 좋겠다고 했다. 당사자끼리 조용히 마무리하자는 얘기였는데 솔직히 뻔히 보이는 함정이었다. 물론 거절하진 않는다.

"유제아. 함정 같은데 혼자 가도 되겠느냐?"

메타트론은 염려 섞인 목소리로 묻는다.

"알고 가는 거야."

"놈도 나름대로 카드가 있는 것이겠지. 너무 방심하지 말거라."

"알았어. 걱정 안 해도 돼."

"그래? 그렇게까지 확실히 말한다면 본녀도 더 신경 쓸 것 없겠구나."

메타트론은 누워서 다시 만화책을 펼쳐든다. 그녀는 내게 강한 믿음을 갖고 있었다. 함정이 뻔했지만 내가 괜찮다고 하니 더 신경 쓰지 않는 기색이었다.

"갖다올게."

"응야."

나는 약속 장소인 안산 외곽으로 향했다. 차는 혼자 몰고 갔다. 안산 외곽에 있는 폐차장이 약속장소였다. 장소를 잡아도 꼭 이런 노골적인 곳을. 헛웃음을 짓고 가보니 한쪽 구석에 탁자가 놓여있었다. 그리고 대형쓰레기 스티커가 붙어 있는 소파도 보였다. 심상호는 거기 앉아 있었다.

"재벌 3세 취향이랑 영 안 맞는 거 아냐? 여기."

"도망 다니는 처지에 뭘 가리겠습니까?"

심상호는 자리에서 일어나 날 맞는다.

"안 어울리게 왜 이리 깍듯하게 굴어?"

"진작부터 유 위원님께 이랬어야 했는데 말이죠. 여기 앉으시길."

"주제 파악 좀 했나봐?"

심상호는 움찔했다가 다시 웃는다.

"하하하…"

이것 참, 무리하는 게 보이는데. 재밌긴 한데 내가 다 안쓰럽네. 역시 이 녀석은 그냥 싸가지 없는 게 어울린다니까.

"살고 싶으면 자기 분수를 알아야겠죠."

"하하핫! 재벌 3세 입에서 그런 말이 나오니까 신선하네."

"오늘은 와주셔서 감사합니다."

"뭘, 재밌을 거 같아서 온 건데."

"재미요?"

"아냐. 그나저나 뭐 마실 거라도 안 주나? 멀리 와서 목마른데."

"아! 드려야죠."

심상호는 반색한다. 본인은 모르겠지만 너무 티가 났다. 차에 뭐라도 탈 셈인가 보네. 고전적인 수법이지. 독살은 하이에나쪽이 전문이다. 헌터랑 다르게 하이에나들은 경쟁자를 제거하는데 독을 자주 쓰니까. 그런 내게 독으로 뭘 해보려는 건가. 어이가 없군.

"차 좀 가져와."

심상호가 소리치자 남자 하나가 곧 차를 가져왔다. 당연하지만 이 남자도 헌터다. 심상호 본인은 잘 숨겼다고 생각하겠지만 이 일대에 헌터 15명이 숨어있는 걸 확인했다. 폐차장에 들어오자마자 레벨 업 하고 새로 생긴 능력인 감시의 눈길을 사용했기 때문이다.

"자, 드시죠."

심상호는 향기 좋은 차를 내게 따라준다. 그리고 본인의 잔에도 따른다. 그는 내가 찻잔을 들자 태연한 척하면서 이쪽을 힐끔 본다. 나는 그를 향해 가볍게 웃어보이고는 찻잔을 입가로 가져갔다. 그리고는 차를 바닥에 버렸다.

주르르륵.

"아, 미안. 손이 미끄러졌다. 다시 따라줄래?"

"네?"

"다시 따라달라고."

"아, 네."

황당해 하면서도 다시 찻잔을 채워주는 심상호.

다시 갈색 찻물이 찻잔에서 찰랑거린다. 나는 찻잔을 들어 올렸다가 다시 바닥에 쏟아서 버렸다.

"아, 미안."

사과하면서 웃었다. 그러자 심상호가 당황한 기색이 역력하다. 그가 갈피를 잡지 못하는 모습에 내 미소가 진해졌다.

"다시 따라줄래?"

"너 이 자식!"

"그러지 말고 다시 따라줘. 응? 이번에는 마실지도 모르잖아? 그치?"

나는 찻잔을 다시 내밀었다. 심상호는 고민하는 기색이 역력하다. 짧은 순간 그의 얼굴에 오만가지 생각이 스쳐지나가는 듯했다.

"빌어먹을."

낮게 중얼거리는 그는 다시 내 찻잔에 차를 따른다. 하지만 그의 손은 미세하게 떨리고 있었다.

"고마워."

나는 그리 말하고 찻잔을 들어 올린 뒤 다시 바닥에 쏟아버렸다.

"너 이 새끼야! 사람을 이렇게 가지고 놀아!"

"내가 가지고 놀았나?"

어깨를 으쓱하며 묻자 분노한 심상호는 이미 눈이 뒤집혀 있었다.

"어디서 들은 건지 모르겠군! 내가 차에 약 탄 걸 아니까 이러는 거 아냐?"

"아, 그래?"

나는 정말 몰랐다는 듯 시치미를 뗐다.

"나는 그저 이미 엎지른 물은 주워 담지 못한다는 걸 표현하려고 한 것뿐인데. 협상할 생각이 없어서 말이야. 그런데 너 약 탔었어? 하하하핫!"

"뭐?"

심상호가 멍한 표정으로 되묻는다.

자기 입으로 토설해 버렸으니 저러겠지. 나는 쿡쿡 웃어대며 덧붙인다.

"아냐, 아냐. 사실은 네가 약 탄 거 알고 있었어. 처음부터. 너무 그렇게 실망한 표정을 짓지는 말라고."

"유제아아아! 더는 못 참겠다!"

버럭 소리를 지른 뒤 자리를 박차고 일어나는 심상호. 나는 그러거나 말거나 어깨를 으쓱일 뿐이었다.

"못 참으면 어쩔 건데?"

"이 멍청한 새끼야! 설마 내가 진짜 너 같은 천것이랑 협상하려고 여기 나온 줄 아냐! 이 자리엔 함정이 설치되어 있다! 매복도 있고! 어디 그 여유가 얼마나 가는지 보자!"

제법 열심히 준비한 모양이네. 내가 말이 없자 당황했다고 생각한 건지 심상호는 의기양양해졌다.

"모두 나와! 이 새끼 족치라고!"

심상호가 흥분된 목소리로 소리쳤다.

·················.

하지만 주변에선 아무 반응도 없었다.

"뭐해! 이 새끼들아! 안 나오고!"

다시 외치는 그의 목소리에는 불안이 섞여 있었다. 혼란스럽겠지. 왜 매복시켜 놨던 헌터들이 대답조차 없는지.

"이런, 시발. 함정은 왜 발동을⋯."

게다가 같이 발동할 계획이었던 함정 마법도 감감 무소식이다. 갑자기 불안한 모습이 된 그.

"뭐해?"

내가 묻자 발작하듯 소리친다.

"닥쳐! 닥치라고! 이제 곧 죽여줄 테니까!"

그러더니 안절부절 못하고 주변에 악을 쓰듯 소리친다.

"이 새끼들아! 왜 안 나와!"

심상호가 그러는 동안 나는 시계를 보다가 입을 열었다.

"다들 나오세요. 아무래도 우리 심 위원님이 상황 파악이 안 되는 거 같으니까."

"뭐?"

내 말에 멍하니 반문하는 심상호. 그러거나 말거나 나는 어깨를 으쓱해 보일 뿐이었다. 그리고 곧 연합헌터단의 헌터들이 하나둘씩 나타난다.

"이게 무슨….'

심상호는 넋이 나간 듯 입을 벌렸다. 그도 그럴 게, 그가 매복시켜 놓은 헌터들이 피떡이 된 채 연합헌터단의 헌터들에게 붙들려 있었 기 때문이었다. 연합헌터단의 헌터들은 심상호의 헌터들을 폐차장 한 가운데로 모았다.

나는 슬쩍 고개를 돌려 그 꼴은 본 뒤 물었다.

"저게 네 비장의 카드야?"

"……."

"함정 마법은 우리 쪽에서 해체했으니까 너무 기대하지는 말고."

말을 잃고 서 있던 심상호는 무언가 생각난 듯 갑자기 날뛰었다.

"그래! 이후디엘님! 이후디엘님이 계신다! 유제아 네놈도….'

잠깐 희망을 찾고 화색이 돌던 심상호는 내가 던진 봉투에 입을 다문다.

"이게 뭐냐?"

"열어봐."

심상호는 떨리는 손으로 편지를 꺼내본다.

내용이 뭔지 미리 본 나는 알고 있다. 이후디엘이 심상호에게 쓴 건데, 아주 간단했다.


－무운장구를 빕니다.


참, 어이가 없다.

무운장구武運長久하라니. 이후디엘 나름의 질 나쁜 농담일지도 모르겠다. 심상호는 이후디엘의 필체를 알아보고 얼굴을 부르르 떨었다.

"이, 이럴 리가 없다! 이후디엘님께서 이럴 리가…."

그가 넋이 나가 있는 사이에 뒤쪽에서 내게 묻는 소리가 들린다.

"단장님, 이 녀석들 어떻게 할까요?"

나는 잠시 주변을 둘러보다 말했다.

"마침 장소가 좋네. 여기다 다 묻어. 어차피 배신자들이라 쓰지도 못한다."

"네!"

곧 뒤쪽에서 살아보겠다는 비명이 터진다. 하지만 둔기를 휘두르는 소리가 나더니 점점 조용해졌다. 눈앞에 있는 심상호는 결국 털썩 주저앉는다.

"미, 믿을 수 없다."

아무래도 이 귀족가의 도련님에게 현실을 가르쳐줘야 할 것 같다.

"심상호. 아직도 모르겠나?"

"뭘?"

이후디엘은 자신의 지위를 보존하기 위해 내게 많은 걸 넘겨야 했다. 그리고 그중 하나가 눈앞의 심상호였다.

"이후디엘이 널 팔았다고."

사흘 전.

대천사 이후디엘.

심상호가 속한 클랜의 주인으로, 평천사부터 시작해 대천사까지 올라온 입지전적 인물이다. 미카엘라가 그에 대해 평가하기를, 몬스터와의 싸움보다는 자신의 입신영달에 더 관심이 있는 자라고 했다. 유유상종이라고 라미엘과 꼭 닮았는데 둘이 다른 게 있다면 라미엘은 힘을, 이후디엘은 금력을 추구했다는 것이다.

하여 이후디엘은 청성그룹과 결탁했다고 한다. 지금 시대에는 몬스터 부산물 유통업만큼 유망한 것도 없었으니까. 다만, 이를 눈치챈 다른 대천사들의 견제로 청성그룹은 그의 의도만큼 크지는 못했다고 한다. 애초에 그런 유망한 사업을 독점하는 것도 불가능했고. 그래도 청성그룹은 시가총액 30조에 이를 정도로 자랐다.

"거의 다 왔어. 준비해."

조수석에 앉아서 이런저런 생각 중인데 운전을 하고 있던 원윤아가 말을 건다. 앞쪽에 100층이 넘는 고층 빌딩이 보인다.

"여기가 이후디엘의 성소로군."

도시 외곽에 중세시대 성과 같은 성소*를 가졌던 라미엘과 다르게 이후디엘의 성소는 도시 한 가운데의 고층 빌딩이었다.

"다 왔습니다. 단장님."

도착하자마자 원윤아의 말투가 바뀌었다. 나는 고개를 끄덕이며

---

* 천사가 방어하는 넓은 지역을 신성지라 부르고, 신성지를 전개한 천사가 거주하는 곳을 성소라고 한다.

차에서 내렸다. 그러자 날 마중 나온 이들이 좌우로 도열해 있었다. 천사와 헌터, 그리고 클랜의 중요한 인물들이 모두 나왔다.

"어서 오십시오. 저희 이후디엘 클랜은 유제아 위원님의 방문을 환영합니다."

대표로 보이는 헌터가 나서서 내게 인사해온다.

"이후디엘님은 계십니까?"

"물론입니다. 제가 모시겠습니다. 이쪽으로."

내 앞에 있는 이들은 다들 처음부터 허리가 굽은 게 아닐까 싶을 정도로 굽신거렸다.

"오늘 날씨가 덥군요. 오시는 길에 불편함은 없었습니까?"

내 비위를 계속 맞추려는 그들에게 적당히 응대하고는 엘리베이터를 탔다. 그리고 잠시 뒤, 97층에 있는 이후디엘의 성소에 도착했다. 97층은 이후디엘이 통째로 쓰고 있다고 한다.

"윤아야. 기다리고 있어."

원윤아와 일별하고 들어간 이후디엘의 성소는 순간 내 발걸음이 멈출 정도로 화려했다. 뭐랄까, 온통 금박으로 도배된 세상이었다. 그리고 안에 있는 모든 물건은 보석으로 장식돼 있었다. 미리 듣기로 이후디엘은 금과 보석을 광적으로 좋아하며 수집한다고 했다. 그래서인지 이곳은 게임에 나오는 드래곤의 둥지 같았다.

"어서 오십시오. 유제아 위원."

잠시 주위를 둘러보던 그때 정장 차림의 이후디엘이 나타났다.

"자, 이쪽으로."

그는 자리를 안내하며 사람 좋은 미소를 짓는다. 우리 사이에 트

러블이 일어날 건 아무 것도 없다는 듯 말이다. 하지만 저런 미소만 보고 이후디엘이란 대천사를 판단하면 안 된다. 실제로는 능구렁이 같은 작자라는 게 중론이다.

"위스키 한 잔 어떠십니까?"

"감사합니다."

퐁, 하는 소리와 함께 마개가 열리자마자 특유의 향이 사방으로 퍼진다. 그리고 쪼르르- 하는 소리와 함께 약간의 거품이 일어나면서 컵에 갈색 액체가 채워진다.

"자, 원만한 합의를 위하여."

이후디엘의 말에 나 역시 고개를 끄덕이고는 술을 목으로 넘겼다.

"어떠십니까? 제법 비싼 제품이랍니다."

"음… 목이 타는 듯한 느낌 후에 입가에 퍼지는 향기가 빼어납니다."

"그렇죠?"

"하지만 그 향기가 사라지자 입 안에 쓴 맛만이 남는군요. 오늘 회담의 끝이 이러지 않았으면 좋겠습니다. 입가에 쓴맛만 남는."

뼈가 있는 내 말에 이후디엘은 멈칫한다. 하지만 곧 가볍게 웃으면서 자리에 앉는다. 그는 소파에 몸을 기대면서 내게 말한다.

"저는 방관자에 가깝습니다. 강 위원을 적극적으로 도왔던 라미엘과는 다르죠."

"애초에 그 점 때문에 오늘 이 자리가 있는 겁니다."

내 말에 위협을 느낀 건지 이후디엘은 목의 스카프를 살짝 풀어낸다. 그의 얼굴에서 다소 긴장감이 떠오른다.

"유 위원님. 솔직히 말하겠습니다."

"말씀하시죠."

"저를 비난하는 자들은 제게 대천사가 아니라 상인 같은 자라고 하죠. 기회주의자라고도 비난합니다. 사실 그다지 틀린 이야기는 아닐지도 모르겠습니다. 하지만 한 가지 확실한 건 저는 천사란 진영 자체는 배신하지 않습니다."

그런 점에선 이후디엘은 우리엘과 달랐다.

"하지만 저는 지금 벌어지는 싸움에 대해 비관적인 전망을 갖고 있습니다. 오랜 세월 대결했지만 좀처럼 승부를 내지 못하는 이 싸움에 대해 말입니다."

"그렇습니까?"

"네. 어차피 지구에서 결판을 내지 못하고 계속 싸우겠죠."

그런가. 이후디엘은 오랜 싸움으로 인해 승부 자체를 포기해 버린 듯했다. 그래서 그저 자신의 영달만을 위해 사는 모양이었다.

"지구에서의 삶은 제게 새로운 인생과 같습니다. 언젠가 이것도 끝나겠지만 그때까지 최대한 즐기고 싶군요. 물론 천사와 인간들에게 협조하겠습니다만."

그는 위스키를 다시 들이킨 후 덧붙인다.

"당연히 심상호 위원을 감쌀 생각은 없습니다. 모두 회의에서 결정된 것을 따를 생각입니다. 그의 신병에 관해서 맘대로 처리하시길."

요컨대 이후디엘은 모두의 결정에 협조하겠다, 그러니 날 내버려 두라, 그리 말하고 있는 것이었다. 하지만 나는 그딴 개소리를 받아들일 생각은 없었다.

"물론 저 개인적으로도 이번에 피해를 보신 유 위원님께 보상해 드리고자 합니다."

아마 내게 돈을 바르려는 것 같았다. 이후디엘이란 천사는 돈을 최고로 여기며 매사 돈으로 해결하려는 버릇이 있으니까. 좋아, 어디 얼마나 뽑으려는지 볼까?

"으흠?"

내가 관심을 보이자 이후디엘은 미소를 지으며 무언가를 커다란 탁자 위에 늘어놓기 시작한다. 그의 손짓을 따라 아름다운 광채의 결정들이 허공에서 춤추며 정렬한다.

"마정석이군요."

마력은 천사와 헌터들 사이에선 화폐와 똑같이 사용된다. 1마력은 1원이다. 10,000마력은 1만 원. 이해하기 쉬워서 좋다. 지금 이후디엘이 꺼낸 마력 결정체의 개당 가격은 무려 100억. 그걸 50개나 꺼냈다.

즉, 5,000억 원을 위로금으로 주겠다는 것.

나쁘지 않다.

이후디엘도 나름대로 배팅한 모양인데, 하나 이 정도로는 어림도 없지. 나는 말없이 손가락 두 개를 펴보았다. 그러자 이후디엘이 당황하더니 곧 넉살 좋게 웃는다.

"하하하. 알겠습니다. 그 정도야 제가 양보해야지요."

곧 100억짜리 마력 결정체 50개가 더 나타난다.

이로서 위로금은 무려 1조 원.

자기 나름대로 엄청 내놓은 거라고 생각하겠지. 하지만 지금 이

천사가 지금 자기 처지를 모르는군. 나는 다시 말 없이 손가락 세 개를 펴보였다. 그러자 이후디엘의 인상이 찡그려진다.

"요구가 과도하지 않습니까?"

"다, 이후디엘님을 생각해서 그런 겁니다."

"뭐라고요?"

"마력 결정체는 이 정도로 하죠. 어차피 이후디엘님의 배포가 그 정도일 테니까. 뭐, 이걸로 충분하지 않을 텐데, 그거야 그쪽 사정일 테고."

"충분하지 않다고요?"

이후디엘은 미간을 좁히며 불쾌감을 나타낸다. 대체 내가 무슨 말을 하는지 모르겠단 표정이었다. 나는 처음부터 이 위로금을 받을 생각이 없음을 밝혔다. 그리고 곧장 그를 공격했다.

"이렇게 돈으로 해결하려고 하시다니 실망했습니다. 애초에 강북에서 있던 황당한 일이 대체 왜 터졌겠습니까? 거기에 이후디엘님의 방조도 한 몫 하지 않았습니까."

"아니, 유 위원님."

반론하려는 이후디엘 앞에서 손을 세워 입을 막았다.

"위원이라 하면 해당 클랜을 대표하는 인물입니다. 그런데 그런 자를 안하무인으로 날뛰게 내버려둡니까?"

"아무리 대천사라고 해도 소속된 헌터를 맘대로 할 수는…."

"그게 아니라 청성그룹과의 관계 때문이겠죠. 뻔한 얘기는 하지 맙시다. 좋은 술도 나눴는데."

"……"

내 압박에 이후디엘이 입을 다물었다.

"이후디엘님께서 조금만 신경 써 주셨다면 강북에서의 사건은 애초에 일어나지 않았을 겁니다. 그런데 이제 와서 나 몰라라 하신다고요? 꼬리 자르면 책임도 없어지는 줄 아십니까?"

"거, 유 위원. 말씀이 좀 심하신 게…."

그 말에 나는 탁자를 쾅 치며 소리 질렀다.

"심하기는! 게다가 이후디엘님은 도주한 심상호를 받아주지 않았습니까! 대세를 관망했던 거겠죠. 상황이 이러니까 쳐내려고 하는 거지, 만약 라미엘 쪽 집행에 실패했다면 지금과는 전혀 다른 태도이지 않았겠습니까?"

"하하하. 일단 진정하시지요. 유 위원님. 제가 필요한 조치를 취할 테니…. 원하시는 게 뭡니까?"

이후디엘은 식은땀을 흘리며 날 달래느라 애쓰고 있었다.

"제가 원하는 건 명확합니다. 이딴 마력 결정체가 아니라, 가지고 계신 청성그룹 주식 모두 넘기시지요."

"뭐라!"

"제가 원하는 건 간단합니다. 청성그룹을 인수하는 겁니다."

나는 심상호의 보금자리를 아예 없애버릴 작정이었다. 외부에서 보는 것과 다르게 실질적으로 청성그룹은 이후디엘의 것이었다. 그와 휘하의 천사들이 나눠서 보유하고 있었는데 모두 합치면 51%가 넘는다. 실상 이후디엘이 과점주주인 거다. 그래서 내가 주식을 모두 토해내라고 하는 건 단순히 심상호에 대한 복수심만은 아니다. 이 건방진 대천사의 날개를 꺾어줄 필요도 느꼈기 때문이다.

"모든 일에는 대가가 따르는 법입니다. 이후디엘님."

"이건 폭거요!"

그리 항의하는 그의 앞에 준비해간 서류를 툭 던졌다.

"이건?"

"직접 보시죠."

서류를 보던 이후디엘은 곧 팔을 부들부들 떨었다. 그도 그렇게, 이후디엘 클랜의 비리에 관한 증거였기 때문이다.

"그간 많이 해먹으셨더군요."

헌터들이 사냥해서 가져온 몬스터 부산물은 천사들이 매입한다. 그리고 이걸 다시 민간에 파는 구조인데, 그 창고 관리와 유통을 이후디엘이 담당했다. 청성그룹이 클 수 있었던 것도 이후디엘의 그런 위치 때문이고. 그런데 이 과정에서 지난 몇 년 사이 이후디엘이 교묘하게 서류를 조작해 다른 대천사들을 속여 왔던 거다. 어찌나 교묘했었던지 미카엘라도 깜짝 놀랐을 정도다.

"…누, 누가 이걸 더 알고 있습니까?"

"메타트론님, 미카엘라님, 저 정도입니다."

그건 아직 수습의 여지가 있다는 소리였다. 그래서인지 이후디엘은 다소 안도한다. 이 건이 터져나갔다가는 회복이 안 될 테니까. 그래서인지 곧 그는 조건을 제시한다.

"보유한 주식의 반절이 어떻습니까? 대신 파격적인 가격에 넘겨드리겠습니다."

그의 말에 나는 나직하게 웃음을 흘렸다.

"하하하. 말귀를 좀처럼 못 알아먹네."

"유 위원님?"

나는 자리에서 일어나서 탁자를 한쪽 손으로 집고 몸을 앞으로 숙였다. 그리고 이후디엘의 귓가에 속삭였다.

"그만 손 털지? 대천사 자리라도 지키고 싶으면."

이후디엘이 몸을 파르르 떤다.

그는 이를 악물고 있었다.

"이후디엘. 이건 부탁이 아냐. 잘 판단해."

그리 말한 나는 제자리로 돌아온 뒤 웃어보였다.

"듣자니 그 주식들, 몬스터 부산물에 대한 현물출자조건으로 받은 게 상당수더군요. 그러니까 메타트론 클랜으로 그 현물출자권을 넘겨주시죠."

그렇게 해당주식자체의 명의가 이전된 걸로 하면 증여세를 피할 수 있다.

"날강도가 아닙니까!"

"주식을 다 넘기셔도 은퇴 자금은 충분하실 거 아닙니까? 원래 너무 무리하면 일찍 죽는 법입니다."

내 경고에 이후디엘은 질린 표정이 된다. 나는 그런 그를 슬쩍 본 뒤 탁자 위의 마력 결정체 하나를 쥐어서 허공에 던졌다, 받았다를 반복했다. 그러면서 무심하게 덧붙였다.

"라미엘님도 참 좋은 분이셨지요. 자기 성격을 못 이기고 일찍 돌아가셨지만요."

내 말은 간단했다. 앞으로 사고치지 말고 안산에 조용히 처박혀 있으란 소리다. 살해당하고 싶지 않으면 말이다.

"제 충고가 적절했습니까? 이후디엘님."

"크으윽……."

라미엘과 달리 많이 관용을 베풀었지만, 그야말로 영혼까지 털어버린 거나 마찬가지다. 애초에 개인의 무력보다는 금력에 의존해서 세를 키워온 이후디엘 클랜이다. 한데 지금 내가 그렇게 굴러가던 클랜의 바퀴를 모두 뽑아버린 셈.

"참, 하나 더 있습니다."

"…크, 더 있습니까?"

"네. 이후디엘 클랜에서 갖고 있던 창고의 관리와 유통권, 그것도 메타트론 클랜에 넘겨주시죠. 그간 수고하신 건 알겠는데….'"

나는 손으로 서류를 흔들어 보였다.

"앞으로는 저희가 공정하게 처리하겠습니다. 이제 서열 1위 대천사님께서도 본격적으로 활동하시고 계신데, 이후디엘님께서도 성의 표시 좀 하시면 좋지 않겠습니까?"

결국 이후디엘이 폭발했다.

"유제아!"

콰가아앙! 와장창!

집무실을 둘러싼 통유리가 모조리 터져나간다. 그러자 고층빌딩답게 강한 바람이 사방에서 들어와 각종 서류들이 흩날렸다. 하지만 그가 할 수 있는 건 거기까지였다.

"통유리를 새로 갈려고 그러시나."

피식 웃은 나는 지금 그의 마력 주머니 안에 있는 마력 결정체도 모조리 내놓으라고 요구했다.

"주식과 각종 권리는 이번 일에 대한 이후디엘 클랜의 사죄금입니다. 그리고 이 마력 결정체는 대천사 자리를 유지하기 위한 성의로 생각해 주시면 좋겠습니다."

그가 마력 주머니에 갖고 있던 현금(마력 결정체)은 3조 원이 더 있었다. 나는 그걸 모조리 내 마력 주머니에 털어 넣었다. 다만 지금 탁자 위에 있는, 그가 내게 처음 제시했던 금액은 내버려뒀다.

"이미 꺼내셨던 마력 결정체는 제가 위로금으로 드리겠습니다. 하하하. 애초에 좀 배포있게 꺼내시지 그랬습니까? 그래서 제가 이게 다 이후디엘님을 위한 일이라고 하지 않았습니까."

나는 이후디엘의 한쪽 어깨를 툭툭 쳐주고는 자리를 떴다.

"술 잘 마셨습니다. 다음에 놀러 오세요. 저는 더 좋은 걸로 대접할 테니까. 12조 가량 받아먹었는데, 그 정도 못해드리겠습니까."

대답은 들려오지 않았다.

나는 그런 그에게 마지막으로 한 마디 던졌다.

"앞으로 흑당의 일원으로 성의 있는 협조 기대하겠습니다."

다시 현재.

"아아……."

망연자실이란 말이 지금 같은 경우를 위해 존재하는 말이구나. 심상호는 갑자기 심신상실에 빠진 것 같았다.

"이봐, 정신 좀 차리고."

멍해진 심상호의 머리에 차를 그대로 부어주었다.

쪼르르륵.

"이럴 수가… 이럴 순 없어…."

하지만 그는 아직 정신을 못 차렸다. 발작하듯 내게 묻는다.

"이후디엘이 무슨 조건으로 날 판 거냐!"

"오해하지 마. 별다른 조건 없으니까. 이후디엘과의 거래에서 넌 전혀 중요한 부분이 아니었어. 그냥 부록으로 넘겨받은 느낌이랄까. 사실 너 따위는 이후디엘에게 아무래도 상관없는 문제였지. 원래는 너만 버리고 꼬리를 자르려고 했는데 그게 안 되니까 알 바 아니라는 태도더라고."

"……."

"결국 너 따위는 아무것도 아니란 소리다. 자, 너도 같이 들어가야지?"

나는 뒤쪽을 가리키며 물었다. 거기선 내 부하들이 시체를 묻으려고 땅을 파고 있었다.

"땅 속에선 혼자가 아니라 외롭진 않겠어."

그제야 공포가 찾아온 듯 심상호는 덜덜 떨기 시작한다.

"사, 살려줘. 살려달라고. 살려만 주면 헌터로서 모든 걸 포기할 테니까! 그냥 평범한 기업인으로 살아갈게! 제발! 흐으윽! 제발! 흐흐흑!"

바지를 붙잡고 늘어지며 눈물, 콧물을 쏟아내는 심상호.

나는 그를 밀친 뒤 조금 정색했다.

"어, 이거 왜 이래. 흙 묻어. 새로 산 건데."

바짓단을 털어내며 타박하자 심상호가 두 손을 모아 내게 빌기 시작한다.

"제발! 목숨만은 살려주게! 아니, 살려주십시오! 부탁드립니다!"

비참한 모습이긴 했는데 동정심은 전혀 생기지 않았다. 이 녀석이 순진한 홍준, 홍담 남매에게 무슨 짓을 한지 알기 때문이었다.

"그래?"

내가 반응을 보이긴 하자 심상호는 더욱 매달린다.

"제발 살려주십시오! 그냥 평범하게 살 테니까요!"

"네가 말한 평범함이 과연 평범한지 모르겠군. 뭐, 좋아. 그래도 하나는 약속하지. 내가 널 죽이지는 않을게."

물론 이건 다 이유가 있어서 하는 약속일뿐이다. 갑자기 없던 자비심이 생겨서가 아니다.

"고, 고맙습니다!! 원한다면 발이라도 핥겠습니다!"

인간이 비굴해도 이렇게 비굴할 수 있을까.

"에이, 발은 됐고."

나는 인상을 찡그린 뒤 덧붙였다.

"그 네 목숨은 그렇다 쳐도 네가 말한 그 평범한 일상으로는 못 돌아갈지도 모르겠는데?"

"…그게 무슨?"

대답 대신 품에서 뭔가를 하나 꺼내서 그의 눈앞에 내밀었다. 그건 명함이었다.

"이건? 신성 재단 김 이사의 명함이잖아? 이게 뭐?"

"아무래도 이거 하나만으로는 잘 모르겠지?"

나는 명함을 더 꺼내서 그의 눈앞에서 떨어뜨렸다. 심상호는 멍한 얼굴로 땅바닥에 떨어진 명함을 주워서 본다.

"이건 조인 법률법인 오 대표 명함… 이건 우르반 상공회 윤 회장의 명함… 이건 성익 클럽 함 대표의 명함…."

아직 이해가 부족한 거 같기에 나는 품에서 명함을 한꺼번에 꺼냈다. 수십 장이었다. 나는 그 명함들을 무릎 꿇고 있는 심상호의 머리 위에 뿌려줬다. 하얀 명함들이 심상호의 머리 위에 쏟아진다.

"이, 이건… 이건? 모두 우리 회사의 주주들?"

"이제야 이해한 거야?"

"이게 대체 왜?"

심상호가 멍한 얼굴로 내게 묻던 그 순간 윙– 하고 스마트폰이 울린다. 그리고 새로 도착한 메시지를 보며 나는 웃고 말았다. 타이밍이 기가 막히구먼.

나는 그 메시지를 심상호의 얼굴에 보여줬다.

그리고 액정에는 이런 메시지가 써져 있었다.

**금일**
**임시 주주총회 소집**
**공고 안내.**

"아……."

상황을 눈치챈 듯 심상호의 얼굴에서 핏기가 싹 가셨다. 그는 곧 억지로 쥐어짜내는 듯한 목소리로 내게 묻는다.

"경영권을… 설마 이후디엘이…?"

절망이 이미 깊게 내리 앉고 있었다. 나는 그에게 상냥한 확정판결을 내려줬다.

"왜 아니겠어?"

한동안 심상호 같은 송사리에게 신경 쓰지 못한 건 청성그룹 인수라는 중요한 문제가 있었기 때문이었다. 나는 이후디엘 쪽의 협조와 따로 매입한 주식 때문에 이미 충분한 지분을 확보했지만, 다른 주주들을 설득하는 일도 병행했다. 자고로 일처리는 완벽한 게 좋은 법이다.

주주들은 청성그룹의 존재 자체가 몬스터 부산물 사업에 달려있음을 누구보다 잘 알았다. 그리고 메타트론 클랜이 이후디엘 클랜으로부터 몬스터 부산물의 유통과 창고 관리권을 받은 걸 들은 그들은 망설이지 않고 기존 오너가를 버렸다. 유 회장 일가 자체가 이후디엘에게 의존하고 있었는데, 이후디엘이 힘을 잃은 이상 끈 떨어진 연 신세에 불과했다.

"이상 전무 11명과 상무 28명을 새로 임명합니다."

임시 주주총회에서 기존 임원들의 물갈이가 이뤄졌다. 물론 한꺼번에 할 수 없는 부분이라 후속 조치도 계속 이어질 예정이다.

"그리고 이사진 결의안에 의해 신임 회장에 유지아님이 선출됐음을 알립니다."

박수가 쏟아진다. 그리고 곧 단상에 내 친누나. 유지아가 섰다. 참 오래 살고 볼 일이야. 지아 누나가 이렇게 출세하다니. 회장직을 맡아달라고 설득하기 꽤 힘들었다. 그래도 앞으로 이걸 집안 일로 삼기로 했다고 하자 지아 누나는 어쩔 수 없이 받아들였다. 대신 나는 어려운 일을 떠맡긴 만큼 지아 누나가 원하는 일을 해주기로 약속했다. 앞으로 뭘 요구해 올지 좀 두렵군.

"신임 회장 유지아입니다."

20대 후반의 나이에 시가총액 30조의 거대회사 회장인가.

"먼저 절 선출해 주신 이사진에 감사의 말씀 드립니다. 앞으로 청성그룹은 메타트론 클랜과의 연계를 강화해 사업을 진행해 나갈 것을 약속드립니다."

주주들도 유지아가 내 친누나인 걸 안다. 누나는 청성그룹의 회장, 동생은 몬스터 부산물 유통권을 쥔 메타트론 클랜의 위원, 그야말로 완벽했기에 주주들의 기대는 어느 때보다 큰 것 같았다.

"앞으로 주주 여러분과 진솔한 태도로…."

전쟁은 많은 돈을 필요로 한다. 앞으로 3년 안에 왕을 죽이기 위해서는 그럴 터. 지아 누나를 청성그룹 회장으로 앉혔으니 앞으로 큰 도움이 될 거다. 청성그룹은 새로운 몬스터 부산물을 얻기 위해 연합헌터단의 강북 진출에 투자할 예정이었다.

"단장님."

그때 원윤아가 말을 걸어왔다.

"미카엘라 클랜에서 연락이 왔습니다. 준비가 됐다는군요."

"그래? 심상호는?"

"은신처를 찾았습니다."

"좋아, 마무리를 하러 가자고."

심상호는 지난 번 일 이후 놔줬다. 물론 여러 가지 사정이 있어서다. 별 이유 없이 일처리를 두 번 하려는 게 아니었다.

"어디에 숨어있는데?"

"대전이라고 하네요."

"미카엘라 쪽에도 그렇게 전달하고."

그리 말하고 주주총회장을 빠져나오는데 뒤쪽에서 우레와 같은 박수가 터져 나오고 있었다.

한 남자가 난장판이 된 저택에 홀로 앉아 있었다. 별장으로 보이는 이 고급스러운 저택은 뒹구는 양주병, 주전부리, 깨진 유리병으로 지저분하다. 그리고 그 가운데 멍하니 앉아 있는 한 남자가 있다.

그의 이름은 심상호.

한때 대한민국에서 가장 유력하고 힘 있는 사내 중의 하나였다. 청성그룹의 후계자, 대천사 이후디엘 클랜의 위원, 고위 헌터, 그의 승리를 설명해 줄 것은 얼마든지 있었다.

하지만 그 모든 영광은 신기루처럼 사라졌다.

청성그룹은 유제아에게 통째로 넘어갔다.

이후디엘 클랜의 위원 자리는 진작 잃어버렸다.

그리고 마지막 남은 고위 헌터로서의 능력조차 반절가까이 사라졌다. 힘을 줬던 이후디엘이 그를 버렸기 때문이다. 이제 남은 건 고위 헌터로서의 신체 능력뿐이었다. 그 정도만으로도 일반인과 비교하면 초인이요, 중급의 헌터들도 때려죽일 정도였지만, 모든 걸 가졌던 그에겐 아무 의미 없는 것이었다.

"하⋯⋯.

이젠 욕도 제대로 나오지 않았다. 심상호는 세상에 자기 혼자 존재하는 듯한 고독에 휩싸여 있었다. 유제아를 함정에 빠뜨리는 일이 실패한 이후에 정신없이 대전으로 도망쳤다.

"유제아⋯ 그래, 유제아⋯."

처음부터 그놈이 문제였다. 유제아와 만나고 나서 모든 게 잘못되기 시작했다. 심상호는 한동안 인정할 수 없었다. 선택받은 인간인 자신이 근본 없는 하이에나 출신의 유제아에게 밀리고 있단 사실을. 그래서 더욱 공격적으로 대하며 무시했던 건지 모른다. 하지만 힘의 차이는 확실했다. 처음 주먹에 얻어맞아 뻗었을 때 굴욕감에 분노했지만, 그 이상의 공포도 느꼈다.

아니, 힘뿐만이 아니다. 각종 수완과 계책만 해도 자신을 늘 앞서 있었다. 지금껏 자신은 그저 유제아의 손바닥 안에서 놀아났었단 사실이 그를 견딜 수 없게 만들었다.

"그으으으아아악! 그아악!"

악을 쓰며 주변의 양주병을 집어던졌다.

와장창!

양주병이 유리 장식장을 요란하게 깨뜨린다. 심상호는 자신의 인생이 저 유리 장식장과 같다고 생각했다. 조각조각 깨져버렸다. 이제는 다시 붙이지도 못할 정도로.

"어떻게 이럴 수가 있냐고! 그런 천한 것이 감히 날!"

그는 아무도 없는 별장에서 광인처럼 소리를 질러댔다.

"평범하게 태어나서 평범하게 자란 네놈들은 사회의 톱니바퀴에 불과하단 말이다! 소모품이라고! 시민이란 이름은 네놈들이 노예임을 가리기 위한 말에 불과해! 노예면 노예답게 고개를 조아려야지! 네놈들의 직장을 누가 만들었는데! 네놈들의 월급이 누구 주머니에서 나가는데! 내가 아니었으면 굶어죽을 가축 새끼들이 감히 뭐가 어쩌고 어째! 한없이 열등한 것들이! 열등한 것들은 죽는 게 낫다!"

심상호의 절규가 절정에 달한 그때 구둣굽 소리가 났다.

저벅. 저벅. 저벅.

그리고 곧 양복을 입은 말쑥한 사내가 나타났다. 남자의 복장은 특이했다. 검은 슈트 위에 호화로운 펜던트를 하고 있었다. 그는 심상호를 보더니 웃는다.

"그래, 열등한 것들은 죽어야지."

"너, 너 이 자식! 유제아!"

숨어 있는 심상호를 찾아온 사람은 바로 메타트론 클랜의 위원 유제아였다.

"유제아!"

심상호는 그를 보자마자 깨진 병을 들고 달려들었다. 하지만 갑자기 충격파가 일어나더니 뒤쪽으로 날아가 가구를 부수며 뒹굴었다.

"이거 꽤 괜찮은데."

유제아는 손에 든 작은 마법봉을 보며 씩 웃었다. 그리고 봉 끝에 일어나고 있는 연기를 가볍게 훅 불었다. 이 물건은 충격파를 일으키는 B등급 마법 물품이었다. 이제 유제아와 심상호의 차이는 이런 B등급 마법 물품만 써도 될 정도로 커졌다. 쓰러진 심상호는 자신이 유제아에게 주먹질 한 번 할 수 없는 수준이 됐단 사실에 격분했다.

"시발! 시바알! 씨바알!"

"너무 열 내지 말고. 오늘 널 상대하러 온 건 내가 아니니까."

"그게 무슨 개 같은 소리야!"

유제아는 대답 대신 뒤쪽에 손가락을 튕겼다. 그러자 곧 날카로운 도刀를 든 소녀가 나타났다. 한눈에 보기에도 미소녀였는데 인상은 한기가 풀풀 날릴 정도로 차가웠다. 그녀의 냉담한 눈은 심상호를 쓰레기 보듯 쳐다보고 있었다. 하지만 심상호는 소녀의 태도에 의아함을 느끼는 듯했다.

"이, 이게 누군데? 뭐야, 이 꼬맹이는."

그런 태도에 소녀가 입술을 깨문다. 당장이라도 심상호에게 달려들 듯한 태도에 유제아는 그녀의 어깨를 잡는다.

"기억 못하는 거야?"

"그래. 이런 젖비린내 나는 꼬맹이는 모른다고. 아, 알겠군. 네놈 정액받이 아냐? 그치? 키키키킥! 하긴 유제아 너 같은 쓰레기면 저런 고딩년이 취향이겠지. 더러운 새끼야."

추하디 추한 말투였다. 하지만 심상호에겐 혀를 놀리는 것 말고는 더 할 수 있는 것이 없었다. 그래서인지 유제아는 조금도 신경 쓰지 않았다.

"이 아이의 이름은 홍담. 네가 죽인 홍준의 여동생이지."

"뭐? 홍담? 홍준? 뭐하는 연놈이야. 나는 그런 애들 모르니까 좆 같은 수작 집어치우지? 응? 야이 시팔 새끼야. 그냥 죽이고 싶으면 죽여! 뭐 구질구질하게 이유가 많나?"

결국 홍담이 참지 못하고 나섰다.

"네가 오빠를 죽였어! 날 구해주는 대가로 몬스터와 싸우게 했잖아!"

"뭐?"

홍담이 곧 그때의 일을 비난하기 시작했다. 그러자 심상호는 이상한 표정이 되더니 곧 폭소한다.

"아? 그때 그? 아하하하! 크하하하하! 그때 그 바보 남매? 아하하하하!"

몸을 일으킨 그는 당장이라도 다시 넘어질 것처럼 웃어댔다.

"그때 엉망이라 몰랐는데 이제 보니까 시발년 존나 예쁘네. 아까워, 그때 애들이랑 같이 돌려먹었어야 하는데! 아니, 지금 대줄래? 응? 시발 년아!"

"이 나쁜 놈아!"

홍담은 못 참고 한 발짝 앞으로 나섰다. 그러자 심상호는 더욱 크게 웃는다.

"야, 이거 뭐야? 유제아 너? 크하하하하! 설마 쟤한테 복수하게 하겠다고 같이 데려온 거야? 어? 이거 완전 걸작이네. 아니 어이가 없어! 어이가!"

심상호는 재밌다는 듯 박수까지 친다. 그러다 갑자기 격분해서는 길길이 날뛰어댄다. 완전히 정신병자 수준이었다.

"미쳤냐? 유제아. 아무리 날 얕봐도 그렇지! 저 년은 일반인이라고. 하이에나다! 내가 아무리 이후디엘 그 개새끼에게 버려져서 마법을 못 쓴다고는 하지만, 저딴 년에게 당할 성 싶나!"

타당한 소리였지만 유제아는 어깨를 으쓱인다.

"복수할 자격은 내가 아니라 이 아이에게 있으니까. 네놈은 이런 어린 여자애에게 죽는 게 제격이기도 하고. 네가 평소에 말하는 서민에 천한 것이잖아? 게다가 여자고."

심상호는 심각한 남성우월주의자였다. 자기보다 신분 낮은 자를 늘 무시하는 그였지만 여자는 아예 사람 취급하지도 않았다.

"하? 정말 듣자듣자 하니까."

"아무튼 나는 끼어들지 않겠다. 약속하지."

"이 꼬맹이를 써서 내게 치욕을 주고 죽이시겠다?"

"맘대로 생각해라. 어쨌든 이 아이는 자기 의무를 다 할 테니까. 네놈 머리를 잘라 오라비의 영전에 바치겠지. 담아. 할 수 있겠지?"

유제아의 물음에 홍담은 비장한 얼굴로 고개를 끄덕인다. 그러자 유제아는 그녀의 어깨에서 손을 떼고는 물러난다. 그 꼴에 심상호는 이를 갈았다.

"유제아, 이 개쓰레기 같은 놈! 좋아! 보여주마. 네놈 앞에서 이 꼬맹이의 팔 다리를 다 뽑아버리지. 아니! 여자로서 가장 비참하게 죽게 해주겠다! 네놈! 끼어들지 않겠다고 약속했지!"

"물론이다."

"그러면 보고 있어. 이 년이 여자가 당할 수 있는 온갖 치욕을 겪는 꼴을!"

그 말과 함께 심상호는 전신의 근육을 부풀렸다. 마법을 잃긴 했어도 그의 신체 능력은 어지간한 몬스터도 산채로 찢어버릴 정도였다. 도저히 홍담이란 이 아담한 소녀는 상대가 안 될 것 같았다.

"오라! 이 계집년! 어디 그 옷 속에 얼마나 꼴리는 몸을 감춰놨는지 살펴볼까! 어린년이 벌써부터 빨통이 터질 것처럼 부푼 것 좀 보게!"

심상호는 홍담의 전투력 같은 건 신경도 쓰지 않았다. 곧장 붙잡아서 옷을 다 벗겨버릴 생각이었다. 마침 잘 됐다 싶었다. 어차피 유제아에게 죽을 것, 그 전에 이 미소녀 실컷 즐길 작정이었다. 그래서 그는 홍담이 날카로운 도를 휘두를 때도 별로 경계하지 않았다. 손쉽게 생각하며 왼팔을 들어 막았을 뿐이다.

"하하하! 겨우 이런 공격……."

서걱.

하지만 곧 그의 표정이 멍해졌다.

"아, 아니. 이게 무슨….."

순간 무슨 일이 일어난 건지 알 수 없었다. 붙어 있어야 할 왼팔이 갑자기 사라졌기 때문이다. 강철보다도 단단한 육체를 가진 그다. 어린 계집년이 휘두르는 그깟 칼쯤은….

피슈유육!

피가 마구 뿜어져 나왔다.

극렬한 절단의 통증에 심상호는 비명을 질러댔다.

"끄아아아악! 아파! 으으으으아아! 아프다고!"

얼마나 아팠는지 심상호는 곧 오줌을 지리면서 눈물을 왈칵 쏟아냈다. 헌터로 살아오면서 이 정도의 부상도 사실 그는 처음이었다. 지금까지 다칠 만한 일들은 돈으로 산 다른 자들이 몸으로 막아줬기 때문이었다.

"축하하네, 심상호. 네가 무시하던 어린 계집이 처음으로 헌터다운 상처를 만들어 줬으니까."

"끄아아악! 닥쳐! 닥치라고!"

심상호는 놀라서 주변에 있는 골프채를 뽑아들고는 홍담에게 휘둘렀다.

부웅!

엄청난 속도로 휘둘러져 순간 골프채가 채찍처럼 휘어보였다.

카아앙!

하지만 골프채는 선명한 노란색의 빛에 막혀버렸다.

"이, 이건!"

심상호는 그게 뭔지 곧장 알아봤다. 지금 갑자기 나타나 홍담을 보호하고 있는 건 미카엘라 클랜 헌터들의 방어막 기술인, 태양의 가호였다. 여러 클랜의 방어기술 중 가장 빼어난 것으로 이 태양의 가호는 미카엘라 클랜의 헌터 중에서도 상급자들만 사용이 가능한 것이었다.

"이게 무슨?"

심상호는 혼란스러웠다. 눈앞의 계집은 분명히 일반인인 하이에나다. 설령 갑자기 헌터 각성을 했다고 해도 태양의 가호를 쓸 수는 없다.

서걱!

"크아아아악!"

이번엔 심상호의 오른팔이 허공으로 날아올랐다.

"오빠의 원수를 갚겠어!"

"아, 안 돼! 이 미친년이! 끄아아아아!"

양손을 잃은 심상호는 곧 뒤로 넘어졌다. 그리고 양손에서 피를 쏟아내며 공포에 질려 뒤로 기어 물러났다.

"이 시발년! 아, 아니! 미안하다! 미안해! 너보고 유제아 정액받이라고 해서 미안해!"

심상호는 서둘러 사과하며 변명했다.

"네가 워낙 예뻐서 그랬다! 미안해. 목숨만은 살려다오! 너 같이 순수한 애가 살인 같은 걸 하는 게 아니다! 오빠 일은 내가 머리를 박고 사죄할게! 제발!"

홍담은 칼을 들고 다가간다. 그러자 심상호가 이번엔 눈물을 다시 쏟아냈다.

"미안! 진심으로 미안하다! 내가 어리석었다. 나도 부모 형제가 있는 몸이라고! 살려주라, 제발! 이런 비극을 반복할 수는 없잖아!"

부모 형제란 말 때문이었을까? 홍담의 칼이 조금 땅으로 쳐졌다. 그러자 그때 갑작스레 심상호의 표정이 돌변하다. 그는 곧장 튕기듯 몸을 일으키며 덮쳐왔다.

"어리석은 년! 크하하하하!"

심상호는 승리를 자신했다. 고등학생 정도의 여자애가 표독해 봐야 얼마나 표독하겠는가. 자기가 눈물로 연기하자 흔들리는 모습을 보고 속으로 고소를 머금었다. 이대로 저년의 얼굴을 물어뜯어주자. 예쁜 년이니까 얼굴이 망가지면 좌절하겠지. 심상호는 입을 벌렸다.

"크하하하하!"

하지만 곧 시야가 이상해졌다. 곧 눈앞에 천장이 보인 것이다.

'어?'

뭔가 이상하게 생각할 틈도 없었다. 곧 세상이 빙글빙글 돌았다. 그리고 곧 땅바닥과 홍담의 다리만 보였다.

'이게 대체 무슨?'

상황을 갈피를 잡지 못하고 있던 그때 심상호의 시야에 무언가가 들어왔다.

'!'

그건 몸이었다.

머리를 잃은 몸.

심상호는 곧 그게 자신의 몸이라는 걸 알 수 있었다. 헌터의 질긴 생명력 때문에 아직 의식이 남은 그는 그 때문에 머리가 잘린 자기 몸을 보는 일을 겪게 됐다.

저벅저벅.

곧 홍담이 자기 칼로 심상호의 얼굴을 꿰어서는 들었다.

"…그아아…!"

심상호는 목을 관통해 들어오는 서늘한 칼날에 비명을 질렀다. 그런데 어째서인지 목소리가 거의 나오지 않았다. 그저 입을 벌리고 혀를 길게 빼내는 게 전부였다. 그리고 곧 그의 시야에 칼에 꿰인 자신을 올려다보는 유제아가 보였다.

유제아는 턱에 손을 대고는 마치 물건을 감평하는 것처럼 자신을 보고 있었다. 곧 유제아는 폰을 꺼내더니 사진을 찍는다.

찰칵. 찰칵.

"끄으으…… 으으…."

심상호는 절규했다. 생의 마지막, 자신의 동공이 비춘 게 유제아의 비웃음이란 사실에. 그리고 한때 고위헌터였던 자신이 젖비린내나는 계집년에게 살해당했다는 사실이. 게다가 사냥감처럼 사진을 찍히다니.

'이런 치욕이라니… 유제아… 네 이놈….'

원한이 들끓었지만 그것도 잠시였다.

그의 시야가 점점 암전하기 시작했고, 그리고 아무 것도 남지 않게 됐다.

사진을 찍어주자마자 홍담은 들고 있던 칼을 내던진다. 그리고 고개를 숙인다. 홍담은 복수의 증거를 남기고 싶다고 무리했다. 하지만 원래 착한 성품이라 이런 짓은 어울리지 않았다.

"흐윽…."

홍담은 고개를 숙인 채 살짝 입술을 깨물고 있었다. 나는 별다른 말 없이 그녀에게 다가가서 안아주었다. 그러자 홍담은 곧 울음을 터뜨렸다.

"흐으윽! 으으윽!"

"참지 마. 그냥 울어."

"흐윽! 으아아앙!"

결국 홍담은 오열했다. 아주 복잡한 감정일 것 같다. 죽은 오빠가 생각나겠지. 그리고 처음 살인한 흥분에 온갖 감정이 폭풍처럼 소용돌이 칠 거다. 이럴 때는 그냥 안아주는 수밖에 없었다.

"무서웠지? 잘했어. 잘 참았어."

상냥한 말 때문이었을까 홍담은 더 크게 꺼이꺼이 울어댄다. 내 셔츠가 눈물로 엉망이 됐지만 신경 쓰지 않았다. 그저 이 아이의 감정이 조금이나마 풀리길 바랬다. 그녀의 오빠 홍준은… 참, 황당한 죽음이었다. 가족에 대한 사랑 때문에 장난감 취급당하며 죽었으니까.

"담아. 다 끝났어. 그래."

나는 그녀의 뒷머리를 쓰다듬어 줬다. 그날 혼수상태로 실려 온 홍담은 줄곧 미카엘라 클랜에서 치료를 받아왔다. 그리고 반쯤 죽었던 몸을 되살리는 과정에서 몸에 여러 가지 변화가 있었다. 그중 가장 놀라운 건 하이에나였던 홍담이 헌터 적격성을 띄게 된 것이다.

게다가 한 번 생명의 위기를 겪었던 반동 때문인지 그녀의 육체는 대단한 헌터 적격성을 갖게 됐다. 마치 무협소설에서 주화입마 후 환골탈태해 심후한 내공을 갖게 된 것처럼 말이다. 그 후 오늘의 복수를 위해 미카엘라에게 힘을 받아 단련해 왔다. 그녀의 딱한 사정을 안 미카엘라 클랜의 고위 헌터들이 스승이 돼줬다고 한다.

그저 한 명의 하이에나에 불과했던 홍담은 졸지에 엘리트 코스를 밟게 된 것이다. 듣자니 앞으로 고위 헌터는 떼 놓은 당상이라고 하는데, 본인 노력 여하에 따라 엽왕을 넘어설 수 있을지도 모른다고 했다. 특수한 경우 때문에 일반적으로는 갖기 힘든 엄청난 잠재력을 지니게 되었다고. 앞으로 홍담은 미카엘라 클랜의 소속으로 연합 헌터단에서 활약할 예정이다.

"이제… 이제 괜찮아요. 단장님."

한참 울던 홍담이 조금 부끄러운 얼굴을 몸을 뗀다. 그리고 자기 눈물과 콧물로 엉망이 된 셔츠를 보고 어쩔 바를 몰라 한다.

"신경 쓰지 마. 갈아입으면 되니까. 여벌은 항상 갖고 다니거든."

"그래요?"

"응. 헌터들은 대개 그래. 피 묻힐 일이 많으니까."

"그렇구나…."

"할 수 있겠어? 말한 것처럼 옷에 피 묻는 직업이야. 지금처럼 몬스터가 아닌 인간의 피도 말이야. 원한다면 지금이라도 손 털고 일상으로 돌아가는 것도 괜찮아. 복수도 했잖아? 돈이 걱정이라면 심상호에게 뜯어낸 걸 충분히 챙겨줄 테니…."

"아니요."

의외로 꽤 단호하게 홍담은 대답해 왔다.

"정말? 괜찮겠어?"

"네. 걱정이나 두려움이 없는 건 아니지만요."

"그럼 왜?"

내 물음에 홍담은 잠시 생각에 잠겨 있다 입을 열었다.

"헌터란 거, 동경의 대상이었거든요. 오빠도 저도 늘 꿈꿨어요."

알 것 같다. 하이에나 시절 누구보다 헌터가 되길 원했던 나다. 나는 시궁창에 숨어 살던 하이에나의 처지를 비관하며 헌터의 삶을 바랐었다.

"이제 함께 헌터를 동경했던 오빠는 없지만… 제가 오빠 몫까지 힘내보려고 해요. 제가 헌터 적격성을 갖게 된 건 우연이 아니라고 생각해요. 이런 말 하면 비웃으실지 모르겠지만… 하늘에 있는 오빠가 도와준 거라고, 저는 생각해요."

자기가 말해놓고도 좀 쑥스러운 표정이었다.

"그러면 오빠의 기대에 부응해야겠네?"

"네, …저 부족하지만 힘내 볼게요. 단장님."

홍담은 앞으로 잘 부탁한다는 듯 허리를 꾸벅 숙여서 인사해 왔다.

"그래. 나도 잘 부탁할게. 담아."

나는 기구한 남매의 운명을 보면서 인생은 참 모르겠단 생각이 들었다.

"이제 돌아가자."

"네."

그렇게 별장을 빠져나오는데 홍담이 살짝 날 잡는다.

"음?"

그녀는 좀 주저하는 듯한 태도로 입을 연다.

"단장님은 제 생명의 은인이세요. 이 은혜를 꼭 갚아야…."

"됐어. 앞으로 열심히만 해주면 돼."

"…그래도. 그건 아니에요. 저 단장님이 원하는 게 있으시면 뭐든지 할게요."

"정말?"

"네."

"난 정말 괜찮은데. 앞으로 힘 내주면 그걸로 좋아."

내 말에 홍담은 그럴 수 없다는 듯 양 주먹을 꽉 쥐더니 고개를 흔든다.

"아니요! 은혜를 입으면 갚아야 해요! 정말 뭐든지 말씀하세요!"

"음… 당장 생각나는 건 없네. 그러면 나중에 말하는 걸로 할까?"

"네. 그거라면 좋아요. 나중에 꼭 말씀하셔야 해요?"

"그래."

나는 홍담이 귀여워서 머리를 쓱쓱 쓰다듬어줬다.

그러자 홍담도 싫지는 않은 표정이었다.

이건 홍담에겐 비밀이지만.

홍준이 죽던 그날 심상호랑 동행하던 헌터들은 따로 모조리 잡아들였다. 이미 하늘공원 건으로 한 번 잡았다 방면했던 터라 신원 파악이 다 끝나 있었던 자들이다. 하니 도로 붙잡는 건 일도 아니었다.

왜 홍담에겐 비밀로 했냐면, 그 녀석이 워낙 착하고 순수한 아이였기 때문이다. 그러니 복수에 매몰되게 하는 건 좋지 않다는 생각에서 알리지 않았다. 하지만 그들에게 대가는 치러야 하지 않는가. 그래서 직접 잡아들였던 거다.

현재 그들은 메타트론 클랜의 감옥에 갇혀 있다. 지하 깊숙한 곳에 있는 감옥에서 언제 나올지 기약도 없이 말이다. 후일 홍담이 그들을 찾고 싶어하면 대면하게 해줄 작정이었다. 그때 그들을 용서할지 벌할지는 홍담이 정하면 된다.

　그런데 만약 찾지 않으면?

　뭐, 그 부분은 벌써 생각할 필요는 없다.

　그들에게 더 큰 문제는, 내가 녀석들을 가둬놓은 걸 까먹을 수 있다는 점일 테니까.

## 서열 8위 라미엘

"주인이 왜 개돼지의 심경 따위를 고민해야 하느냐!"

"가축은 때가 되면 도축되는 것이다! 그 전까지는 이 몸이 주는 사료를 처먹고 살을 찌우라."

"크하하하핫! 그러면 잘 태어나던가! 누가 개돼지로 태어나라고 했더냐!"

"가축이 가축으로의 삶을 거부한다면 그 자체로 세상에 폐를 끼치는 것이다!"

## 7. 젊은이답게, 사려 깊지 못하고
## 뒷일을 생각하지 않는다

"크아아아압! 크아아!"

한 남자가 기합을 내지르고 있었다.

"크아아아아!"

그 기세가 어찌나 서슬 퍼런지 마치 세상 전체와 싸우려는 것 같았다. 그는 버려진 채석장의 황폐한 절단면을 주먹으로 내리찍고 있었다. 몬스터 사태 이후 버려진 이 채석장은 남자의 오랜 수련터였다.

"크아아아!"

콰앙!

주먹이 다시 절단면을 강타했다. 그러자 놀라운 일이 일어났다.

쩌억!

단단한 암석으로 된 절단면에 금이 가기 시작하더니, 곧 일대가 우르르 무너져 내린다.

콰아아아아앙!

산사태라도 난 것 같았다. 곧 자욱한 먼지가 일대에 깔리고 아무것도 보이지 않게 됐다. 그리고 한참 뒤. 먼지가 사라지자 무너진 암석 덩어리만 보였다. 그때 그 돌무더기 사이에서 갑자기 근육질의 손이 튀어나오더니 곧 한 남자가 돌을 치우며 기어 나온다.

그는 엽왕 임철웅.

오늘도 극한까지 자신을 단련하고 있는 무인이었다.

그런데 아까부터 상황을 지켜보던 유일한 관객은 평가가 좋지 않았다.

"쯧쯧. 이거 아주 지랄도 발광이네."

붉은 차이나 드레스를 입은 미소녀. 정확히 따지자면 소녀는 아니지만 누가 봐도 미소녀로만 보인다. 하나 눈빛은 뱀처럼 사이했고 입가에 있는 점은 고혹적인 느낌을 줬다.

"라파엘님 아니십니까? 이런 누추한 곳은 어쩐 일로."

머리의 흙먼지를 털어내며 엽왕이 라파엘에게 인사한다.

그러거나 말거나 라파엘은 근처에 털썩 주저앉더니 주변을 올려다보며 혀를 찬다.

"왜? 산이라도 부수려고?"

"……."

"이 답답한 놈아. 그렇게 존나게 뚜들겨 보세여. 뭐가 되나. 하긴 그러다 보면 늘기야 하겠지. 문제는 대성하기 전에 늙어죽겠지만."

"…저는 이 방법 밖에 모릅니다. 지금까지 그렇게 해왔구요."

엽왕은 우직한 무인이었다.

정도만을 걸었다. 늘 이렇게 자신을 한계까지 몰아넣으며 강해져왔다. 앞으로도 그럴 것이다. 하지만 그런 그도 성취가 한계에 다다랐음을 느끼고 있었다. 라파엘은 눈치를 슬금슬금 보다가 엽왕의 망설임을 읽고는 물고 늘어진다.

"이런 지랄 밖에 못하니까 네가 2류인 거예요. 모르겠냐?"

꿈틀.

침착하던 엽왕의 동요하는 모습을 보였다.

최근 그는 여러 가지로 기분이 좋지 않았다. 라파엘은 그런 점을 파고들었다.

"유제아 봐라. 화신이 되더니 단숨에 널 앞질렀잖아. 억울하지도 않냐? 백날 산이나 두들기고 있는 네 입장에서 보면 완전 사기지. 깔깔깔."

"……."

"하긴 넌 유제아랑 비교할 놈도 아니지. 당장 장흥억에게도 발릴 놈이니. 장흥억이 맘만 먹으면 니 허리 접어버리는 건 일도 아닐 거다."

"그래서 하시고 싶은 말이 뭡니까?"

"어쭈? 지금 나한테 성질 내냐? 키키킥. 뭐, 좋아. 그런 성질머리가 아직 남아 있다면 나야 반갑지."

라파엘은 자리에서 일어나 차이나 드레스 자락을 털더니 요사스러운 발걸음으로 엽왕에게 다가갔다. 그리고 그에게 바짝 붙어 속삭였다.

"인생이란 거 말이야. 조금만 비겁해지면 존나게 편해지는 거거든?"

꿀꺽.

엽왕은 마른침을 삼켰다. 그리고 지금 자신이 동요하고 있음을 인정해야 했다. 여태 멀리했던 외도外道가 그를 강렬하게 유혹하고 있었다.

모처럼 메타트론과 단 둘이 시간을 보내게 된 나는 도시락을 싸서 보라매공원으로 소풍을 나왔다. 이곳은 몬스터가 돌아다니는 사냥터긴 했지만 메타트론과 메타트론의 화신이 있는데 무슨 걱정이겠나. 근처의 몬스터들은 이미 우리의 기척을 느끼고 전쟁터의 피난민들처럼 도망간 지 오래다. 그래서 우리는 공원 한 가운데 유유자적한 시간을 보내고 있었다.

　그건 그렇고, 참 비현실적인 장면이 아닌가. 보라매공원 주변의 고층 빌딩은 괴물 같은 덩굴 식물들로 둘러싸여 있어 세기말적인 분위기가 가득하다. 게다가 이 넓은 공원은 인기척 하나 없이 메타트론과 나 단 둘 뿐이다. 이렇게 햇빛이 좋고 맑은 날인데…. 마치 세상에 나와 그녀 둘만 존재하는 것 같았다.

　바삭바삭.

　바사삭. 바삭.

　그런데 내 옆에 있는 파트너는 감수성이란 단어와는 백만 년 정도 거리가 있는 것 같았다. 메타트론은 만화책을 보며 과자를 마구 먹어댄다. 마치 씨앗을 먹는 햄스터 같이 입에 잔뜩 집어넣는다. 문제는 이미 거하게 샌드위치랑 김밥을 해치운 뒤란 말이지….

　"그렇게 먹어대면 저녁 못 먹어."

　"흥!"

　갑자기 메타트론이 콧방귀를 낀다.

　"유제아, 어리석은 놈! 함께한 시간이 이제 제법 됐는데 아직도 본녀의 기량을 파악하지 못한 것이냐? 저녁 먹을 공간은 따로 있는 것이다."

만화책을 던지고 돗자리에 발랑 뒤집어져서 누운 메타트론은 자기 배를 탁탁 치며 항의한다.

"…미안하다. 기량을 무시해서."

"미안하면 가서 아이스크림이나 사 오거라."

주변에 몬스터가 가득한 세상에서 아이스크림을 대체 어떻게 사 오란 거야.

"그나저나 뭘 보는 것이냐?"

"보고서. 이것저것 적혀 있네."

일에 치여서 사는 나다. 소풍을 와서도 메타트론 옆에서 서류를 검토하고 있었다.

"스이엘이 자신의 클랜을 순조롭게 장악하고 있다는 거랑, 미카엘라 클랜에서 강북의 수색 작전에 협조 요청, 그리고 라미엘 클랜의 위원 강풍호가 교수형 됐다는 얘기로군."

"어째 심드렁하구나."

"뭐가?"

"강 뭐시기 말이다. 꽤나 미워하지 않았느냐? 그런데 반응을 보니 그런가보다 하는 듯해서."

"아아…."

나는 고개를 살짝 끄덕였다.

"이제 잔챙이니까. 솔직히 별로 관심이 안 가네."

강풍호, 심상호 때문에 열 받았던 것도 내가 왜 그랬나 싶다 요즘은. 그냥 죄인 하나가 사형 당했구나 싶은 정도였다.

"흥. 많이 컸구나. 유제아."

그런데 어째 메타트론은 좀 언짢은 기색이었다. 음? 얘가 왜 이러지? 메타트론은 순수하고 착한 녀석이지만 성격이 어린애 같아서 가끔 까닭을 모를 행동을 한다. 아니, 다 나름의 이유는 있지만 내 시각으로 보면 잘 모를 것들이라고 해야 할까.

"왜? 뭔데 그래?"

"…우우."

"메론아, 말해봐."

"시끄럽다! 유지아가 없어져서 메론이라고 부르는 사람이 이제 없나 했더니 네 녀석이 부르는 것이냐?"

어쩔 수 없다. 입에 붙어버렸다고 할까.

어감이 귀엽기도 하고.

"그게… 그게 말이다…."

메타트론은 꽤 주저하더니 입을 연다.

"요즘 본녀에게 소홀하지 않느냐. 화신이여."

"음?"

"본녀랑 같이 있는 시간이… 적단 말이다. 원래 금요일 밤은 둘이서 게임하는 날 아니더냐. 그런데 요즘은 그 약속을 지키지도 않고…."

아, 왠지 좀 미안하네. 그동안 섭섭했구나.

"…그 뭐랄까. 화신이 잘 하고 있으니 좋은 거겠지만… 이제 본녀에게 뭐 물어보는 것도 없잖느냐. 자기 혼자 척척 알아서 잘 해버리고… 지난번에는 갑자기 3년 안에 왕을 잡는다고 그러지 않나… 본녀도 힘들게 싸우다가 쫓겨 왔었는데 말이다. 혹시 이제 별로 본녀가 도움이 안 되는 건가… 필요가 없는 건가 싶어서….”

혼자 눈을 못 마주치면서 계속 내게 말하는 메타트론. 의식하지 못하는 것 같은데 이미 볼이 잔뜩 붉어져 있었다. 뭐랄까, 이건 뭔지 확실히 알겠다. 어릴 때 강아지를 키운 적이 있는데 같이 안 놀아주면 가끔 이렇게 찾아와서 낑낑거리곤 했다. 지금 메타트론을 보고 있자니 어릴 때 예뻐하던 우리집 강아지가 떠올랐다.

“메론아!”

“뭐?”

앞뒤 안 가리고 돌진해서 메타트론을 껴안아 버리자, 그녀는 서열 1위 대천사의 입에서 나왔다고 믿을 수 없는 비명을 지른다.

“꺄아아! 뭐, 뭐냐! 유제아! 떠, 떨어지거라! 남사스럽게 이게 무슨 짓이더냐! 아직 대낮이다! 남녀 간에 벌써 이런 짓을! 파렴치하다!”

“메론아! 미안해! 섭섭했지?”

이미 내 눈에는 서열 1위 대천사는 사라지고 귀여운 회색 강아지만 남아버렸다. 나는 메타트론의 뺨에 내 뺨을 마구 비비기 시작했다.

“흐잇! 흐이이잇! 뺨을 그렇게 탐욕스럽게 비비다니! 그, 그만 두거라! 뺨이 녹아버린다! 녹아버린다고!”

“메론아! 흡하! 흡하!”

“히익! 이제는 냄새를 마구 맡고 있어?!”

난 우리집 강아지 냄새를 좋아했다. 뭔가 귀여운 느낌이었다고 할까. 메타트론에게서 나는 냄새는 강아지 냄새랑 달랐지만 이건 이것대로 좋았다. 분을 바른 것 같은 아기 냄새였다.

"싫다! 저리 가! 흐아앙! 이제 팔이랑 다리를 마구 쓰다듬다니! 이 변태!"

메타트론이 반항해 왔지만 멈추지 않았다. 그리고 원 없이 그녀를 귀여워 해주고 나서야 풀어줬다. 얼굴이 사과처럼 붉어진 메타트론은 숨을 새액새액 몰아쉬며 돗자리 위에 쓰러진다. 눈가에는 눈물이 글썽거리고 있다.

"틀렸어. 본녀는 이미 버린 몸이 된 것이다. 시집도 못 갈 몸이 된 것이란 말이다…."

반면 나는 한껏 만족했다. 앞으로 자주 귀여워 해줘야지. 메타트론과 부비부비하며 노는 게 이렇게 보람찰 줄은 몰랐다.

그리고 잠시 뒤.

"메타트론."

"왜 그러느냐?"

"잔챙이였잖아. 그래서 네게 힘을 빌리지 않은 거야. 그깟 놈들 처리하는데 너 정도 거물을 나서게 하기도 미안하잖아. 닭 잡는데 소 잡는 칼 필요 없다는 말이지."

자존심을 세워주는 발언에 메타트론이 귀를 쫑긋한다.

"너는 우리 클랜의 끝판왕이잖아. 그러니까 함부로 나서면 안 되는 거지."

"끝판왕?"

"응."

갑자기 메타트론이 콧김을 성대하게 킁! 뿜어낸다. 그리고는 짧은 다리로 일어나더니 주변의 만화책이나 과자를 발로 차서 치운다. 그 뒤 팔짱을 끼고는 거만한 포즈를 취한다. 턱의 기울기가 한껏 올라가 있었다. 가끔 보여주는 자신만만한 메타트론 모드였다.

"옳지. 유제아. 과연, 잘 말해주었다. 사실 본녀도 알고 있었다. 본녀는 클랜의 ★끝판왕★! 함부로 나설 수 없는 일이지. 암! 암!"

끝판왕이란 말. 맘에 들었구나….

어쨌든 잘 달래서 다행이야. 지금부터 메타트론에게 용건이 있는데 삐쳐서 잘 안 들어주면 곤란하단 말이지.

"저기, 메타트론."

살짝 불러보니까 메타트론이 날 내려다보더니 곧 다시 턱을 치켜들었다. 에? 뭐지?

"메론아?"

"……."

묵묵부답이었다.

자신만만한 메타트론은 쉽게 날 상대해주지 않는 것 같다. 뭔가 내게 바라는 게 있는 것 같은데? 힐끔힐끔 한 번씩 여길 보면서 눈이 마주치면 휘파람을 불며 모른 척한다.

뭐야? 정말? 이맛살을 찌푸리던 나는 곧 다시 물었다.

"이봐, 끝판왕?"

그 말에 메타트론이 반색하며 대답한다.

"옳지! 옳지! 잘 말해주었다. 무슨 일이더냐!"

활짝 웃으며 눈을 반짝이는 게 정말 좋아하는 것 같았다. 끝판왕이란 명칭, 드물게 맘에 들었구나. 뭐, 그렇다고 내일도 그러라는 법

은 없다. 애들은 원래 쉽게 질려하니까. 그래도 오늘은 맞춰줘야지.

"일 얘기 좀 하자고. 모두회의 소집에 대해 말이야."

"알겠다. 그야말로 중요한 일이지."

대북방 전쟁의 개전이 우리에게 가장 중요한 일이다. 그리고 그걸 위해 이후디엘과 라미엘을 정리했다. 하니 이제 다시 한 번 모두회의를 소집해야 한다. 그런데 이미 모두회의는 얼마 전에 끝났으니, 3년에 한 번 열리는 정기 모두회의가 아니라, 필요한 안건이 생겼을 회의를 소집하는 임시 모두회의를 열어야 한다.

"유제아, 그러기 위해선 네가 11인 위원회의 의장이 필히 돼줘야 한다."

임시 모두회의 소집을 위한 방법은 간단하다. 천사들의 최고 의사결정 기구인 대천사회의의 의장인 서열 1위 대천사와, 헌터들의 최고 의사결정 기구인 11인 위원회 의장의 합의에 의해, 천사와 인간 양자가 참여하는 모두회의가 소집된다. 메타트론은 서열 1위인 대천사회의의 의장이니 나만 11인 위원회 의장이 되면 된다. 다행히 엽왕 임철웅의 임기가 곧 끝이다.

"그건 필요한 준비를 하고 있어. 걱정하지 마. 그런데 정말 가능한 거야? 모두회의가 소집돼도 개전 결의를 하기에는 표가 부족해. 우리 쪽이 2표 앞서기는 하지만 개전을 위해서는 2/3의 동의가 필요하다고."

모두회의의 투표는 대천사와 11인 위원회 위원들이 참가한다. 현재 흑당과 백당의 대천사 비율은 6:5. 우리 쪽이 하나 앞선다. 어차피 위원들이야, 자기 대천사에게 투표할 테니 결과는 6:5에 두 배를 곱하면 된다.

하면 최종 결과는 12:10.

의사정족수의 2/3을 넘어야 하는 개전을 위해서는 어림도 없다. 한데도 메타트론은 자신하고 있었다.

"전에도 말했듯 걱정할 것 없다. 유제아, 너나 의장 선거에서 미끄러지지 말거라."

이렇게까지 말한다면 믿는 수밖에. 그렇다면 일단 모두회의 소집에 최선을 다해야겠지.

"좋아, 알겠어. 아, 그리고 부탁이 있어."

"무엇이냐? 그리고 누군가에게 부탁을 하려면 의당 알맞은 경의를 표해야 하는 법이다."

우와, 귀찮아. 이 녀석, 귀찮다고.

"…저기, 끝판왕. 네 도움이 필요해."

"호오? 그건 본녀의 끝판스러운 힘이 필요한 일이렸다? 본녀가 아니면 불가능하고? 왜, 그렇지 않느냐. 무려 끝판왕인 본녀가 경거망동할 수 없으니."

무려는 수량 앞에 붙이는 말인데…. 그래도 지적하지 않는 게 좋겠지. 지금 한껏 신을 내고 폼 잡는 중인데 그 품위를 상하게 했다가는 기분이 배로 상할 테니까.

"응. 우리엘의 건 때문에 도움이 필요해. 도와줄 거지?"

우리엘이란 말이 나오자마자 메타트론은 곧 자리에 앉는다. 어느새 장난기는 가시고 진지한 표정이 되었다.

"우리엘이라…. 말해 보거라."

곧 나와 그녀는 우리엘의 처리에 관해 논의했다.

우리엘이 갇혀 있는 지하 감옥.

현재 사로잡힌 군주급 몬스터의 정체가 사실 우리엘이라는 걸 아는 이는 극소수다. 메타트론, 미카엘라, 스이엘 정도랄까. 다들 놀라움을 감추지 못하면서도 우리엘의 처결에 관해선 내 의지를 존중하겠다고 했다. 그러니 이제 우리엘을 죽이든 살리든 내 맘이었다.

처컥.

지하 깊은 곳에 엘리베이터가 멈췄다. 나는 번을 서는 능천사들과 인사한 후 봉인지 안으로 들어갔다. 그러자 그곳에는 희미한 조명 아래 축 늘어져 있는 아름다운 대천사가 보였다. 아니, 이제는 천사라고 하기 어렵겠군.

"꽤나 날뛰었던 모양이네? 기운도 좋아. 봉인이 제법 강하게 들어갔을 텐데."

나는 주변에 엉망이 된 콘크리트 벽을 보며 어깨를 으쓱했다. 여기저기 기관총을 맞은 것처럼 패여 있었다. 하지만 결국 그 정도였다. 우리엘의 본래 힘이라면 이 지하를 통째로 무너뜨릴 수 있다. 하지만 지금의 그에게는 이곳의 콘크리트 벽을 좀 상하게 하는 정도가 고작이었다.

"크크크… 크큭!"

"실성한 거야? 갑자기 웃고 난리야."

나는 근처에 굴러다니고 있는 철제 의자를 가져와 핀 뒤, 우리엘의 앞에 앉았다. 그러자 그가 노골적인 비웃음을 짓는다.

"아니, 네가 어리석어서 그렇다. 유제아."

"뭐가 그리 어리석어?"

"일전에 말하지 않았나? 몬스터는 노량진을 대상으로 온갖 음모를 꾸미고 있다. 나와 협상하면 미리 알고 대비할 수 있을 텐데 알량한 자존심 때문에 거절하다니. 그러고도 네놈이 노량진을 담당할 자질이 있다고 생각하는 것이냐?"

신나셨구먼.

"그렇게 말해주고 싶다면 오늘은 경청할 의사가 있는데. 무슨 일이야?"

"닥쳐라! 어림없는 소리를 지껄이는군. 내 팔다리를 모두 뽑아내도 절대 입을 열지 않을 테다."

아무래도 지난 번 일 때문에 우리엘과 나는 완전히 틀어진 것 같았다. 실제로 그때 말했던 것처럼 그를 개망신 줄 생각은 없다. 그럴 실익이 없으니까.

"네가 우리엘이라고 소문 안 낼 테니까 말해 봐."

"마음대로 지껄여라. 어차피 기회는 사라졌으니까."

"그러면 역시 들을 방법을 찾아보는 게 좋겠네?"

내가 의자를 치우고 자리에서 일어나자 우리엘이 비웃음을 머금는다.

"그래, 결국 고문이냐? 하긴, 하찮은 인간 놈이 찾은 방법이야 뻔하지!"

아무래도 고문으로는 우리엘의 입을 열게 하긴 어렵겠지. 한때 대천사였던 존재다. 육체적 고통에 굴복하지 않을 거다.

"아니, 고문은 무슨. 나는 그런 폭력적인 방법은 좋아하지 않아."

그리 말하면서 앞으로 다가가자 우리엘이 불안을 느꼈는지 입을 다문다.

"혹시 지배라고 아냐? 너도 알겠지만 메타트론은 지배의 대천사다. 그리고 그녀의 화신인 나는 지배의 힘을 쓸 수 있지."

"어이가 없군. 뭐 그래서 날 지배라도 하겠다는 것이냐?"

"그래. 맞아."

"뭐?"

믿을 수 없다는 표정의 우리엘을 보고 나는 가만히 웃을 뿐이었다. 그러자 그는 얼굴을 찡그린다.

"설마 진짜로 몬스터가 아닌 천사도 지배가 가능하다니…. 그녀는 한 번도 그런 적이…."

"가능하지. 메타트론이 안 썼을 뿐이고."

"왜?"

"아마 그녀 나름의 신념이겠지. 동료를 지배할 수 없다는 뭐 그런 거? 하지만 그건 메타트론의 신념이지 내 신념이 아니야. 나는 필요하면 하는 주의라서."

"이런 말도 안 되는! 아니, 설령 네놈이 그런 힘을 얻었다고 해도 대천사를 상대로는 지배력이 부족할 텐데? 나도 지배에 대해 어느 정도 알고 있다. 지배에는 지배력 수치가 필요하다고."

가엾게도 우리엘은 아무 것도 모르고 있었다.

"그래, 지배력이 부족하긴 하지."

이미 천사 셋을 지배하고 있어서 여유가 없을 뿐이다. 대천사를 하나 더 지배하기 위해서는 막대한 지배력이 필요했다. 하지만 그렇다고 해결책이 없는 건 아니다. 나는 이 지배력 부족 문제 때문에 메타트론과 상담했고 적절한 답을 찾아냈다.

"겨, 결국 네놈은 허세를 부리···."

불안하게 말을 이어가던 우리엘은 내가 손을 앞으로 내밀자 인상을 찌푸리며 묻는다.

"뭐?"

"이거 보여? 이 커다란 반지."

내민 내 손에는 굵직한 반지가 끼어져 있었다. 마치 쇠사슬을 연상시키는 듯한 모양새의 반지였다. 묵직한 흑철빛으로 번들거리는 그 반지는 한 눈에 봐도 비범한 물건이었다.

"이건··· 용도는 잘 모르겠지만 S등급 마법 물품이군."

"역시 등급 같은 건 단번에 알아보네? 하지만 능력은 못 알아보는 것 같군?"

"······."

"이 반지의 이름은 '패왕의 반지'. 이름이 좀 중2스럽긴 해도 효과는 확실하다고. 바로 지배력을 폭발적으로 올려주거든."

이것만 있으면 우리엘까지 지배할 여력이 생긴다. 대신 이런 지배력을 올려주는 아이템은 딱 한 개 밖에 사용하지 못한다고 한다. 만약 이런 아이템을 중복해서 마구 낄 수 있었으면 메타트론도 진작 자신의 노선을 바꿨을 거라나 뭐라나.

"엄청 비싸서 메타트론의 상점에서 구매할 때 좀 망설여지더라고. 3조나 줬다고. 응?"

우리엘의 안색이 눈에 띄게 변한다. 자신의 운명을 예감한 것처럼.

"내가 왜 그렇게 무리했을까? 대답해 봐."

"……."

나는 우리엘에게 가까이 다가갔다. 그리고 그와 똑바로 눈을 마주 보고 말해줬다.

"바로 너 엿 먹이려고."

우리엘은 그간 모두를 속여 왔다. 나도 껌뻑 넘어가서 우리엘이 아군이라고 생각했었다.

"이 자식!"

분노한 우리엘의 주위로 매서운 얼음 폭풍이 일어난다. 주변의 온도가 순식간에 영하로 떨어졌지만 결국 그 정도뿐이었다.

"너 따위에게 지배될 것 같으냐! 뭐? 대천사를 지배한다고! 어이가 없구나. 정말!"

"그거야 겪어보면 알 거고."

나는 검지를 우리엘의 이마에 댔다. 그리고 지배력을 발휘하기 시작했다. 그러자 우리엘의 얼굴이 점점 창백해진다. 내가 거짓말을 했던 게 아니란 걸 몸으로 깨닫고 있기 때문이었다.

"이, 이 무슨! 말도 안 돼!"

그우우우웅!

네온사인처럼 선명하게 빛나는 마력이 우리엘의 이마를 중심으로 소용돌이치며 파고든다.

"우리엘, 한때는 고귀한 대천사였던 자. 그리고 이제는 군주급 몬스터로 위장하며 살아가는 타락한 자여. 지금부터 나의 지배를 받아들이라. 그리하여 충순하게 섬기라."

"아아악! 빌어먹을! 내가! 이 내가! 하찮은 인간 따위에게!"

우리엘은 봉인을 정말로 끊어낼 것처럼 발버둥을 쳐댔다. 남은 모든 힘을 폭발시키는 것 같았다. 하지만 부질없는 짓거리였다. 지금 그가 버티고 있는 건 내가 힘을 빼기 위해 일부러 낚싯줄을 풀어주는 것처럼 느슨한 태도를 취하고 있기 때문이었다.

"이제 너는 나의 사업을 위해 쓰일 패가 될 것이다."

"허억! 헉! 허억!"

어느새 힘을 소진한 우리엘은 비 오듯 땀을 쏟아내고 있었다. 그리고 한풀 꺾인 눈동자로 날 올려다본다. 원망으로 가득 찬 눈빛이었으나 아무런 힘이 느껴지지 않았다. 드디어 때가 됐다. 나는 낚싯줄을 단번에 감아올렸다.

〈축하합니다! 압도적인 성공! 당신은 타락천사 우리엘의 지배에 성공했습니다! 경험치 +150,000xp를 얻었습니다!〉

우리엘의 이마를 중심으로 소용돌이치던 마력이 곧 사방으로 퍼진다. 그리고는 부서져서 불티처럼 사방으로 흩날렸다.

"봐, 우리엘. 우리의 관계를 축하해 주는 것 같지 않나?"

"…제기랄."

"어허? 주인 앞에서 그런 말 쓰면 안 되지."

"…크으. …알겠다."

아마 지금 그의 기분은, 수치와 치욕, 굴욕이 마치 비빔밥처럼 섞인 맛이겠지. 하지만 나는 이걸로 끝낼 생각이 없었다. 허리춤에서 큼직한 보위나이프*를 꺼냈다. 그리고 그의 얼굴에 가져다 대고는 사선으로 긋기 시작했다. 곧 우리엘의 얼굴이 피범벅이 된다.

"끄으윽! 빌어먹을!"

통증에 이를 갈며 나를 죽일 듯 바라보는 우리엘. 하지만 나는 그의 주인이다. 아무리 미워한다고 해도 그가 이제 할 수 있는 일은 없었다.

"우리엘. 이 지워지지 않을 흉터를 보며 계속 떠올려라. 네가 주인을 배신했던 과거를 말이야."

"……알았다."

흠, 역시 하나 더 그어서 엑스자로 만들어 줄까? 아니다. 나중에 삽질하면 그때 하나 더 그어주는 걸로 하자. 나는 일단 그의 봉인을 풀어줬다.

"여기에 대기하고 있어. 며칠 뒤에 몰래 빼줄 테니까."

"…내게 원하는 게 뭐냐?"

"탈출하면 강북으로 돌아가. 그리고 군주급 몬스터로 계속 지내. 내가 필요한 건 정보니까."

"크으… 널 위해 스파이 노릇을 하라 그거냐?"

---

* 미국 남부에서 유행했던 커다란 나이프. 제임스 보위라는 군인이 들고 다닌 걸로 유명하다.
  보위나이프란 이름 역시 그의 이름에서 따온 것이다.

"그래. 남 뒤통수치는데 일가견이 있잖아. 잘 할 거라고 생각하는데. 너도 알겠지만 가까운 미래에 강북과 일전을 치르게 될 거야. 강북의 몬스터를 일소하고 평양까지의 진공할 발판을 마련하는 것. 그게 지금 연합헌터단의 지상 목표란 말이지. 그러니 넌 그걸 위해 필요한 정보를 캐줘야겠어."

"……알겠다."

우리엘은 내게 고개를 숙여 보인다. 이제 그에게 자유의지란 내게 이용당하는 상황을 그럴 듯하게 표현한 것에 불과하다. 그런 점에서 나는 안쓰러움을 느꼈다.

하지만 어쩌랴. 패배자의 삶이란 다 그런 것을. 나는 오만상을 쓰고 있는 그의 얼굴을 보며 뺨을 때리듯 두들겼다.

"웃어. 좋은 날이잖냐."

나 혼자 마음속으로 '강풍호, 신상호의 난'이라고 이름 붙인 사건이 모두 끝났다. 더불어 사로잡은 우리엘의 건도 해결했고. 이것저것 난리였지만 결국 잘 마무리했다고 생각한다. 하지막 아직 마지막 일이 남았다. 11인 위원회에 열리는 오늘은 그 승리를 위한 중요한 발판이었다.

"가볼까."

잘 하고 오자.

그렇게 원룸을 나서는 갑자기 고성이 터진다.

"추우웅! 서어엉!"

에고, 깜짝이야. 뭔가 싶어서 보니까 티르리온 백인대였다. 능천사로 이뤄진 이 천사 부대는 라미엘 사건 이후 메타트론 휘하로 들어왔다. 참고로 이 녀석들 한국군의 영향을 받아서 그런가 충성이라고 경례한다. 그나저나 아침부터 무슨 일이람? 갑자기 떼로 몰려와서 한꺼번에 경례해서 간 떨어질 뻔했다.

"티르리온."

"네! 유 위원님."

"무슨 일?"

"오늘은 저희가 정식으로 전속한 날 아닙니까? 마땅히 클랜의 주인인 메타트론님께 인사를 드리러 왔습니다. 원래라면 사전에 말씀드려야 했지만, 마땅한 연락체계가 없어서 말입니다."

"아, 그렇군."

그나저나 아직 아침 10시. 이 시간이면 메타트론이 한참 꿈나라에 있을 때인데. 나는 원룸 창문을 올려다보다가 일단 불러보기로 했다.

"야! 메론…."

아니, 잠깐. 여기선 메타트론의 체면도 생각해야지. 평소처럼 불러서야 쓰겠는가. 나는 마음을 바꿔먹고 다시 불렀다.

"메타트론님! 티르리온 백인대에서 인사를 드리겠다고 찾아왔습니다!"

우렁찬 내 목소리가 울리자 능천사들의 시선이 곧 원룸 3층의 창문으로 향한다.

"……."

"……."

잠시 어색한 침묵이 이어지던 그때 3층 창문이 들썩들썩한다. 오! 메타트론. 오늘은 좀 일찍 일어난 거였나. 무시해서 미안하군. 나는 어쩌면 그녀 쪽에서 새로 전속한 부대를 시찰하려 했을지도 모른다는 생각도 했다.

하지만 그런 기대는 참 얄팍했음을 곧 인정할 수밖에 없었다. 창문을 열고 얼굴은 내민 메타트론은 부스스함 그 자체였기 때문이다. 햇살에 얼굴을 찡그린 그녀는 내게 묻는다.

"뭐냐, 유제아. 쪼꼬우유 사왔느냐?"

"……."

"왜 대답이 없느냐? 정말 쪼꼬우유가 없는 게냐?"

나는 그냥 메타트론을 무시해 버렸다. 그리고 티르리온에게 다소 간곡한 어조로 부탁했다.

"나중에 약속을 잡고 다시 와 주게. 업무에 관한 연락은 내 비서인 원윤아에게 하면 되네."

"…알겠습니다. 다, 다음에 올 때는 초코우유를 박스째로 사오겠습니다."

다행이야. 티르리온 녀석. 좋은 천사구나. 곧 티르리온 백인대는 원룸 3층의 창문을 향해 우렁차게 경례를 올린다. 이미 창문은 닫혀 있었지만 말이다. 메타트론은 초코우유가 없다는 사실에 진작 꿈나라로 돌아가 버렸다.

"유 위원님. 어디까지 가십니까? 저희가 수행하겠습니다."

"다 따라올 필요는 없잖아?"

"그럼 30위位가 호위하게 해주십시오. 위원님에 대한 예우로 당연한 겁니다."

결국 회의장까지 이동하는 내 뒤에 능천사 30위位가 줄줄이 따랐다. 노량진에 거주하는 다른 이들은 이 위풍당당한 광경에 모두 시선을 빼앗겼다. 인간이 능천사를 이렇게 데리고 다니는 광경 자체가 놀랍겠지. 기자로 보이는 이가 사진을 찍어댔다. 나는 별로 신경 쓰지 않고 회의장으로 나아갔다.

그리고 곧 위원회에 참석하는 위원들을 입구에서 만났는데 그들은 모두 날 보고 화들짝 놀란다. 아니, 정확히는 몰려든 능천사들을 보고 당황하는 기색이 역력하다.

"아이고, 유 위원님 어서 오십시오."

라파엘 클랜의 위원 윤혁이 달려 나와 날 맞이한다.

"안녕하십니까. 윤 위원님."

그런데 윤혁은 날 보며 땀을 흘리고 있었다.

"이렇게 무력시위 하지 않으셔도 오늘 일은 잘 풀릴 겁니다. 오는 길에 라파엘님으로부터 유 위원님을 지지하라는 언질도 받았고요."

곧 윤혁이 무슨 소리를 하는지 알 수 있었다. 오늘 회의 때문에 내가 사전에 능천사들을 끌고 와 세를 과시한다고 생각했던 모양이다. 오해지만 아무래도 그렇게 보일 수도 있겠네.

"하하하. 어쨌든 라파엘 클랜의 지지에 감사합니다."

"라파엘님께서는 '그게 재밌으니까'라고 하시더군요."

"하하…"

진짜 라파엘스러운 대답이었다. 헛웃음을 터뜨린 나는 윤혁과 함께 회의장으로 향했다. 다른 위원들도 내게 인사를 해온다. 11인 위원회의 오늘 안건은 바로 차기 의장을 뽑는 일이다. 전부터 의장직을 맡고 있던 엽왕 임철웅이 임기가 곧 끝난다. 그래서 차기 의장을 뽑아야 하는데 지금까지는 엽왕이 연임해 왔다. 하지만 내 등장으로 상황이 바뀐 것이다.

"제 생각에는 그다지 전망이 좋지 못합니다."

"아니 왜요?"

내 부정적인 예상에 윤혁은 의아해 한다.

"차기 의장 자리에 오르려면 의원 3분의 2의 동의가 필요합니다. 우리엘과 라미엘의 이탈 이후 스이엘님의 위원이 추가되어서 현재 위원은 11인입니다. 그 중 7표를 획득해야 한다는 거지요."

"백당의 결정을 우려하시는군요. 설마 그렇게까지 반대하겠습니까?"

윤혁은 아무래도 라미엘 클랜의 일처리 때 가브리엘과 내 대립에 대해 자세히 알지 못하는 듯했다. 백당 쪽은 지금 우리 흑당의 목소리가 커지는 걸 우려하고 있다.

그런데 온갖 실무를 담당하는 11인 위원회의 위원자리까지 양보한다면 그야말로 뼈아플 터. 아마 오늘 백당은 모두 반대하고 나설게 틀림없다. 현재 확실한 내 편은 다음과 같다.

서열 2위 미카엘라 클랜의 위원 백이륜.

서열 4위 라파엘 클랜의 위원 윤혁.

서열 6위 이후디엘 클랜의 위원 김인.

서열 10위 세라피엘 클랜의 위원 유세나.

서열 11위 스이엘 클랜의 위원 박지상.

대천사들의 서열 역시 이전과 달리 변동됐다. 이후디엘은 전에 서열 7위였으나 이번에 6위가 됐다. 세라피엘의 경우 최하위 12위에서 두 칸 올라 10위가 됐다. 현재 12위는 공석이고 새로 대천사가 된 스이엘이 11위에 올랐다.

"호락호락하지 않을 겁니다."

저 다섯 명에 나 자신이 행사할 표까지 합쳐도 여섯 표다. 아직 한 표가 부족한 것이다. 내가 위원이 되려면 일곱 표여야 하는데. 사전에 설득 작업에 상당히 노력했으니 결과는 하늘에 맡길 수밖에.

"11인 위원회의 금일 안건은⋯."

이런 저런 생각하는 사이에 벌써 회의가 시작됐다. 그리고 곧 차기 의장에 관한 이야기가 나왔다.

"차기 의장에 출마하실 분은 자리에서 일어나 주십시오."

망설일 것 없었다.

"메타트론 클랜의 위원인 저 유제아가 입후보 하고자 합니다."

흑당 쪽은 당연하다는 듯 고개를 끄덕이고 백당 쪽은 우려 섞인 표정이 된다. 엽왕은 알 듯 말 듯 묘한 표정으로 자신의 수염만 쓰다

듣고 있었다. 찬성 7표가 안 나오면 의장 자리는 엽왕이 계속 유지하게 된다. 그는 아마도 자기 위치를 지키고 싶어 하겠지.

"다른 분은 없습니까?"

나서는 이는 없었다. 결국 내가 차기 의장에 합당한지 가부를 가리는 자리가 되었다.

"바로 투표에 들어가겠습니다."

투표 방법은 간단하다. 위원의 자리에 있는 디스플레이의 찬성, 반대 버튼 중 하나를 누르면 된다. 곧 결과가 바로 나왔다.


찬성 6 / 반대 4


아, 이런 빌어먹을. 역시 안 되는 건가. 이번에 백당 쪽 위원들을 일일이 찾아가 설득했는데 결국 한 표도 이쪽으로 끌어들이지 못하고 말았다. 나와 눈이 마주치자 그들은 헛기침을 하면서 외면한다.

하… 꼬이네. 이러면 모두회의 소집하기 어려워지는데. 개전을 유도하기 위해 다른 방법을 생각해 봐야겠다. 쩝, 이래저래 메타트론에게 면이 안 서는 짓인데. 혼자 그런 생각을 하던 중 뭔가를 알게 됐다.

잠깐만. 한 표가 부족한데? 다들 나랑 같은 생각인 듯 두리번거린다. 곧 다들 엽왕이 아직 버튼을 누르지 않았음을 깨달았다.

"저기 엽왕?"

백당 쪽에서 의아하다는 듯한 태도였다. 어서 반대 버튼을 안 누르고 뭐하냐는 듯한 모습이다. 흑당 쪽도 왜 엽왕이 망설이는지 궁금한 표정이었다. 이윽고 곧 엽왕이 입을 연다.

"의장의 자리는 본디 누가 맡았는지 아십니까?"

아무도 대답하지 않자 엽왕이 말을 이어간다.

"대대로 최강의 헌터가 이 자리를 맡아왔습니다. 어느 순간부터 정치적인 자리가 되어버렸지만요. 하나 저는 이 자리에 최강의 헌터들만이 어울린다는 사실을 기억하고 있습니다."

"엽왕께서도 자격이 있으십니다."

백당의 누군가가 하는 말에 엽왕은 고개를 젓는다.

"아니요. 명백히 아닙니다. 지금 우리는 최강… 아니, 역대 최강이라고 할 수 있는 헌터와 함께 있으니까요."

엽왕이 날 쳐다본다. 그러자 모두의 시선이 내게 쏠렸다. 그리고 그때 회의의 결과를 알려주는 디스플레이에 변화가 있었다.

찬성 7 / 반대 4

엽왕이 찬성을 누른 것이었다. 그러자 곧 백당에서 반발하려는 움직임이 보였다. 하지만 엽왕은 손을 들어 제지한다.

"공정한 결과입니다. 반대 의견을 듣지 않겠습니다. 자, 그러면 11인 위원회의 차기 의장은 메타트론 클랜의 유 위원님께서 맡게 되셨음을 알려드리겠습니다."

흑당의 인물들이 우르르 일어나 축하의 인사를 해왔다.

"축하드립니다! 유 위원."

"감축드립니다! 당연한 결과입니다!"

"하하하하! 이렇게 기쁠 수가."

반면 백당 쪽은 떨떠름한 표정이었다. 엽왕은 알 듯 말 듯 한 표정을 짓고 있을 뿐이었고. 그는 내게 자신의 자리를 양보했다.

"본래라면 일주일 정도 임기가 남았습니다만, 금일에 기해 후임 분께 자리를 넘기고 싶습니다. 괜찮겠습니까?"

"상관없습니다. 감사합니다."

이것으로 엽왕이 의장직에서 사임했다. 이제 더는 의장석에 앉아서 수염을 쓰다듬는 모습을 볼 수 없겠지. 아마 그가 내게 자리를 양보한 건, 개인적인 수련을 위해서일 거다. 엽왕은 천성이 무인이다. 그러니 의장 자리는 방해가 된다고 생각했던 것 같다. 과거야 자기보다 강한 헌터가 없었지만 이제는 나나 태산 장홍억 같은 강자가 나타났다. 호승심에 불이 붙지 않을 리가 없다.

"이쪽으로 앉으시죠."

엽왕이 의장석을 양보한다. 그러면서 내 팔을 잡고 귓가에 속삭였다.

"이대로 최강의 지위를 양보할 생각은 없습니다. 저도 숨겨둔 한 수 정도는 있습니다."

역시 그런가.

"그렇습니까. 기대하겠습니다."

과연 엽왕이 얼마나 따라올지 흥미진진하구나. 나는 그를 향해 살짝 고개를 끄덕여 보이고는 의장석에 털썩 앉았다. 아… 이게 의장의 시야인가. 11인 위원회의 위원 모두가 긴장된 시선으로 날 보고 있었다. 나는 드디어 이곳까지 장악하게 됐다. 이제 의장이 되었으니 앞으로 강북과의 전쟁에서 큰 영향력을 발휘할 수 있게 된 것이다.

"한 말씀 하시지요. 의장님."

미카엘라 클랜의 백이륜이 내게 그리 권했다.

나는 고개를 끄덕이고는 입을 열었다.

"제가 존경하는 인물이 하나 있습니다. 이름은 마키아벨리라고 합니다. 르네상스 시대 이탈리아 사람이지요."

갑자기 이탈리아 사람 얘기를 하자 다들 좀 어리둥절한 표정을 짓는다.

"그 사람이 한 말이 떠오르는군요. 〈군주론〉이란 책을 썼는데 거기서 이런 소리를 했습니다."

잠시 기억을 더듬어 마키아벨리가 했던 말을 읊었다.

**"나는 단언한다. 신중한 편보다 과감한 것이 더 낫다고."**

그 한 문장만으로도 내가 말하고자 하는 게 전달된 듯 흑당은 고개를 끄덕였고, 백당은 얼굴이 썩어갔다.

"왜냐? 운명의 신은 여신이기 때문에, 그녀를 상대로 주도권을 쥐려면 난폭하게 다룰 필요가 있는 것이다. 운명은 차갑도록 냉정하게 다가오는 자보다 정복의 욕망을 노골적으로 보이며 덤비는 자에게 기운다. 운명은 여자를 닮아서 젊은이의 친구이다. 젊은이는 사려 깊지 못해 뒷일을 생각지도 않고, 보다 격하고 보다 대담하게 여자를 지배하기 때문이다."

회의장이 조용해졌다.

내 의지가 여과 없이 모두에게 전달된 탓이다.

"……"

"……."

위원들의 침묵 속에서 말로 표현하기 힘든 긴장이 회의장을 지배한다. 각자 앞으로의 파란을 예감하고는 분주히 머리를 굴리고 있겠지. 좋아, 그렇다면 충분히 생각할 시간을 줘야겠지. 나는 곧 자리에서 일어났다.

"오늘 회의는 여기까지 하죠. 그리고 하나 덧붙이자면…."

"저는 젊은이입니다."

며칠 뒤.

메타트론과 내 합의로 임시 모두회의가 소집됐다. 백당 쪽에선 이 일에 불만을 터뜨렸다.

"본체와 화신이 작당해서 일을 벌이는 겁니까? 웃기는군요."

백당인 대천사 바라카엘이 노골적으로 불만을 터뜨렸다. 고통의 대천사라 불리는 그는 몸의 여기저기를 가죽 끈으로 묶고 눈을 천으로 가린 기묘한 복장이 특징이다. 그것만 아니다. 몸 이것저곳에 흉터가 가득했고 못도 여러 개 박혀 있었다.

"아침부터 개소리가 아주 그 개 같은 혓바닥에서 매끄럽게 굴러나오는데? 이봐, 못쟁이. 적법절차 아니야. 뭐가 문제야?"

라파엘이 사납게 받아친다.

그래, 잘한다! 라파엘! 라파엘은 미친개지만 같은 편일 때는 든든한 미친개였다.

"허허. 가죽 끈으로 감는 보람도 없는 빈곤한 몸매가 별 지랄을 다 하는군."

바라카엘에 비아냥거림에 라파엘이 발끈한다.

"이 피학성 변태가 뭐래!"

"시끄럽다. 박쥐 같은 놈. 홀딱 흑당에 붙어서 앞잡이가 다 됐구나. 어차피 네놈은 피냄새가 나는 곳이 좋은 거겠지."

바라카엘의 입담도 만만치 않았다. 그는 곧 우리 모두에게 확인하는 것처럼 외친다.

"어차피 오늘 흑당의 목표는 개전의 선포가 아닌가. 하지만 그게 가능하리라고 보나? 어차피 투표 결과는 12:10이다. 해볼 것도 없지. 설령 한두 표 이탈한다고 해도 결과는 같다. 15표 이상 얻지 못하면 소용없을 테니까. 이 무슨 시간 낭비인가? 말해보라. 메타트론이여. 오늘 이 자리에 무슨 의미가 있는 것인지."

확실히 바라카엘의 지적은 정곡이었다. 이대로라면 예정된 패배다. 하지만 메타트론은 여유만만했다.

"결과가 나오면 알게 될 것이니라."

"허! 무슨 배짱인지 모르겠군. 그래도 내 하나만 말해두지. 메타트론 네게 이런 정치는 어울리지 않는다."

그런 바라카엘의 힐난에도 메타트론은 신경 쓰지도 않은 채 개전을 위한 투표를 발의했다.

"개전의 투표를 요청한 본녀는 결과를 겸허히 수용할 것을 약속하겠다. 만약 이번 투표가 의사정족수를 채우지 못한다면 이후 같은 주제를 모두회의에서 꺼내지 않겠다.”

딱 저렇게 못을 박아서 말하자 백당 쪽에서도 더 물고 늘어지지 않았다. 오히려 그들은 차라리 이번 기회에 메타트론의 입을 다물게 하자는 것 같았다.

“자, 그러면 신중히 투표하거라.”

곧 대천사와 11인 위원회 위원들의 투표가 이어졌다.

그리고 결과는 당연하게도 12:10이었다.

백당의 대천사와 헌터들은 모두 개전 반대에 투표했던 것이다.

“좋아!”

백당 쪽에서 가볍게 환호가 터진다. 그들은 서로를 보며 고개를 끄덕이고 있었다. 곧 열렬한 반전주의자인 나나엘이 메타트론에게 묻는다.

“지배의 대천사여, 약속대로 결과를 수용하시겠지요?”

늘 경직된 나나엘의 얼굴에 보기 드물게 희열이 비추고 있었다.

결국 이대로 끝나는 건가?

대체 메타트론은 뭘 준비했다는 걸까?

딱히 그녀를 비난할 생각은 없지만 허망한 기분을 감추긴 어려웠다. 그런데 메타트론은 뻔뻔한 얼굴로 대꾸한다. 조금도 동요하는 기색이 없다.

“결과라? 하지만 아직 결과가 다 나온 게 아니지 않느냐?”

“…무슨 소리를?”

생각지도 못한 대답에 의아해 하던 나나엘은 곧 분을 감추지 못한다.

"설마 본인 입으로 결과에 승복하겠다고 해놓고 이제 와서 번복하겠다는 건가! 그게 대천사 서열 1위란 존재가 한 말의 무게인가!"

그 말을 시작으로 백당에선 비난이 터져 나오기 시작했다. 반면 우리 흑당은 그저 어리둥절할 뿐이었다. 다만 우리 쪽 수장이 욕을 먹으니 소리부터 지르고 본다.

"무례합니다! 자세한 해명도 듣지 않고 비난부터 하는 겁니까!"

내가 빽 소리치자 그제야 회장은 조용해졌다. 그리고 설명을 요구하는 시선이 메타트론에게 쏟아진다. 가브리엘 역시 일단 한 발 물러났다.

"그렇다면 얘기나 들어보겠소. 어디 메타트론이여, 설명을 해보라."

말은 그렇게 해도 그는 승리를 확신하는 듯했다.

하나 그럴수록 메타트론의 입가에 미소가 짙어졌다.

"본녀의 말은 그렇다. 아직 여섯 표가 안 나왔다는 말인 것이다."

"그게 무슨?"

메타트론의 말에 회의장은 더욱 혼란에 빠져들었다. 그러자 메타트론이 한쪽 손을 들어 모두를 조용하게 만든다.

"본녀가 말한 여섯 표란 다름이 아니다. 바로 치천사들의 여섯 표다."

그 말에 상석에서 회의를 보고 있던 치천사들에게 전원의 시선이 쏠린다.

생각지도 못한 부분이었다.

그런가. 치천사였는가!

나 역시 놀라서 손뼉을 쳤다.

치천사는 최고 품계의 천사. 그들은 모두회의에서 투표권이 있다. 하지만 그들은 실권을 대천사에게 넘긴 뒤 영향력을 행사하는 걸 자제해 왔다. 그건 말 그대로 자제일 뿐, 투표권을 반납한 건 아니란 소리다. 메타트론은 이점을 지적했다.

"치천사들은 침묵해왔을 뿐이다. 그들은 자신의 권리를 포기한 게 아니었다."

메타트론의 지적에 나나엘은 꿀 먹은 벙어리가 된다. 나나엘을 제압했다고 생각했는지 메타트론은 이번에는 가브리엘에게 일갈한다.

"가브리엘! 그대는 설마 치천사에게 투표권이 없다고 하겠느냐!"

일갈하는 메타트론의 태도에 가브리엘은 움찔한다.

"아니, 그것이. 하지만 이제 와서 왜!"

대꾸할 말을 찾지 못하는 가브리엘. 그럴 수밖에 없다. 치천사들은 지금까지 단 한 번도 투표를 하지 않았다. 하지만 만약 하겠다면 누구도 막을 수 없다. 그게 천사의 규칙이었으니까. 그리고 그때 치천사들의 우두머리인, 여성 천사가 나섰다.

성녀와도 같은 기품.

다섯 쌍의 날개.

그리고 얼굴을 가린 신성한 천.

그녀는 일어서는 것만으로도 좌중을 압도했다.

"우리가 그간 투표를 하지 않은 건 과거 우리 계급이 야기했던 폐단 때문입니다."

저 말은 아마 천사들이 천사로 화해 지상으로 내려오기 전의 얘기일 거다. 우주를 떠돌며 몬스터들과 끝없이 이어지는 전쟁 때의 과거 말이다.

"그래서 우리는 천사의 모습을 한 이후에도 품계를 지킬 뿐 앞으로 나서지 않았답니다. 하나 우리는 우리의 궁극적 승리를 위한 결단마저 포기한 것이 아니랍니다."

"가장 높은 이여!"

"가브리엘. 그대의 반론은 받지 않겠습니다. 우리의 규칙에 어긋나는 점이 없다면."

"큭!"

가브리엘은 치천사의 반격에 꿀 먹은 벙어리가 돼버렸다.

"나아갈 때를 알고 물러날 때를 아는 것이야 말로 병법의 기본. 이제 우리는 결단해야 합니다. 모두 들어주세요. 우리 치천사 여섯은 처음으로 투표권을 행사하겠습니다!"

당당한 선언이었다.

그리고 누구도 그것에 반론하지 못했다.

그래, 이것이었나.

메타트론의 숨겨둔 한 수, 자기만 믿으라던 그 자신감, 그게 이것이었나! 그녀는 치천사 출신의 대천사다. 분명히 같은 치천사들을 설득할 자신이 있었겠지.

곧 치천사들이 투표했다.

그러자 마법으로 만들어진 투표용지가 회의장의 원탁 가운데로 오더니 펼쳐진다.

개전의 찬성 6표.

치천사 전원의 지지였다.

그리하여 최종….

**18:10**

의사정족수 2/3를 충족하는 결과였다.

"됐다!"

나는 손을 위로 올리며 소리쳤다. 라파엘은 썩은 얼굴이 된 백당의 천사들을 보고 깔깔거리며 웃어댔다.

"얼굴 좀 봐! 키히히힉! 왜 그래? 썩은 생선이라도 쳐 먹은 것처럼!"

곧 흑당의 지지자들에게서 박수가 터져 나왔다. 환호가 회의장을 울린다. 나는 지지자들에게 손을 들어 보이며 외쳤다.

"승리이이이!"

그러자 모두 한 목소리로 호응해 온다.

**"승리−−! 승리−−! 승리−−!"**

다들 목청이 터지게 외치고 있었다. 단순히 투표에서 이겼다는 것 이상의 많은 걸 담은 외침이었다. 오랜 세월 몬스터에게 억눌려 왔던 한이 폭발하는 것 같은 함성이었다.

나 역시 감개무량해졌다.

"드디어… 드디어 인가."

아버지, 하늘에서 보고 계신가요.

이제 제가 우리 가족이 살았던 강북으로 가게 됐습니다.

꼭 우리 집을 되찾을 테니까 지켜봐 주세요.

그리고 찾겠습니다.

아버지를 죽인 그 하얀 거인을.


2026년 9월.

마침내 인간과 천사들은 개전을 결의했다.

그 결과가 승전의 영광이든, 패전의 비참함이든, 역사에 길이 남을 대북방 전쟁의 시작이었다.

## 서열 9위 나나엘

"세상살이는 무정해야 편한 거 같아. 정이 많은 아이들은 모두 일찍 죽는단다. 꼭 몸에 상처를 입어야만 치명적인 건 아니야. 마음의 상처도 우리를 죽이지. 나는 오래 전에 망가져 버렸단다. 그래, 네 눈앞의 여자는 고고한 대천사를 연기하지만 예전에 죽어버린 겁쟁이야. 여기 내 검을 보렴. 녹이 슬어서 이제 칼집에서 뽑히지도 않는단다."

# 에필로그

늦은 밤.

청성그룹 회장실에 있는 유지아는 완전히 축 늘어졌다. 그녀는 남동생 때문에 고생이 이만저만이 아니었다. 올해 겨우 27살인 그녀가 대기업 회장이 됐으니 지난 한 달간 얼마나 바빴는지 짐작하는 건 어렵지 않았다.

'으으, 샤워하고 싶어.'

유지아는 땀 냄새가 올라오는 블라우스를 살짝 잡아당기고는 눈살을 찌푸린다. 이러다 과로사 하겠다는 생각이 들었다. 그녀는 책상에서 일어나 앞쪽의 소파에 앉는다.

"후우…."

힘들긴 해도 일은 보람찼다. 분명히 의미있는 일이니까. 앞으로 경제적으로 동생을 도울 수 있단 사실에 유지아는 기분이 좋았다.

똑똑.

그때 회장실 문에 노크 소리가 들려왔다. 이상한 일이다. 보통 문 밖의 마이크에 대고 말한 뒤에 들어오기 때문이었다.

"음?"

게다가 더 웃긴 건 유지아의 대답을 기다리기도 전에 문이 열렸단 사실이었다. 유지아는 대체 누가 이런 무례를 저지르는지 한 마디 해줘야겠다고 다짐했다. 그런데 자신을 찾아온 방문자를 본 순간 깜짝 놀라고 말았다. 생각지도 못한 자였기 때문이다.

"메론아?"

야밤에 유지아의 회장실을 찾아온 건 외출복을 입은 메타트론이었다. 그녀는 문 밖에서 고개만 쏙 내민 채 눈을 지그시 뜨고 안을 한동안 관찰한다. 그러더니 불만 어린 듯한 표정으로 유지아를 향해 똑바로 걸어왔다. 그리고는 유지아에게 따지듯 말한다.

"어째서 회장 같은 걸 하는 거야!"

"에?"

평소와 전혀 다른 메타트론의 말투에 유지아는 당황했다. 그러거나 말거나 메타트론은 계속 따진다.

"왜 집에 안 들어와!"

유지아는 그런 메타트론을 보고 자기도 모르게 웃고 말았다. 평소와 다른 말투를 쓰는 메타트론은, 언니에게 투정하는 여동생 같았기 때문이었다. 유지아의 얼굴에 미소가 주렁주렁 걸렸다.

"메론아, 이리 와."

"싫어!"

"언니 안 보고 싶었어?"

"그러니까 왜 집에 안 오는 건데!"

"그게 너무 바빠서…."

현재 유지아는 노량진에서 나온 상태다. 그리고 회사에서 숙식하며 일에 매진하고 있었다. 일단 어느 정도 자리를 잡으면 이후 노량진으로 돌아가겠다고 그녀는 메타트론을 달랬다.

"정말이지? 정말인 거지?"

돌아온다는 말투를 들은 후에야 메타트론의 태도가 좀 누그러졌다.

"응. 언니가 약속할게."

"흠흠! 뭐 그렇다면야. 알겠느니라."

"호호. 이제 말투가 원래대로 돌아왔네?"

"그런 건 아무래도 좋지 않으냐. 유지아, 쓸데없는 걸 따지지 말거라."

유지아는 그런 메타트론이 귀여워서 머리를 쓰다듬는다.

"언니라고 불러보지 않을래?"

"흥! 어림없는 소리를 하는구나. 하여간 인간은 부질없는 소원을 비는 존재다."

그리 쏘아붙이면서도 메타트론은 자신의 머리를 쓰다듬는 손을 치우지 않는다. 대신 가지고 온 폰을 내민다. 그러자 유지아는 고개를 갸웃거렸다.

"폰은 왜?"

"같이 하던 게임 말이다. 여기서 막혔다. 유지아 네가 어떻게 하는 건지 알려다오."

누가 봐도 뻔한 핑계였다. 하지만 유지아는 기뻐했다.

"앗, 이건 말이야."

곧 둘은 소파에 나란히 앉아서 게임을 하기 시작한다. 그러면서 두런두런 이야기를 나눈다. 메타트론은 그간 유지아에게 정이 많이 들었다. 몇 달이나 같은 방에서 살다시피 했으니 그럴 수밖에. 하지만 그런 유지아가 청성그룹 일로 갑자기 나가버리자 결국 참지 못하고 이리 직접 온 것이다.

"왜 회장이 된 것이냐?"

"제아를 위해서 뭔가 하고 싶었거든. 나는 너처럼 힘이 있는 것도 아니고, 마법 같은 걸 쓸 수 있는 것도 아니잖아."

"유지아, 너는 확실히 누나구나."

메타트론은 기특하다는 듯 고개를 끄덕인다. 그러자 유지아가 킥킥 웃으며 메타트론의 손을 잡았다.

"무엇이냐?"

"메론아. 나는 누나뿐 아니라 누군가의 언니도 되고 싶은데 어떠려나?"

"아…."

갑작스러운 그 말에 메타트론은 얼굴이 좀 붉어진다. 하지만 싫은 눈치는 아니었다. 언니라니, 묘하게 좋은 울림이라고 메타트론은 생각했다.

"흠! 생각해 보겠다. 그러면 오늘은 그만 일어나야겠구나."

"벌써 가게?"

유지아가 아쉬운 기색을 보이자 메타트론은 금방 기고만장해졌다.

"왜 섭섭한 것이냐? 또 들릴 테니 걱정하지 말거라."

"그래, 고마워. 메론아."

"딱히 고마워 할 것 없다. 유지아 너 때문이 아니라 이 게임에 대해 물어보려고 오는 것뿐이니까."

"쿡쿡. 알았어."

그대로 메타트론은 떠났다. 유지아는 어쩐지 아쉬운 마음에 메타트론이 나간 방문을 바라보고 있다가 깜짝 놀랐다. 문틈으로 메타트론의 머리가 쏙 튀어나왔기 때문이었다.

"밥 제대로 챙겨 먹거라! 꼭!"

그 말만 남기고 메타트론은 돌아갔다. 유지아는 그 모습이 귀여워서 다시 한 번 웃을 수밖에 없었다. 그러면서 그녀는 상상했다. 만약 전쟁이 끝난다면 유제아, 메타트론, 자신이 함께 사는 모습을.

분명히 즐거울 것 같았다.

귀여운 동생이 하나 더 생기는 것이니까.

"자, 그러면 좀 더 힘내볼까."

꼭 전장만이 싸움터가 아니다. 유지아는 전력으로 메타트론 클랜을 서포트 할 작정이었다.

12월. 겨울이 왔다.

아직 상당히 춥지는 않았다. 첫 눈 역시 감감 무소식이었고. 11인 위원회의 의장으로 선출된 뒤, 두 달 동안 비교적 평화로운 시간이었다. 다들 분위기가 평온한 게, 올 겨울에는 별 일 없으리란 생각이 지배적인 것 같았다. 눈이 내리면 모든 시끄러운 문제들이 내년 봄까지 조용하게 묻히리란 막연한 기대가 사방에 팽배했다.

하지만 난 그런 얄팍한 기대에 부정적이다. 눈으로 덮여 모든 게 가려지면 온갖 계책이 더욱 활발히 이뤄지는 법이다. 전쟁은 꼭 무기를 들고만 하는 게 아니다. 펜으로 할 수도 있고, 돈으로 할 수도 있고, 말로 할 수도 있다. 그래서 난 이번 겨울도 바쁘게 움직일 작정이었다.

"유제아."

일단 미친개라고 불릴 정도인 라파엘의 속셈을 파악해야겠지. 그리고 가진 힘이 파악되지 않는 가브리엘 역시 위험한 상대고. 적뿐아니라 아군도 이리 신경 써야 하는 처지가 되다니.

"저기, 유제아."

물론 가장 중요한 건 강북에 있는 군주급 몬스터들의 동향 파악이다. 특히 인간으로 변신할 수 있는 다르쿠다란 군주급 몬스터는 요주의였다. 그 회색 눈동자를 가진 놈은 지독히도 위험했다.

"유제아, 이놈! 이놈!"

그때 갑자기 등짝 스매시를 맞았다.

짜악!

경쾌한 소리와 함께 내 몸이 구운 오징어처럼 뒤틀렸다.

"아악! 아파. 무슨 짓이야?"

"본녀가 아까부터 부르는데 무시하는 것이냐! 이놈! 요즘 그 숨둥이의 주인님이 됐다고 아주 본녀 따위는 눈에 안 들어오는 것이지?"

"아냐, 아냐. 앞으로의 일을 생각하고 있었어. 미안."

솔직히 사과하자 메타트론은 더 타박하지 않고 입을 좀 뿌루퉁하게 내민다.

"흥. 고얀 놈 같으니라고. 본녀의 화신이면 본녀에게 주의를 기울이거라."

"알았어. 그런데 왜?"

"이사 가자꾸나."

"그게 무슨 소리야?"

"듣던 대로다. 집이 완성되었으니 이사 가자는 말이다. 솔직히 이 좁은 원룸에서 오래도 버티지 않았느냐. 슬슬 본녀의 품격에 어울리는 장소로 갈 때가 되었지."

그러면서 메타트론은 선뜻 방을 나선다. 방구석폐인 기질이 다분한 그녀치고는 의외였기에 나도 궁금한 얼굴로 따라나섰다.

"저기 말이야. 메타트론 클랜의 본부라면 아직 완공까지 최소 3개월은 필요해. 모든 시설을 다 만들려면 반년은 있어야 하고."

노량진에 오자마자 본부 건물의 공사에 들어갔다. 거기다 새로 늘어난 식구가 많아서 추가로 건물을 세 동 더 늘리다 보니 완공일이 밀린 상황이다. 그런데 갑자기 이사라니?

"내부 인테리어는 시작도 안 했는데 벌써부터 들어가기는…."

"어허. 유제아. 아까부터 수다스럽구나. 그대답지 않다."

"뭐?"

"일단 누나만 믿고 따라와 보거라."

한껏 잘난 체하는 메타트론의 콧대가 다시 하늘을 찌르고 있었다. 이렇게 자신만만해 하는 걸 보니 뭐가 있긴 있나 본다. 곧 우리 앞에 한창 공사 중인 메타트론 클랜의 본부가 나타났다. 한꺼번에 다섯 동의 건물이 지어지고 있어서 아주 혼잡하다. 그런데 메타트론은 그런 부지의 한 가운데로 나를 데려가는 것이었다.

"여기다."

"음?"

다섯 동의 건물이 둘러싼 부지의 한 가운데. 대략 2천여 평이 넘는 땅인데 메타트론의 요청으로 비어 있었다. 왜 이 땅이 필요한지는 물어도 답해주질 않아서 그냥 나중에 커다란 분수대가 있는 공원을 조성할 작정이었다.

"여기 수호 마법진 같은 거 아니었어?"

이 공터에는 지금도 은은하게 마법진이 깔려 있었다. 나는 이게 본부 일대를 지키는 결계 역할을 해주는 걸로 알았다. 그런데 메타트론 아니라고 대답했다.

"아냐? 그럼 뭔데. 이게? 왜 부지 한 가운데를 차지해서 마법진을 그 오랜 기간 계속 깔아놨던 거야?"

"후후후! 놀라지나 말거라."

뭐 정말 대단한 게 있나? 메타트론은 허세를 좀 부리긴 해도 허튼소리는 안 한다. 저리 기고만장해진 걸 보니 깜짝 놀랄 만한 일이 있는 게 틀림없다.

"이제 준비가 끝났군. 유제아, 일단 본녀의 뒤로 물러나 있거라. 이제부터 놀라운 기적을 보게 될 것이다."

팔을 걷어붙이고 나선 메타트론.

그리고는 곧 마법을 시전하기 시작한다.

우우우우웅!

그에 호응하듯 바닥에 깔린 마법진이 갑자기 진동하며 빛을 내뿜는다. 그러면서 단층이 아닌, 층층으로 이뤄진 구조의 마법진이 허공 위로 떠올랐다.

"이게 뭐야?"

"대규모 전이 마법진이다!"

"뭐? 전이?"

"그래. 건물 규모의 전이를 해낼 수 있는 마법진이다. 준비만 해도 몇 달이나 걸렸구나! 지켜보고 있거라! 이게 그대의 본체인 서열 1위 대천사의 힘인 것이다!"

쿠아아아아아앙!

강한 힘의 파동이 일어나더니 곧 주변에 공사 중인 건물의 유리창을 요란하게 터뜨린다. 이거, 원. 난리법석이네. 하지만 그건 시작에 불과했다. 지진이라도 난 것처럼 사방이 흔들려댔다.

"대체 뭘 전이시키려는 건데!"

"노이슈반슈타인 성!"

"뭐!"

황당해서 일순간 말문이 막혔다. 노이슈반슈타인 성은 독일에 있는 아름다운 성으로 세계적인 관광지 가운데 하나다. 그런데 지금 메타트론은 그걸 자기 집으로 쓰겠다고 소환하고 있는 거다.

"당장 그만 둬!"

"왜 그러느냐? 아무도 안 사는 성 아니더냐? 본녀가 인류를 위해 귀한 일을 하고 있는 만큼 잠시 살면 될 일인 것이다. 본녀가 영영 갖겠다는 것도 아니고 나중에 다시 돌려보낼 심산이다."

아무래도 이 녀석, 자기가 뭘 잘못한 건지도 모르는 모양이었다. 악의야 없겠지. 그냥 무지할 뿐이다. 나는 그게 독일에서 애지중지하는 성이고 관광 상품으로 돈도 많이 번다고 알려주었다. 그러자 메타트론은 매우 실망하고 말았다.

"…그, 그런 것이냐. 본녀는 아무도 관심 없는 성인 줄 알고… 그렇다면 그만둬야겠구나."

"왜 성을 소환하려고 했어?"

"전에 TV에서 보니까 유럽의 많은 성이 주인 없이 방치되어 있다더구나. 관리도 안 되는 상황에 애물단지들도 많다고 했다. 그래서 본녀가 살면서 관리도 하고 그러려고 했다. 성이란 게, 예쁘지 않느냐."

"너는 상식이 너무 부족해. 당장 돌려놔!"

이미 성이 반쯤 전이된 상태다. 지켜보는 입장에선 기막힌 일이었다.

"아, 알겠다. 그리 무서운 얼굴을 하지 말거라. 지금 돌려놓을 테니까."

메타트론은 아쉬워하면서도 전이 마법을 역으로 실행하기 시작한다. 그러자 노이슈반슈타인 성이 점점 희미해져 가며 사라져간다.

"다음부터는 이런 큰 일 벌이기 전에 나랑 상의 좀 하자고."

"…그치만, 요즘 그대는 계속 바쁘지 않았느냐. 본녀랑 시간도 좀처럼 보내주지 않고."

생각해 보니 그렇다.

"그건 미안. 앞으로 신경 쓸 게. 특히 같이 게임하는 날인 금요일은 꼭 지킬 테니까."

"정말이더냐?"

메타트론은 순수하게 기뻐한다.

"각오하는 게 좋을 것이다. 요즘 본녀의 게임 실력이 일취월장이니라. 아주 물이 올랐지."

그렇게 화기애애하게 상황이 마무리가 되어갔다. 식겁했지만 잘 해결돼서 다행이다. 그런데 그때 갑자기 대규모 전이 마법진이 요동치기 시작했다.

"야! 이거 왜 이래?"

놀라서 묻자 메타트론도 당황하고 있었다.

"어라라? 대체 이게 무슨? 갑자기 무언가 끼어들었다. 노이슈반슈타인 성을 돌려보낸 뒤 전이 마법진을 끄려고 했는데, 중간에 뭔가 걸렸다."

무슨 소린지 모르겠는데 이상이 생겼다는 건 알겠다. 그리고 그게 메타트론의 통제를 벗어나 버렸다는 것도. 메타트론은 반쯤 패닉이 돼버렸다.

"맙소사! 안돼!"

"너 어떻게 좀 해봐! 대천사잖아!"

"본녀는 싸움질 빼고는 대체로 서툴단 말이다. 대규모 전이 마법진도 처음 써보는 거고!"

"뭐? 초보자가 대체 무슨 짓을 한 거야!"

우리가 서로 그렇게 아웅다웅하는 사이에 결국 전이 마법이 완성됐다.

콰지지지직!

전기 스파크가 엄청나게 일어나더니 눈앞에 무언가 나타났다.

"세상에, 이게 뭐야?"

황망해 중얼거리는 내 말에 메타트론 역시 입을 벙긋 벌리고는 굳어버렸다.

그도 그럴 게.

눈앞에 엄청나게 음침한 폐성이 나타났기 때문이었다. 반쯤 무너진 채 완전히 버려진 성이었다. 보기만 해도 우울하게 생긴 게 당장이라도 드라큘라 백작이 튀어나올 것 같은 비쥬얼이었다. 그래서인지 메타트론은 한탄했다.

"마, 마왕성이더냐!"

그 말에 대답하기라도 하는 듯 곧 성의 망루 한쪽이 우르르 무너져내린다.

"콜록콜록!"

갑자기 일어난 먼지에 손을 내저으며 기침을 하는데 갑자기 메타트론이 비명을 내지른다.

"히이이이익! 귀신! 귀신이다! 유제아!"

"백주대낮에 무슨 귀신?"

어이없어 하는데 메타트론 놀라서 내 팔을 계속 때려댄다.

"으이이이익! 진진진진짜! 귀신이다! 유제아아아!"

대체 뭐가 나와서 그러나 나도 메타트론이 가리킨 곳을 봤다. 그리고는 깜짝 놀라고 말았다.

"흐이이익!"

"거봐라! 진짜 귀신이잖냐! 도망가자! 어서 도망가는 것이다!"

우리 둘이 이러는 건 무너진 성 한 구석에 검은 로브를 입고 손에 대낫을 든 존재가 슬금슬금 이쪽으로 걸어오기 때문이었다. 얼굴은 깊게 눌러쓴 후드 때문에 보이지 않고 손은 검은 빛이 도는 철제 건틀렛을 끼고 있다.

그야말로 사신의 포스 그 자체.

메타트론과 나는 자신이 가지고 있는 힘도 잊은 채 잔뜩 겁먹어 버리고 말았다. 그리고 사신이 갑자기 이쪽으로 달리기 시작하자 절로 비명이 터져 나왔다.

"으아아악!"

"히이이익!"

더 생각할 것도 없이 우리는 뒤돌아 달렸다.

"화신이여! 어떻게 해보거라!"

메타트론의 재촉에 뒤를 돌아보니까 사신이 머리 위에 대낫을 들고 마구 흔들고 있었다. 그러면서 알 수 없는 음습한 소리를 질러댄다.

"트, 틀렸어! 저놈 진심이라고! 히익! 진심으로 우릴 죽일 작정이야!"

"으아앙! 싫다! 무섭다!"

결국 메타트론이 날개를 펴서 힘을 해방한다. 싸우려는 건가?! 그런데 그건 내 착각이었다. 힘차게 날갯짓을 하는 게 날아서 도망가려는 거 같았다. 세상에, 왕과 싸운 천사가 귀신에게 겁먹고 도주하려 하다니.

하지만 그녀의 바람은 곧 갑자기 눈앞에 나타난 사신에 의해 막혀 버리고 말았다. 사신이 손목 부분에서 갑자기 쇠사슬을 쏘아서 메타트론을 붙잡고는 강제로 착륙시켰던 것이다. 상황이 이렇게 되자 더는 참을 수 없었다.

분위기에 압도되고 말았지만 사실 이거 그냥 몬스터 같은 거 아냐? 나는 태양신격의 방패를 꺼낸 뒤 메타트론의 앞을 가로막았다.

"이놈! 감히 서열 1위 대천사님께 무슨 무례냐!"

"유, 유제아!"

내가 앞에 나서자 메타트론이 감격한 목소리로 내 이름을 부른다. 그, 그래. 메타트론의 기대를 받고 있다. 여기선 멋진 모습을 보여주자.

"귀, 귀신이면 다냐!"

내가 살짝 말을 더듬고 따지자 내 등 뒤에 숨은 메타트론이 곧장 동조한다.

"그, 그렇다! 귀신이면 다인 것이더냐!"

우리가 그렇게 따지자 사신은 쏘았던 사슬을 거둬들이며 고개를 갸웃거린다. 그리고 좀 가라앉은 듯한 여성의 목소리로 묻는다.

"에에? 나… 계속… 불렀어. 그리고 귀신……?"

아니, 이게 대첸 무슨 소리야? 게다가 사신의 목소리가 상당히 기운 빠지게 하는 졸린 느낌이라 갑자기 공포 분위기가 달아나버렸다.

"안 본 사이… 내 모습도 까먹은 거…? 메타트론, 나랑 친하게 지냈다고 생각…… 역시 넌 박정한 녀석. 아까부터 반가워서 손을 흔들고 뛰어왔어…. 그런데 피해버린다…. 충격, 슬픔, 우울…. 내가 달갑지 않아도 그러면 못 써."

뭐지.

무슨 상황일까. 이게. 무섭게 생긴 사신이 무섭게 생신 대낫을 흔들며 우리에게 따지고 있었다.

"일단 그 낫 좀 치우지 않겠어? 우리 메론이가 무서워하잖아."

"아, 이거? 미안…. 그런데…? 우리 메론이?"

"그런 게 있어. …너 정체가 뭐야? 메타트론과 아는 사이야?"

"넌 인간…… 대천사에게 왜 반말…?"

"뭐?"

가볍게 날 타박한 사신은 보란 듯 후드를 뒤로 넘긴다. 그리고 동시에 사신의 등 뒤로 날개가 돋아난다.

"대체 이게 무슨…."

나는 그 광경을 멍하니 볼 수밖에 없었다. 사신은… 아니, 그녀는 아름다운 여성이었다. 시체처럼 창백한 피부에 긴 흑발을 늘어뜨리고 눈가에는 다크서클이 보인다. 마치 생명의 온기가 깃들지 않은 것 같은 인상이다. 그리고 더 놀라운 건 그녀의 등 뒤로 돋아난 날개가 철로 이뤄져 있단 사실이었다. 깃털 하나하나가 그라인딩이 안 된 듯한 칙칙한 빛깔의 철이었다.

"세상에!"

메타트론이 놀라움을 감추지 못한다.

"이제야 알아보는 것……. 타인에게 무관심한 건 여전…."

"쿠니엘!"

메타트론은 달려가 검은 머리 대천사를 껴안는다. 그러자 쿠니엘이라 불린 그 대천사는 일순간 놀란 표정을 짓더니 곧 언니처럼 상냥한 얼굴로 메타트론을 안는다.

"이제… 돌아왔어…."

"죽었다고 들었다! 죽었다고 들었는데 대체 어떻게 됐던 것이냐!"

"에… 나 죽은 걸로 처리…? 다들 박정해."

그제야 나도 기억났다. 대탈주 사건 이후 실종 처리된 대천사가 하나 있다고. 러시아에서의 싸움이었다고 했었지. 당시 서열 4위의

대천사가 군주급 몬스터들의 포위에 걸려 산화했었다는 얘기를 들은 적이 있다.

"살았으면 왜 돌아오지 않았던 것이냐?"

메타트론의 물음에 쿠니엘은 면목 없다는 표정으로 머리를 긁적인다.

"아… 그게 길을 잃어버렸어…. 러시아 너무 넓어…. 어디로 가야할지 모르는 것…….."

"뭐라?"

메타트론은 황당해서는 입을 금붕어처럼 뻐끔거렸다. 할 말을 못찾는 모양이다.

"몇 년이나 헤맸어…. 그러다 왠 폐성 발견…. 돌아가기도 틀린 것같아서 정착……. 그런데 갑자기 대규모 전이 마법이 발생…. 마력은 엄청났는데 뭔가 굉장히 어설퍼서 간섭할 수 있는 수준…. 그래서 끼어들었어…. 어딘지 모르는 황야에서 기약도 없이 지내느니…알 수 없는 곳이라도 가볼까 하고 말이야. 그런데 전이가 끝난 뒤에보니까 메타트론 네가 보였어…. 어머나……, 이게 무슨 일…?"

뭐라 대답해야 할지 모르겠다.

어쨌든 귀환했다니 환영해 주자. 그런데 그때 갑자기 쿠니엘이 거품을 물기 시작하며 눈이 뒤집어진다.

"끄아아아!"

"어? 어? 이거 왜 이래? 메타트론?"

놀라서 메타트론을 부르니까 메타트론은 묘한 표정을 짓고 있는다. 급기야 쿠니엘이 풀썩 쓰러질 때는 한숨을 내쉬기까지 한다.

"메타트론!"

대체 그게 무슨 태도냐고 타박하듯 내뱉자 메타트론 별 일 아니란 듯 말한다.

"걱정할 거 없다. 쿠니엘은 종종 이러니까. 심장이 멈춘 모양이다."

"충분히 걱정할 일이거든?"

남의 심장이 멈췄다는데 왜 이리 유유자적이야. 응급처치라도 하려는 내 모습에 메타트론은 고개를 젓더니 무릎을 꿇고 쿠니엘 가슴팍의 옷을 잡는다. 그리고는 주저없이 북! 찢어버린다.

출렁.

그러자 쿠니엘의 꽤 보기 좋게 부푼 하얀 가슴이 햇살 아래 드러났다.

"엇?"

나는 다시 한 번 놀라고 말았다. 메타트론이 두 손으로 쿠니엘의 가슴을 갈라버렸기 때문이다. 살이 찢어지면서 흉부가 갈라진다. 이 무슨 잔인한 광경이!

"음?"

그런데 갈라진 흉부 안에는 피가 쏟아지거나 부푼 폐 같은 모습은 없었다. 그저 정교한 기계 장치만이 가득했다.

"당황할 거 없느니라. 쿠니엘은 반쯤은 기계인 존재니라."

"그, 그래?"

"8년 전 대군주급 몬스터와 싸우다 몸의 40%가량을 잃어버렸다. 대군주급 몬스터의 지독한 저주로 재생도 안 먹혔지. 그래서 그 결손된 부분을 기계 장치로 대체했던 것이다. 자, 보아라. 이게 그녀의 심장이자 대천사의 정수가 담겨있는 곳이다."

메타트론은 쿠니엘의 심장 부위에서 핑크색으로 빛나는 커다란 보석을 꺼냈다. 일부는 철판으로 둘러싸여 있었다. 메타트론은 곧장 그곳에 마력을 불어넣었다. 그러자 칙칙하고 빛나지 않던 보석이 진동하면서 광채를 뿜어내기 시작한다.

"정말 민폐를 끼치는 녀석이 아니더냐."

그리 말하면서도 메타트론의 목소리는 따뜻했다.

아무래도 쿠니엘은 과거 메타트론과 무척 우호적인 관계였던 것 같다. 메타트론은 다시 가동하는 심장을 쿠니엘의 가슴에 집어넣었다. 그리고 곧 그녀의 흉부를 닫았다. 그러자 벌어졌던 게 거짓말인 듯, 쿠니엘의 새하얀 피부에는 절개의 흔적이 하나도 보이지 않았다.

"위잉…."

쿠니엘은 자기 입으로 전원을 킨 기계 소리를 낸다. 그리고는 살짝 웃는다. 아무래도 익숙한 일인 것 같다. 메타트론은 그런 그녀를 다시 껴안는다.

"어서 오거라. 쿠니엘. 살아 돌아와서 기쁘구나."

"안 본 사이에 감정 표현이 정직해진……. 예전의 너였으면 그런 말 안 해…."

"누구나 변하기 마련이니라."

"그래, 메타트론은 변한 것…. 역시 돌아오길 잘했네. 쿠쿡."

신년을 앞둔 겨울.

실종됐던 철심장 쿠니엘이 귀환했다.

(3권 끝)

## 서열 10위 카마엘

"아름다움이란 무엇이라 생각하니? 그건 바로 도덕이나 쾌락에 얽매이지 않는 자율성을 갖는 거야. 사람들은 나를 쾌락주의에 빠진 엉덩이 가벼운 년이라 비하하지만, 나를 진정으로 움직이는 건 쾌락이 아니야. 바로 미학이지. 내용의 아름다움 같은 답답한 이야기가 아니란다. 어디까지나 겉으로 보이는 형식미의 완전함이지! 하아아!"

# 외전-천사삼분지계天使三分之計

미카엘라는 과감한 여자였다.

지금까지 그녀가 거둔 많은 승리는 적시에 이뤄진 전격적인 판단 덕분이었다. 때때로 그런 점은 일을 그르치게도 했지만 대부분은 좋은 결과를 낳았다.

선수필승.

남보다 먼저 움직여 승리하는 게 그녀의 기본적인 전술이었다. 그리고 그녀는 노리는 사냥감을 잡기 위해 이번에도 자신의 장점을 발휘하려 하고 있었다.

"좋아!"

미카엘라의 목표는 유제아. 바로 메타트론의 화신이었다. 그녀는 과감하면서도 솔직한 성격이다. 진작 자신이 유제아에게 반했음을 스스로 인정했다. 스이엘이 못난 여자라고 하든 말든 신경 쓰지 않았다.

그리고 그녀의 성격상…

─고백했다가 깨지느니 친구로 지내는 게 낫지.

─이 전쟁이 끝난 뒤에 고백할 거야.

─지금은 이대로가 좋아.

같은 결정은 성미에 맞지 않았다.

마침 딱 때가 좋았다.

유제아의 주변에 여자들이 몰려들고 있지만 아직 뚜렷하게 두각을 드러낸 이가 없었으니까. 가장 강력한 경쟁자는 메타트론이었는데, 안타깝게도 그녀의 친구는 마음이 어렸다. 이미 고백을 가장한 '유제아 사냥'을 결의한 미카엘라와 다르게 그녀는 자기 마음도 제대로 알지 못하는 수준이었다.

미카엘라와 비교하면 여름 한 철처럼 싱그러운 숙녀와 우유 냄새나는 어린 아이 정도의 차이.

언젠가는 그 어린애도 자라나겠으나 지금 겨루면 승패는 뻔한 일이었다. 미카엘라는 메타트론에게 미안하긴 했지만 그때까지 기다려줄 생각은 없었다. 드라마를 즐겨본 그녀는 사랑을 TV로 배웠다. 그리고 TV에서 괜히 여유부리다가 패배하는 캐릭터를 여럿 봐왔다.

'과감하게 쳐서 단번에 취하는 거야. 그리고 소녀는 영원히 주인님에게 봉사하는 거지. 주인님은 이제 소녀의 것. 소녀도 언제나 주인님의 것. 하아…'

미카엘라는 승리를 자신하고 있었다. 작전도 완벽했다. 오늘 그녀의 침실은 한 번 들어오면 빠져나갈 수 없는 거미굴이 되리라. 이미 목욕을 하고 화장을 끝내가는 그녀는 한 마리의 암거미가 될 자신이 있었다.

'아무리 내가 사랑을 TV로만 배웠어도 상대가 상대니 만큼 자신

있는 거야.'

오늘의 목표인 유제아도 연애에 있어선 심각한 남자였다. 올해 25살인 그는 여태 여자 한 번 사귀어 본 적 없다고 한다. 그나마 여자에 대해선 라이트노벨로 배운 안타까운 수준이었다.

듣자니 메타트론의 화신이 되기 전에 시한부 인생이었다고 한다. 게다가 하이에나 같은 위험한 일을 한 탓에 여자를 사귈 생각을 못 했다고. 그래서 미카엘라는 자신 있었다. 비록 자신의 지식이 남녀의 연애에 관해서는 한없이 얄팍하지만, 유제아는 더했으니까.

'이미 라이트노벨 탐독도 끝났어.'

미카엘라의 화장대 옆에는 시중에서 잘 나가는 라이트노벨이 산더미처럼 쌓여 있었다. 베스트셀러 순위에 들어간 건 모조리 사서 읽었다. 그리고 미카엘라는 라이트노벨 히로인의 귀여운 말투와 요염한 행동을 익혔다. 오로지 유제아를 공략하기 위해서. 그녀는 노력하는 여자였다.

'후훗. 이 몸매라면….'

미카엘라는 거울에 비추는 자신의 흉부를 보며 만족스러운 듯 몸을 이리저리 틀어 보인다.

그렇다.

그녀는 가슴에 자신 있었다.

여자의 가슴은 원래부터 남자의 시선을 잡아끄는 묘한 힘이 있다. 마력이라고 해도 좋을 힘. 그래서 그걸 〈만유萬有의 인력〉… 아니, 〈만유萬乳의 인력〉이라고 부른다.

중력은 어쩌면 가슴에도 존재할지 몰랐다.

불가항력적으로 시선을 잡아당긴다.

특히 미카엘라의 가슴은 블랙홀처럼 중력이 강했다. 그녀는 유제아가 자신의 부푼 젖가슴을 사춘기 소년 같은 얼굴로 훔쳐보는 걸 알고 있었다.

나쁘지 않은 기분이었다. 아니, 솔직히 좋았다. 반한 상대가 자신의 매력에 헤롱헤롱 하는 모습이.

"게다가 이 미모라면."

미카엘라는 거울 속에 비춘 자신의 얼굴이 천사 중 가장 아름답다는 평가를 듣는 걸 잘 알고 있었다. 메타트론도 예쁘긴 하지만 장르가 달랐다. 메타트론은 본인이 어엿한 숙녀라고 주장하고 있지만 누가 봐도 귀염둥이 계열이다.

반면 자신은 나라가 기울 정도의 미녀.

"하아……."

어쩐지 흥분으로 가슴이 뛰어서 한숨이 절로 나왔다.

미카엘라는 잘 정리된 침실을 한 번 슥 둘러본 뒤 자리에서 일어났다.

오늘 표적을 쏜다.

쓰러뜨린 뒤엔 갖는다.

그걸로 끝이었다.

다른 여자들이 뒤늦게 자신의 마음을 알아차렸을 때, 미카엘라는 결혼식까지 끝낼 자신이 있었다.

'지위나 명예, 재산은 친구를 위해 기꺼이 버릴 수 있어. 하지만 사랑에 관해서라면 양보 못해. 누군가의 행복을 빌어주며 눈물을 흘

리느니, 누군가를 울리고 사과하겠어.'

미카엘라는 못난 여자.

사랑 밖에 모르는 바보였다.

슬슬 미카엘라와의 약속 시간이 돼서 자리에서 일어났다.

"흠⋯."

그런데 나도 모르게 침음성이 흐른다. 최근 나의 인연 중 가장 급변한 게 바로 미카엘라와의 관계이다. 그녀와 나는 주인님과 노예라는 뭔가 야릇한 사이가 되어 버렸다. 미카엘라는 고고한 자신이 누군가를 주인님이라고 부르는 게 억울했던지 내게 무척이나 짓궂은 태도가 되고 말았다. 그 때문에 여간 곤란한 게 아니다. 오늘은 별 일 없어야 할 텐데. 미카엘라의 성소에 도착하자 요염한 기색 가득한 그녀의 목소리가 날 부른다.

"주인님."

가슴이 두근거렸다. 물론 이 두근거림은 안타깝게도 이성에 대한 설렘이 아니다. 그저 두려움이랄까?

"주인님이 소녀를 찾아주니 무척이나 기쁘구나."

그녀의 성소에 도착하자마자 미카엘라가 무릎을 꿇고 날 맞아주었다. 실로 대단한 호사다. 이런 고귀한 여자가 내 앞에서 무릎을 꿇고 환영해 준다는 건. 정말로 주인님을 맞이하는 듯한 태도였지만 나는 식은땀을 흘리지 않을 수 없었다. 날 올려다보는 그녀의 눈이 음험하기 짝이 없었기 때문이었다. 저, 저건 뭐랄까. 포식자의 눈빛이 아닌가?

부르르.

갑자기 오한이 들었다. 이 여자, 겉으로는 우아한 척을 다 하지만 본래 성격 나오면 얼마나 무서운지는 지난번에 철저히 경험했다. 미카엘라는 목적을 위해서라면 수단을 가리지 않는다. 앞으로는 나와 메타트론을 속이지 않겠다고 약속은 했지만, 어디까지나 속이지 않겠다는 약속일뿐이었다. 이제는 뭔가 벌이고자 한다면 대놓고 사고를 칠지도 모른다.

"응. 나도 기쁘네."

"호호호. 듣기 좋은 소리를 하는구나. 자, 그러면 바로 침실로 가는 것이니? 주인님의 짐승 같은 욕구는 충분히 이해한다. 그래서 소녀는 늘 몸을 깨끗이 하고 준비하고 있었다. 아아… 이렇게 처음을 유린당하는 건가….'

"아니! 그건 아니지!"

주변에 시립해 있던 미카엘라의 시녀 천사들이 놀라서 입을 벌린다. 이미 미카엘라가 무릎을 꿇었을 때부터 날 쓰레기처럼 본 그들이다. 그런데 이어진 미카엘라의 발언에 시녀들은 결국 각자의 무기를 빼들었다.

"아니! 아니! 아니! 아니!"

나는 당황해서 다가오는 천사들에게 손을 뻗었다. 엉거주춤한 자세로 두 손을 내밀며 몇 번이고 오해라고 설명했다. 그러자 미카엘라고 여전히 무릎을 꿇은 채로 갸웃거린다.

"어머나? 지난번에 소녀에게 노예의 육체는 주인의 쾌락을 위해 존재하는 것이다, 라고 하지 않았니? 그래서 노예답게 몸을 준비하고 있었는데 잘못한 것이었니?"

우와, 가증스럽다! 아무 것도 모른다는 얼굴로 검지를 볼에 대고 고개를 살짝 기울이는 미카엘라의 모습이 말이다. 그런데 뭐지, 좀 이상하다. 미카엘라의 행동이나 말장난이 마치 내가 평소에 즐겨보던 소설 속 히로인 같았다.

"적당히 해! 슴뚱!"

"어머어머. 주인님도 소녀를 슴가뚱뚱이라고 부르는 것이구나. 이 죄 많은 가슴을 어찌해야 할꼬. 메타트론의 말로는 탐욕이 가득 찼다고 하는데, 이 타고난 복은 소녀도 어찌할 수 없는 거다. 하니 주인님이 손으로 꾹꾹 눌러서 작게 해주지 않겠니?"

역시 미카엘라 녀석, 입가에 미소가 계속 맴도는 거 보니까 신났구나. 나를 주인님이라고 불러주고 겉으로 공경을 다하는 대신 자신의 취향껏 놀려먹으려나 보다. 역시 세상은 얻은 게 있으면 잃는 게 있는 법. 이제 와서 늦었겠지만 이 버거운 주인님 타이틀을 반납하고 싶었다. 사실 이 태양의 대천사는 노예로 부리기에 너무 거물이었다.

"미카엘라님! 말만 해주시면 이 색마를 당장 날려버리겠어요!"

"미카엘라님! 이런 변태에게 무릎을 꿇을 거 없다고요!"

"유제아! 감히 미카엘라님께 반말이라니!"

그녀를 존경하는 시녀 천사들이 칼을 위협적으로 흔들어댄다.

"어떻게 좀 해봐."

내가 앓는 소리를 하자 그제서야 미카엘라가 자리에서 일어나더니 다가온다. 그리고는 내 목에 두 팔로 매달리더니 달콤한 목소리로 웃어댄다.

"모두 그쯤 해두겠니? 이분은 소녀의 주인님이다. 소중하고 소중한 주인님이니 모두 무기를 집어넣으렴."

내게 반쯤 안겨서 태양처럼 화사하게 웃는 미카엘라. 대체 어디까지 진심이고 어디까지 장난인지 구분이 안 됐다. 정말 급격한 관계의 변화에 아직도 좀 혼란스럽다. 하지만 이 모든 건 결국 내가 만든 일이었다.

미카엘라에게 천사 지배를 걸고도 예전과 다를 바 없는, 전혀 변하지 않는 관계로 남을 수도 있었다. 하지만 내 욕심이 지금의 이런 아슬아슬한 사이를 만들어 버린 거다.

솔직히 말하면 주인님이라고 부르라고 한 건 과했다.

탐욕이 일었던 거다. 하지만 누가 이런 보석을 보고 탐욕을 느끼지 않을 수 있을까?

"주인님, 이제 소녀와 둘이서 밀담을 나누자."

"꼭 밀담이라고 표현해야겠어?"

"어머? 입으로 하는 대화는 별로인 거? 역시 몸의 대화가 좋은 거구나."

"…오늘은 중요한 용건이 있어서 온 거야."

그제야 미카엘라는 맑게 웃는다.

"소녀가 조금 지나쳤구나. 자, 이쪽으로. 주인님."

미카엘라는 아무렇지도 않게 내 손을 잡더니 어딘가로 이끌고 간다. 정원으로 가려나 했는데 한 번도 가본 적 없는 장소를 지나고 있었다.

"어디 가려는 건데?"

"정원이라고 했지 않니?"

"하지만 여긴 건물 안이잖아. 정원과 거리가 있는데."

"말이 많은 남자로구나. 일단 따라와 보거라."

그리고 들어간 곳은 생각지도 못한 장소였다. 우아하고 아름다운 가구가 가득한 화려한 방. 그리고 한쪽 구석에 놓여있는 커다란 침대. 이건….

"여긴 네 침실이잖아?"

깜짝 놀라서 묻자 미카엘라는 고개를 도리도리 흔든다. 그리고 주변에 장식된 장미꽃들을 가리킨다.

"정원이잖니."

맙소사. 서열 2위의 대천사가 막무가내로 우기고 있었다. 그런데 묘하게 흥분되는 향기가 방 안에 가득하다. 가슴이 뛰어 진정이 되질 않는다. 서둘러 나가려고 하니 미카엘라가 붙잡고 늘어진다.

"소녀는 오늘 중요한 얘기를 해야 한다. 그러니 이런 밀실이 아니면 곤란한 것을 알고 있잖니. 낮말은 새가 듣고 밤말은 쥐가 듣는다."

"하긴 그렇지만."

오늘 내가 미카엘라와 이리 만나는 건 그녀에게 들을 게 있어서다. 어쩔 수 없지. 우리는 탁자에 앉았다.

"아까 실컷 즐겼어?"

앞서 시녀들 앞에서 끈적하게 달라붙으며 장난친 것을 따졌다.

"글쎄? 무슨 소린지 소녀는 잘 모르겠구나?"

시치미를 떼고 모른 척하는 미카엘라. 더 따질까 했지만 순수하게 즐거워하는 그녀의 표정이 좋아서 마음이 풀어졌다. 노량진 웨이브 이후 그녀는 변했다. 무언가 떨쳐냈다는 느낌이랄까. 요즘 미카엘라는 정말 깨끗하고 아름다운 미소를 보여주곤 했다. 이전에는 볼 수 없었던 그런 빛을 말이다.

그러니 그냥 넘어갈 수밖에.

게다가 사실, 이 아름다운 천사가 뭔가 요염하게 들이대는 상황이 솔직히 싫지는 않았고. 방금 전에 미카엘라가 내게 살짝 안겼을 때… 가슴이 닿는 느낌 대단했었지…. 아직도 온기가 남아 있는 것 같다.

"크흠!"

회상하다 보니 얼굴이 붉어져서 괜히 헛기침을 했다. 그러자 어느새 차를 타고 있던 미카엘라가 잔을 내민다.

"황송하게 태양의 대천사님이 직접 차를 우려 주는군."

"소녀, 주인님을 위해서라면 기꺼이."

활짝.

진심이라는 듯 웃는 모습에 내 얼굴에 열기가 화끈하게 오른다. 오늘 이 녀석, 여러 가지로 이상하네.

"…차 잘 마실게."

차를 홀짝이며 겨우 마음을 진정했다. 그리고 여기 온 용건을 꺼내놓을 수 있었다.

"미카엘라."

"응."

"내가 왜 온 건지 알아?"

"그래, 소녀에게 듣고 싶은 게 있겠지."

나는 대답 대신 고개를 끄덕였다. 맞다. 그건 바로 대천사 산달폰의 죽음에 관한 진실. 나는 최근 미카엘라가 그날의 진실을 메타트론에게 제대로 알리지 않은 걸 깨달았다. 그래서 오늘 그 점을 추궁하러 왔다.

"메타트론에게 거짓말을 한 거야?"

"소녀가 그럴 리가 있겠니. 주인님과 메타트론에겐 이제 더는 거짓말하지 않는다."

주인님이란 단어를 입에 담을 때 그녀는 자신의 초커 목걸이를 살짝 쓰다듬는다.

"그러면?"

"그저 일부만 말했을 뿐이다. 그럴싸하게."

"제대로 설명해 주겠어? 이대로라면 네게 실망할지도 모르니까."

"그게…. 소녀가 사실대로 모든 걸 말하면, 그 진실은 그 아이에게 치명적이라 어쩔 수 없었다."

미카엘라는 차분하게 모든 걸 설명하기 시작했다. 그날 무슨 일이 있었는지, 그리고 왜 모든 걸 메타트론에게 말하지 않는지까지. 가만히 그걸 듣던 나는 곧 고개를 끄덕일 수밖에 없었다. 미카엘라에게는 조금의 악의도 없었다. 그저 친구를 위한 행동이었다.

"확실히… 네 판단이 맞는 것 같군. 지금 그녀에게 진실을 들려주는 건 좋지 않아."

"그 아이도 언젠가 알아야겠지. 하지만 소녀는 그게 지금은 아니라고 생각한단다."

뭐든지 시기가 있다. 적당한 시기.

우리는 당분간 이 얘기는 묻어두기로 했다.

"그래도 소녀는 그 아이를 속이는 것 같아 마음이 좋지 않아."

이미 메타트론을 한 번 속인 전례가 있어서 그런지 미카엘라의 얼굴에는 그늘이 져 있었다.

"이건 속이는 게 아니야. 배려지."

"그런 걸까?"

"그래, 날 믿어."

내가 확신을 갖고 말하자 미카엘라는 그제야 좀 표정을 풀었다.

"그건 그렇고 내겐 모든 걸 솔직히 말해줘서 고맙군."

"당연하지. 소녀의 주인님인 걸."

"오늘 찾아오길 잘했어. 중요한 얘기를 들었군."

"그러면 이제 용건은 끝난 거구나?"

미카엘라는 갑자기 고혹적인 미소를 지으며 자리에서 일어나 다가온다. 그리고는 내게 귓가에 속삭인다.

"옛 비밀을 알아봤으니 이제 소녀의 비밀을 알아보지 않겠니?"

"또 시작이다."

"어라? 진심인데, 주인님은 소녀에게 관심이 없는 걸까? 소녀의 쓰리 사이즈 같은 거 궁금하지 않니?"

미카엘라는 스스로를 껴안는 것처럼 팔을 모은다. 그러자 가뜩이나 큰 가슴이 더욱 도드라지게 모인다.

"말만하면 소녀의 가장 예쁜 부위의 사이즈를 알려줄 텐데? 어때?"

궁금하다. 사실 엄청 관심 있고 궁금했다.

하지만 이대로 넘어가면 안 되다는 직감이 강하게 들었다. 하나를 얻으면 하나를 잃는 법. 가슴 사이즈를 알려준 대가로 무슨 장난을 더 칠지 알 수가 없었다. 그 점을 얘기하자 미카엘라는 고개를 갸웃거린다.

"장난 같은 건 치지 않는데? 소녀는 모두 진심이다."

"뭐?"

"장난이라 여겼다니 섭섭하구나. 주인님은 소녀의 은밀한 수치를 낱낱이 알 수 있는 유일한 남자인 거다."

그런데 그때 미카엘라가 갑자기 차를 내게 쏟았다.

"으앗!"

바지가 완전히 젖었다. 잠깐? 이거 일부러 그런 거 같은데.

"미안하구나."

일단 사과는 하고 있는데 전혀 당황한 얼굴이 아니다.

"표정은 하나도 안 미안해 보이는데?"

"그럴 리가. 소녀는 지금 격렬히 미안해하고 있다."

"대체 뭘 원하는 거야?"

"소녀를 너무 그런 식으로 보지 말아다오. 일단 젖었으니 벗는 게 좋겠구나."

"뭐?"

놀라서 바지를 잡으려고 하자 미카엘라가 억지로 내 바지를 벗겨낸다. 세상에 무슨 여자가 이렇게 힘이 좋아! 설마 힘 수치가 나보다 높은 거 아냐? 하긴 서열 2위 대천사니까 그럴 수도 있겠네. 뭔가 완전히 당하는 느낌으로 순식간에 탈의됐다. 그리고 곧 욕실로 보내졌다.

"씻는 게 좋겠구나. 여기 가운이 있으니 씻고 나서 입으면 된다. 그 사이 소녀는 바지를 말리겠다."

"뭔가 이상한 짓 하려는 거 아니지?"

"대체 무슨 소린지 모르겠구나."

미심쩍어서 한동안 보고 있으니 정말 바지를 말리기 시작한다. 괜히 의심했나?

"음? 안 들어가니?"

사심 하나 없어 보이는 순수한 눈동자로 날 보는 미카엘라의 시선에 나는 잠시나마 야한 생각이 든 게 미안해졌다. 그래서 씻고 나오기로 했다. 차 정도로 이럴 필요는 없는데 말이지. 그런데 안에 들어가니까 생각이 바뀌었다. 따뜻한 목욕물이 차 있는 걸 보고는 나도 모르게 꽤 즐기고 나와 버렸다. 기분 좋게 밖에 나오니까 미카엘라가 미소 띤 얼굴로 날 맞이해 준다. 그녀의 얼굴에는 요염함이나 장난기 같은 건 전혀 없었다. 난 적잖이 안심했다.

"자, 소녀가 직접 만든 쥬스란다. 주인님의 입맛에 맞았으면 좋겠구나."

"직접 짠 과일 쥬스야?"

고개를 끄덕끄덕 거리는 미카엘라. 그리고는 아주 자연스럽게 내 손을 붙잡더니 자신의 침대로 데리고 간다. 너무 자연스러워서 나는 침대 한 켠에 앉아 쥬스를 다 마실 때까지도 내가 침대 위에 있다는 사실을 알지 못했다. 그리고 뭔가 엄하다는 느낌이 들어 옆을 보는데, 완전히 표정이 변한 미카엘라가 날 보고 있었다.

"아차!"

당했다는 생각이 든 순간, 미카엘라가 표범처럼 나를 덮쳐서 쓰러뜨렸다. 그리고는 침대에 누운 내 위에 올라타서는 움직일 수 없게 단단히 포지션을 잡았다.

"미, 미카엘라? 뭐래? 왜 이래?"

"후훗. 우후훗."

대답 대신 나직하게 웃는 미카엘라. 갑자기 갈무리하고 있었던 그녀의 색기가 마구 흘러나왔다. 그리고 내 눈앞에서 중력의 영향으로 한껏 더 존재감을 과시하고 있는 그녀의 눈부신 거유가 출렁이고 있었다.

맙소사.

어떻게든 탈출해야! 잘못하면 오늘 큰일 나겠다.

황급히 일어나려 했지만 달콤한 목소리로 내 귓가에 직접 속삭여 온다.

"이번에 스이엘의 일, 정말 고맙구나."

미카엘라는 내 몸 위에 자신의 몸을 뉘이더니, 손을 마주잡아 온다.

"스이엘?"

"모른 척하는 거니? 소녀는 다 알고 있는데. 주인님은 눈치채지 않았느냐. 스이엘이 최근에 우울해 하던 걸."

"뭐야? 너도 알고 있었어?"

미카엘라는 고개를 끄덕였다.

"소녀는 스이엘의 상관이었지만 동시에 친우이기도 하잖니. 친구의 얼굴에 그늘이 생길 때 그걸 눈치채지 못할 정도로 둔감하지 않단다."

"그런데 왜 해결해 주려고 하지 않았던 거야?"

미카엘라는 아무 것도 하지 않았었다. 몰랐다면 그렇다 치겠지만 알면서도 모른 척했다는 건 의아한데? 그녀는 스이엘을 무척 아끼고 있으니까.

"소녀가 스이엘에게 무언가 도움을 줄 수는 있었겠지. 하지만 그건 소용없는 짓이란다. 생각해 보렴. 스이엘이 원하던 게 무엇이었는지. 스이엘은 우리와 나란히 걷고 싶어 했단다. 그런데 소녀가 도와주면 결국 소녀에게 종속된 힘밖에 가질 수 없겠지. 아마 소녀가 그 아이를 고위 천사 정도로 올려 줄 수는 있었을 것 같구나. 하지만 그건 스이엘이 바라는 일이 아니란다."

스이엘이 원하는 걸 위해 결국 그녀는 대천사가 돼야 했다. 그때 퍼뜩 뭐가 떠올랐다. 그리고 소름이 돋는다.

"설마 너! 일이 이렇게 될 줄 알고 있었어?"

내 물음에 미카엘라는 잔잔히 웃을 뿐이었다.

"흑당의 정책을 밀어붙이기 위해서 이후디엘과 라미엘이 실각해야 했지만, 스이엘을 위해서이기도 했지."

"처음부터 그것까지 생각하고 있었던 거야?"

"소녀는 큰 그림을 그리는 걸 좋아하지."

"허… 네가 내 편이라서 다행인데."

약간 질린 듯한 표정을 짓자 미카엘라는 나를 달래듯 껴안는다.

"소녀는 언제나 주인님의 편. 그리고 주인님의 것이다. 그런 걱정은 하지 않아도 좋다.”

신체를 밀착하자 그녀의 탄력 있고 커다란 가슴이 날 압박해 온다. 순간 척추를 타고 전류가 흐르는 듯한 아찔한 기분이 됐다.

“이번 일의 결과는 소녀도 알 수 없었단다. 하지만 이후디엘과 라미엘 중 하나는 죽으리라 확신했지. 그러면 유제아 네가 스이엘을 승급시킬 거라고 예상했단다.”

미카엘라는 처음부터 대천사의 정수를 노리고 있었던 거다. 스이엘을 위해서.

“만약 일이 그렇게 안 흘러갔으면 개입하려 했고?”

“주인님의 뜻을 거스르지 않는 범위 안에서. 그리고 주인님.”

“응.”

“이건, 이번에 스이엘을 신경 써 준 일에 대한 소녀의 자그마한 보답이다.”

“어? 무슨…”

뭐라고 묻기도 전에 미카엘라의 입술이 내 입을 막아버렸다. 어? 지금 이게 무슨 일이지? 어째서인지 입술에 엄청나게 부드럽게 매끈거리는 게 닿았다. 그리고 나는 나도 모르게 눈을 지그시 감고 미카엘라를 꽉 껴안은 뒤에야 깨달았다.

놀랍게도 난 키스를 하고 있었던 것이다. 그걸 깨달은 순간 갑자기 가슴 속에 뜨거운 게 솟아오르는 것 같아 답답해졌다. 그리고 숨이 막혀서 호흡이 힘들어졌다. 하지만 지금의 이 기쁨은 거부할 수 있는 게 아니었다.

마침내 미카엘라의 입술이 떨어졌을 때 나는 숨을 몰아쉬는 것 밖에 할 수가 없었다. 미카엘라는 그런 내 모습에 요염하게 웃어 보인다.

"소녀의 입술, 주인님에게 어땠는지 궁금하다. 그리고 기뻐해줬으면 좋겠구나. 소녀는 첫 키스였다."

"……."

미카엘라는 날 사랑스럽다는 듯 쳐다보더니 내 볼을 쓰다듬는다.

"주인님."

"응?"

"키스만으로 만족할 수 있는 것이니? 지금이라면 소녀의 모든 것, 주인님에게 바칠 생각이란다."

"뭐?"

"농담도 장난도 아니란다. 소녀, 주인님이 첫 상대이길 바란다. 오늘밤 소녀의 침실에서 머물고 가려무나. 그리고 소녀의 진정한 주인님이 되렴. 소녀는 언제나 평생 주인님의 것이 될 테니."

"…그런 건 사랑하는 남자와."

아, 아니. 잠깐?

미카엘라가 지금 하는 말은 고백이나 마찬가지 아닌가? 여기서 모른 척하면 완전 나쁜 놈이란 생각이 들었다. 그렇다면 제대로 답해줘야 한다. 미카엘라는 차분한 얼굴로 내가 입을 열길 기다려주고 있었다.

"아… 저, 미카엘라."

"응?"

"나는… 네가…."

그런데 그때.

폭음이 터졌다.

콰아아앙!

침실의 방문이 갑자기 폭발했던 것이다. 그리고 나타난 검은 날개의 소녀. 그녀는 완전히 열이 올라 분노한 모습이었다. 머리에서 김이 올라오고 있었다.

"벌건 대낮에 반쯤 벗고 민달팽이처럼 서로 엉겨 붙어 있다니! 이런 파렴치한 놈들!"

놀란 나는 서둘러 입을 열었다.

"메, 메타트론! 이건 사실! 읍!"

하지만 나는 말을 더 하지 못했다. 미카엘라가 커다란 가슴으로 내 얼굴을 눌러서 입을 막아버렸기 때문이다. 그리고 그녀의 말소리가 들렸다.

"어머, 메타트론? 우리는 지금 중요한 일 중이니 나중에 찾아와 주지 않겠니?"

"슴뚱! 역시 네 녀석은 걸어 다니는 외설도서다! 유해간행물이라고!"

그 소리와 함께 곧 거대한 마법이 시전되는 기운을 느꼈다.

번쩍!

콰아앙!

빛과 소음이 이어졌고 나는 그만 정신을 잃고 말았다.

유제아가 기절한 사이.

세 대천사가 서로를 마주보고 있었다.

메타트론, 미카엘라, 스이엘이었다.

"어떻게 알고 방해한 거니?"

미카엘라는 다 잡은 사냥감을 놓쳐서 기분이 상해 있었다.

"이! 이 후안무치한! 본녀의 화신을 유혹하지 말거라!"

메타트론은 자기 걸 빼앗길 뻔했다는 사실에 분노하고 있었다. 아직 연애 감정도 잘 모르는 그녀지만 유제아가 다른 여자랑 친해지는게 싫다는 점은 확실했다.

"어떻게 알았냐고 물었잖니."

"스이엘이다. 스이엘이 알려줬다. 네가 본녀의 화신을 먹어치우려 한다더구나."

"뭐?"

놀란 표정을 짓는 미카엘라는 스이엘을 쳐다봤다.

"스이엘? 진짜 네가?

배신감이 묻어나는 목소리에 스이엘은 면목 없다는 표정을 짓는다. 하지만 물러나지 않았다.

"미카엘라님."

"응? 말해보렴."

"이런 식으로 먼저 채가는 건 불공정하고 생각해요."

"하? …설마 스이엘 너?"

말없이 고개를 끄덕이는 스이엘.

미카엘라는 쓴웃음을 흘렸다.

"설마 그럴 줄이야. 하긴 그럴 법도 하지. 자길 구해준 사람은 멋지게 보이니까."

"미카엘라님, 그간 못난 여자라고 놀려서 죄송해요. 저도 사실 못난 여자인 거 같아요."

둘이 나누는 얘기에 메타트론은 영문을 모르겠다는 얼굴이었다.

"지금 서로 무슨 얘기 중인 것이냐?"

하지만 미카엘라와 스이엘은 가볍게 무시했다. 어린애는 아직 낄 대화가 아니었다.

"그래서 이렇게 방해를 한 거니?"

"…죄송해요."

스이엘이 보기에는 이대로라면 유제아가 미카엘라와 맺어지는 건 시간문제였다. 메타트론은 도저히 미카엘라에게 행동력 면에서 상대가 안 됐다. 자신 역시 마찬가지였다. 유제아는 예전부터 자신을 여자로 의식하고 있지 않았다. 그런데 설상가상, 이번에 대천사가 되면서 유치원생이 되어 버렸다. 도저히 승산이 없었다. 반면 자신의 상관인 미카엘라는 여자력의 화신과도 같은 존재. 이대로라면 채 피어보지도 못한 자신의 마음이 끝날 거란 걸 직감한 스이엘은 곧장 움직인 것이다.

"영악하구나, 스이엘. 쯧!"

"미카엘라님도 치사해요. 이건 공정한 경쟁이 아니에요."

"적이 준비를 갖추기 전에 치는 건 병법의 기본이잖니."

"맞아요. 하지만 그래서 공격당하기 전에 천하를 나눈 거예요. 바로 천하삼분지계天下三分之計지요. 아니, 이런 경우는 천사삼분지계天使三分之計일까요?"

스이엘의 전략은 간단하면서 절묘했다.

아직 메타트론과 자신은 스타트 라인에도 못 선 수준이다. 지금이라면 미카엘라의 승리밖에 없다. 그러니 독주를 막기 위해 자신과 메타트론이 견제하겠다는 것. 아무리 미카엘라가 매력적이라고 해도 메타트론과 스이엘의 매력 역시 빼어나다. 그런 둘이 미카엘라의 사랑을 방해하고 나서면 그녀라고 해도 일이 꼬이고 만다.

"하… 스이엘, 대단하구나."

미카엘라는 이마를 짚었다. 설마 이런 한 방을 먹여올 줄이야. 그녀는 마치 부루투스에게 암살당한 카이사르의 심경이 되었다.

"죄송하지만 스이엘은 이대로 당할 생각은 없답니다. 유제아의 마음은 셋으로 나눌 거예요. 반드시 그렇게 만들 테니까 그 녀석은 누구도 선택하지 못하겠죠."

미카엘라는 그렇게 되리라는 걸 인정할 수밖에 없었다. 스이엘의 통통 튀는 매력이나 메타트론의 사랑스러움은 자신이 제일 잘 알고 있으니까.

"맞아! 스이엘 말대로 할 거야!"

메타트론은 상황을 잘 이해 못했지만 일단 스이엘 편을 드는 게 맞다고 여겨서 그리 끼어들었다. 미카엘라는 결국 일이 틀어졌음을 깨달았다. 스이엘은 그런 그녀에게 제안했다.

"그러니까 유제아의 결정은 모든 싸움이 끝난 뒤로 미루는 게 어때요? 오래 기다릴 필요도 없답니다. 3년 안에 왕을 죽이겠다고 했으니까요. 그리고 그때 유제아의 결정에 얌전히 따르는 거지요."

"스이엘, 꽤나 생각해 왔구나."

"미카엘라님께 배운 덕에 스이엘은 유능하답니다. 게다가 이제 대천사죠. 미카엘라님에게 지고 싶지 않아요."

"고약한 것. 네가 아무리 그래도 내가 널 미워할 수 없다는 걸 알고 그러는구나."

어쩔 수 없다는 듯 두 팔을 벌리는 미카엘라. 그녀는 대범하게 오늘 이 반역을 용서하기로 한 것이다. 작은 스이엘은 그녀의 품에 뛰어든다.

"헤헤헷. 물론이죠. 미카엘라님은 저를 엄청엄청 좋아하시잖아요."

"이런 소악마 같은."

두 여자가 그렇게 서로를 껴안고 화해하자 옆에 있던 메타트론이 화를 낸다.

"뭐냐! 뭐냐! 왜 너희들만 껴안는 것이냐! 잘 모르겠지만 치사하다! 본녀도 껴주라!"

미카엘라와 스이엘이 팔을 벌려 메타트론도 안아줬다. 메타트론은 맑게 웃으며 좋아한다.

"꺄하하! 간지럽지 않느냐? 뭐냐, 이것은. 신종 놀이인 것이냐?"

그런 그녀의 모습에 미카엘라는 가볍게 고개를 흔들었다.

"확실히 지금이라면 공평하지 않네."

스이엘도 고개를 끄덕였다.

"그렇죠?"

"좋아. 네 천사삼분지계를 받아들이지. 대신 조건이 있단다."

"말씀하세요, 미카엘라님."

"유제아의 행보를 보면 앞으로 여자가 더 꼬일 것 같구나. 그러니 우리 셋이 협력해서 그들을 밀어내면 어떻겠니? 3년 뒤에 우리 셋 중에 하나를 골라야지, 유제아가 다른 여자랑 맺어진다면 실로 황당한 일이다."

그녀의 말에 스이엘과 메타트론이 동의했다.

"맞아요. 정말 그러네요."

"동의한다. 본녀의 화신 옆에 다른 여자들이 있는 게 신경 쓰인다."

결국 셋이서 묘한 동맹을 체결하게 됐다.

이름 하여 삼국결혼동맹.

내용은 간단하다.


**－3년 동안 유제아의 옆에 다른 여자가 생기는 걸 막는다.**
**－3년 뒤의 유제아의 선택에 순응한다.**


삼각형 모양으로 선 그들은 서로의 새끼손가락을 연결하고 약속했다.

"정말 기대되는 구나. 왕이 죽는 날 웨딩드레스를 입을 신부가 누군지. 당연히 그건 이 몸이겠지만."

"길고 짧은 건 대봐야 아는 법이지요, 미카엘라님. 그 가슴만 믿고 계시다가는 큰 코 다치실 걸요?"

"에잇! 둘 다 아까부터 알 수 없는 소리나 하고 시끄럽구나. 누가 뭐라고 해도 유제아는 본녀의 것이다. 다른 누구에게도 주지 않는다."

그렇게 세 여자가 야심만만하게 의지를 다졌다.

이 중 누가 승리할 것인가? 아니면 제3자가 나타날 것인가?

아직은 답을 알 수 없는 물음이 많았다.

설령 대천사라고 해도 사랑 앞에선 평범한 소녀에 불과했으니까.

## 서열 11위 자르키엘

"처신이란 중요한 것이오. 무언가 말하고자 하는 게 떠오를 때는 입을 다물고, 위험이 다가오거든 도망칠 굴을 여러 개 파두시오. 그래야만 당신이 이루고자 하는 바를 이룰 수 있을 것이오. 성취는 생존을 기반으로 하기에."

# 외전2-라파엘과 나나엘의 동향.

### 서열 4위 라파엘의 동향.

라파엘은 약간 들뜬 얼굴로 손을 싹싹 비비더니 엄중하게 잠긴 자신의 금고문을 열었다.

"와, 이 예쁜 새끼들아. 잘 있었니? 키킥."

라파엘의 금고 안에는 그가 조심스레 모아온 몬스터의 마정석이 가득했다. 하나 같이 고위 몬스터나 군주급 몬스터의 몸에서 나온 강력한 것이었다.

그런데 왜 대천사가 몬스터의 마정석을 이리 많이 보관하고 있을까? 세인들이 지금 이 광경을 봤다면 의혹에 찬 시선을 라파엘에게 던질 게 틀림없다.

보통 몬스터의 마정석을 얻게 되면 정화해서 마력으로 환원해버린다. 그도 그럴 게, 몬스터의 마정석은 온갖 불길함과 안 좋은 에너지로 가득했기 때문이다. 한데 라파엘은 몬스터 마정석을 이렇게 빼돌려 몰래 보관하고 있었던 것이다.

"좋아, 다들 존나게 잘 있네. 흐음… 그런데 어째서 요즘 이렇게 기분이 찝찝하지?"

라파엘의 아름다운 얼굴이 찡그려진다.

"시발, 꼭 뭐지… 똥이 개운하게 안 나오고 중간에 걸린 기분이라니까."

며칠 사이 라파엘은 이상하게 기분이 별로라 계속 신경이 곤두서 있었다. 그 이유를 그는 알지 못했지만, 사실 쿠니엘의 귀환 때문이었다.

"이제 전쟁도 일어날 테니 엄청 신 나야 할 텐데 말이지. 그간 쓸모없이 밥만 축내던 새끼들이 모조리 죽어나자빠질 거 생각하니까 얼마나 좋아. 키키킥."

쿠니엘의 귀환은 현재 유제아에 의해 비밀로 부쳐져서 알려지지 않았다. 라파엘 역시 모른다. 하지만 그는 본인도 모르게 쿠니엘의 에너지를 감지하고 기분이 안 좋아진 상태였다.

그도 그럴게, 쿠니엘과 라파엘은 악연 그 자체였으니까.

현재 라파엘은 서열 4위인데, 본디 이것은 쿠니엘의 자리였다. 그런데 그 위치를 탐낸 라파엘이 교묘하게 머리를 써서 차지한 것이다. 둘의 이야기는 7년 전에 있었던 대탈주 사건에서 부터 시작된다.

대탈주 사건은 과거 만주에서 있었던 몬스터의 반란을 말하는데, 이때 둘의 운명이 갈렸다. 천사와 헌터가 늘 파벌싸움에 골몰해 있던 것처럼 몬스터 역시 내부적인 분쟁이 끊이질 않았다. 그러다 평양에 있는 왕에게 적극적으로 반기를 든 사건이 터지는데, 당시 세를 크게 부풀린 만주의 몬스터 집단이 들고 일어난 것이다.

몬스터 중 진골과 성골이라고 할 평양 세력과 변방이지만 그 수가 많은 만주가 충돌했고, 처음에는 고소를 머금고 지켜보던 천사와 헌터들도 화들짝 놀랄 격전이 벌어졌다.

　몬스터간의 세력 싸움은 그야말로 치열했다. 하지만 결국 평양의 왕은 만주에서 들고 일어난 총 72위의 군주급 몬스터를 처단하는데 성공한다. 이후에 그 잔당들이 보복을 두려워해 만주를 벗어나 도망치는데 이게 대탈주 사건이다.

　문제는 도망친 세력이 수가 어마어마해서 만주의 주변에 있던 나라들에게 다대한 피해를 끼쳤다는 것. 몬스터들은 크게 두 패로 나뉘어 중국과 러시아로 흘러갔으니, 이 두 나라는 가만히 있다가 날벼락을 맞았다.

　중국은 몬스터 사태 때 만주를 빼앗기긴 했지만 그 이상의 피해는 없었고, 러시아의 경우도 블라디보스토크 일대를 빼앗긴 거 빼고는 괜찮았다. 그러다보니 두 나라에 클랜을 둔 천사도 손에 꼽을 정도로 적었다.

　어디까지나 몬스터 사태의 주인공이자 최대 피해자는 대한민국이었다. 당시 세계에 강림한 천사의 9할은 대한민국에 주둔한 상태였다. 그러다 보니 갑작스러운 몬스터의 이동에 두 나라가 제대로 대처하지 못한 건 말할 필요도 없다.

　이후 대천사회의에서는 중국과 러시아를 구원하기 위한 파병을 결정했는데, 이때 자진해서 러시아로 간 게 서열 4위의 쿠니엘이었다. 그러자 그녀와 라이벌이었던 당시 서열 5위 라파엘은 중국으로 향한다.

　이후 둘은 누가 더 몬스터를 더 토벌하나 경쟁했다. 하지만 쿠니엘은 괜히 서열 4위가 아니었다. 러시아의 전역이 중국보다 더 힘들었음에도 쿠니엘은 라파엘보다 더 많은 성과를 냈다.

그러자 라파엘은 초조해졌다. 당시 라파엘은 공공연하게 서열 4위의 자리를 요구하고 있었다. 자신이 모든 면에서 쿠니엘보다 우수함을 주장하면서. 한데 눈에 띄는 성과에서 밀리니 체면이 상할 수밖에 없었다. 결국 라파엘은 아주 간교한 짓을 하기에 이른다.

러시아에 있던 군주급 몬스터와 합작해서 쿠니엘을 치기로 결정한 것이다. 자신의 승리를 위해 아군을 아무렇지도 않게 팔아버리는 끔찍한 짓이었다. 하지만 라파엘은 상관하지 않았다. 쿠니엘을 치울 수 있다면 그는 더한 짓도 했을 것이다.

결국 라파엘과 러시아의 군주급 몬스터들이 만든 함정에 빠진 쿠니엘은 치열한 전투 끝에 실종된다. 죽었다는 소문만이 돌았다. 아니, 다들 죽었다고 생각했다. 그런데 여기서 라파엘은 아주 영리한 짓을 한다.

쿠니엘의 복수를 하겠다며, 합작했던 군주급 몬스터들을 모조리 뒤통수를 친 것. 그들을 모두 간교한 함정에 끌어들여 살해한 그는 순식간에 러시아 전역을 끝내버렸다. 이어서 기세를 올려 중국의 남은 몬스터들도 처리했다. 당시 러시아의 동료들이 토벌 당하자 겁을 집어 먹은 중국의 몬스터들에게 라파엘은 항복을 권했다. 그리고 항복해온 그들의 수뇌부를 남김없이 죽어버렸다.

가장 비열한 자가 적과 아군을 모조리 처리한 전쟁 영웅이 됐다. 현재 라파엘의 금고에 있는 고위 몬스터와 군주급 몬스터의 마정석 대부분은 그 러시아, 중국에서의 싸움에서 얻은 것이었다. 그 후 라파엘은 전공을 인정받아 서열 4위에 올라서게 됐다. 치졸하고 사악한 배신행위 끝에 얻은 것이지만, 본인은 이걸 빛나는 승리라고 여기고 있었다.

"괜히 민감한 건가? 니미럴. 내가 아무리 여자 흉내를 내고, 여자보다 예쁘다지만 생리 온 여자처럼 민감하지는 건 흉내 낼 필요 없지. 암암."

라파엘은 한동안 자신의 금고에서 서성인 탓에 기분이 다시 괜찮아졌다. 그래서 최근에 찝찝한 기분을 털어버리기로 결정했다. 그보다 그에겐 할 일이 있었다.

"다르쿠다, 그 씨발 놈을 잡아서 족쳐야지. 안 그래도 최근에 안산에 온 것 같던데."

유제아가 제일 두려워하고 있는 군주급 몬스터 다르쿠다는 탁월한 변신 능력 때문에 '도플갱어의 군주'라고도 불린다. 실제로 온갖 공작에 참여하는 도플갱어 대부분이 다르쿠다의 휘하라고 한다. 그들은 인간 사회에 녹아들어 암약 중이었다. 그리고 라파엘은 그 도플갱어들을 제거하는 일에 열심이었다.

"도플갱어 놈들이랑 싸울 수 있는 건 나 밖에 없지."

라파엘은 허리춤에 있는 외눈안경을 눈에 끼우고는 사악하게 웃는다. 이 외눈안경은 놀라운 성능을 가진 S등급 마법 아이템이다. 거짓과 함정을 간파하는 힘을 가졌기에 도플갱어를 가려내는데 최고였다. 라파엘은 지금까지 이 외눈안경의 힘을 빌려 수많은 도플갱어를 잡아왔다.

"키키킥. 가볼까."

라파엘은 안산의 으쓱한 골목가로 향했다. 최근 이 지역에 도플갱어들이 나타났다는 첩보가 있었다. 이런 점만 보면 라파엘이 그나마 좋은 일도 한다는 생각이 들지도 모른다. 천사와 인간 진영을 좀먹는 도플갱어들을 효과적으로 치워내고 있었기에 말이다.

하지만 사실 그가 이리 날뛰는 건 그런 공익과는 전혀 거리가 멀었다. 오로지 그 자신의 이익을 위해서였다. 도플갱어들은 라파엘의 적이었다. 라파엘은 자신의 계획을 몇 번이고 도플갱어들에게 방해받아왔다. 그의 유능한 헌터와 천사 몇도 다르쿠나나 다르쿠다가 보낸 도플갱어에게 암살된 일이 있었다.

왜 다르쿠다가 사사건건 자신을 방해하는지 라파엘은 알지 못했다. 그저 적의에는 적의로 상대할 뿐이었다. 그래서 라파엘은 줄곧 다르쿠다를 쫓고 그녀의 도플갱어들을 죽이는 일에 매진하고 있었다.

"그 씨발 년이 쓰러져야 내 일도 술술 풀리겠지."

라파엘은 남몰래 이런저런 일을 진행하고 있었는데 번번이 다르쿠다에게 방해를 받았다. 다르쿠다를 죽이지 못하면 그의 일은 진척이 없을 것 같았다.

"흐음… 이 새끼들이 어디에 있나?"

날개를 접어 없어지게 한 다르쿠다는 외눈안경을 꺼내서 도심을 살핀다. 그리고는 곧 목표를 찾아냈다. 현재 그는 날개만 없앤 차이나드레스 차림이지만, 환영 마법을 써서 일반인처럼만 보인다. 도시의 골목을 돌아다니는 그를 이상하게 보는 자는 없었다.

"옳지. 저기에 있네."

한참 도심의 거리를 바지런히 돌아다닌 라파엘은 곧 도플갱어 무리를 발견할 수 있었다. 누가 봐도 수상한 구석이 없는 시민이였지만 라파엘의 외눈안경은 속일 수 없었다. 그는 회심의 미소를 지으며 도플갱어들을 따라갔다. 조용한 골목으로 향하는 게 뭔가 음모의 냄새가 났다.

'쿠쿠쿡. 곧 지들 죽을 것도 모르고.'

라파엘은 콧노래를 부르며 골목 안으로 도플갱어들을 따라 들어갔다. 슬쩍 훔쳐보니 안에서 그들은 커다란 가방을 가지고 무언가를 거래 중이었다.

'뭐지?'

라파엘은 호기심이 동했다. 그는 도플갱어들을 모조로 쳐 죽이고 자신이 저 가방을 갖기로 마음먹었다. 실로 라파엘다운 태도였다. 결정한 이상 망설일 이유가 없었다. 그는 곧장 환영 마법을 풀며 난입했다.

"이 새끼들아! 딱 걸렸어!"

놀라 도플갱어들이 비명을 질렀지만 라파엘의 공격이 훨씬 빨랐다. 그는 작은 몸집은 가진 대신 누구보다 빠른 쾌속의 공격을 특기로 삼고 있었다.

샤악! 삭! 쓰윽!

날카로운 바람소리가 나더니 라파엘의 건틀렛이 번들거리는 피로 물든다. 그리고 도플갱어들은 피를 뿜으며 쓰러졌다. 인간으로 변해 있던 그들은 죽음을 맞이하자 회색의 외계인 같은 본래 모습으로 되돌아갔다.

"낄낄낄. 역시 이 새퀴들 터는 건 존나게 재밌는 취미라니까."

라파엘은 히히덕거리며 발로 늘어진 도플갱어의 사체를 치운 뒤

가방을 향해 걸어갔다.

"요게, 요게 아주 대박의 냄새가 난단 말이야."

자기가 재수도 좋다고 생각하며 가방의 지퍼를 내리는 라파엘. 그는 뭔가 한 건 했다는 생각으로 눈을 반짝였다. 하지만 가방의 내용물은 본 순간 라파엘의 표정은 굳어버렸다.

"······."

라파엘은 그대로 입을 닫은 채 가만히 있다. 허리를 구부정하게 숙인 자체 그대로였다. 마치 석상이 돼버린 것 같다. 그리고 한참 뒤 라파엘은 간신히 숨을 내뱉었다.

"······하아. 시팔."

가방 안에 있는 건 절단된 시체였다.

라파엘도 아는 얼굴이다.

그의 휘하에서 비밀스러운 일을 시키고 있는 한 고위 헌터가 토막이 나서 가방 안에 들어가 있던 것이다. 라파엘은 그의 잘린 머리를 들어서 쳐다본다. 혀를 쭉 내밀고 입을 벌린 채 죽어있다.

"이 존마나, 어쩌다 이렇게 간 거니?"

하지만 시체가 대답할 리가 없다. 라파엘은 머리를 옆에 툭 던진 뒤 가방 안에 있는 편지를 발견했다.

"허미, 시팔. 설마 나한테 보낸 건 아니겠지?"

말은 그리하면서도 곧장 편지를 열어본 라파엘. 그리고 안의 내용을 읽어보고는 미간이 깊게 찡그려졌다

> 라파엘은 보아라.
>
> 이 몸이 있는 한, 네놈이 하는 짓거리는 절대 성공하지 못할 거
>
> 다. 여기 네 졸개를 돌려보낸다.
>
> —다르쿠다

라파엘은 도플갱어에 관한 첩보가 처음부터 자신을 초대하기 위한 것이었음을 깨달았다. 다르쿠다는 그를 능욕하기 위해 이런 자리를 마련했던 거다. 참을 수 없는 분노에 라파엘의 얼굴이 악귀처럼 일그러졌다.

"이런 시바아아아알! 다르쿠다아아! 널 죽여 버리겠어! 죽어버리겠다고오오오!"

안산의 더러운 골목길에서 라파엘의 절규가 귀곡성처럼 울려 퍼지고 있었다.

하지만 세인들은 아무도 모른다.

다르쿠다와 라파엘의 끈적끈적하게 이어지는 이 길고 지난한 싸움을.

**서열 7위. 용기의 대천사 나나엘의 동향.**

"으으으… 으윽!"

나나엘은 악몽을 꾸고 있었다. 꿈속에서 그녀는 과거 자신의 클랜원들이 몰살되는 끔찍한 광경을 무력하게 지켜본다. 그 모습은 도저히 한때 몬스터를 공포에 떨게 했던 용기의 대천사 같지 않았다.

"안 돼! 안 돼! 으아아아!"

결국 몸을 벌떡 일으키며 깨어나는 나나엘. 전신의 식은땀으로 젖어 그녀의 얇은 잠옷이 끈적하게 젖어 있었다. 머리카락은 엉망으로 헝클어진 그녀는 숨을 거칠게 몰아쉬었다.

"하아, 하아. 대체 언제나… 언제나 돼야 이 악몽에서 벗어날 수… 흐윽…."

흐려지는 그녀의 목소리에는 당장이라도 울어버릴 듯했으니, 나나엘에 대해 잘 알고 있는 이가 보면 놀랄 광경이었다. 특히 과거 이 여자가 얼마나 빛나고, 얼마나 대단했던 지를 떠올려보면 더더욱 말이다.

부르르.

땀이 식자 서늘한 한기가 밀려든다. 나나엘은 더 자기 틀렸다고 생각했는지 기다란 가운을 거친 채 자리에서 일어났다. 그리고 홀린 듯 어디론 가로 나아간다.

저벅저벅.

고요하기 짝이 없는 나나엘의 성소에는 그녀의 발걸음 소리만이 울리고 있었다. 그녀는 성소의 깊은 곳, 오직 그녀만이 갈 수 있는 곳으로 나아갔다.

끼이익.

두꺼운 문을 열고 들어가지 특이한 광경이 펼쳐졌다. 기다란 복도의 좌우로 무수한 비석이 늘어져 있었던 것이다. 대리석으로 만들어진 그 비석에는 희생자의 얼굴이 조각되어 있고, 생전의 업적이 **빼**곡하게 적혀 있었다. 언뜻 봐도 그런 비석이 수백 개였다.

"이석우… 윤명조… 홍지연…."

나나엘은 귀신에 홀린 듯한 모습으로 누군가의 이름을 부르며 복도를 걷는다.

"박지연… 염상수… 이유리…."

아마도 그건 이 비석에 새겨진 자들의 이름 같았다. 그리고 그 길고 긴 복도가 끝났을 때, 웅장한 돔이 나타났다. 돔의 천장에선 은은한 빛이 내려온다. 그리고 그 빛 한 가운데 불타버린 흉물스러운 군기가 꽂혀 있었다.

찢어지고 타버린 군기.

과거 나나엘 클랜의 성세를 대표하던 물건이었다. 나나엘은 한 손에는 이 군기를 들고 다른 한 손에는 자신의 마검을 든 채 전장을 종횡무진 했었다.

하지만 다 지난 얘기일 뿐이다. 나나엘은 그날 이후 다시는 손에 대지 않고 있는 군기를 보며 번뇌에 빠졌다. 대북방 전쟁의 결의는 통과됐다. 이제는 전쟁을 피할 수 없었다. 하지만 나나엘은 어떤 준비도 돼있지 않았다.

한참이나 군기를 바라보던 나나엘은 허리춤에 찬 자신의 마검, 쇠보르그Søborg의 손잡이를 쥐었다.

그녀는 입술을 살짝 깨물고는 손에 힘을 주었다.